舒国治精选集

舒国治 著

上海文艺出版社
Shanghai Literature & Art Publishing House

目录

耽溺与逃避

又说睡觉 2
赖床 6
淋雨 9
早上五点 13

闲情与漂泊

散漫的旅行 26
京都的旅馆 33
流浪的艺术 46
走路 57

吃饭更吃面

四家歇业小吃店 63
零碎 68
穷家之菜,实最风雅——说白菜,也及煨面与春卷 75
台湾的牛肉面之时代与来历 80
烧饼 86
赞炒饭 92
咏米饭 105

浅谈养生　116
太极拳咏怀　120
谈站桩　123
养生与打拳

一条观看台北的最佳公车路线——235路　127
京都的水　134
花莲一瞥　149
推理读者的牛津一瞥　154
冷冷幽景，寂寂魂灵——瑞典闻见记　156
东部　177
最美的家园——美浓　186
永和——无中生有之镇　191
在台北应住哪里　196
远方与近地

讲武又讲侠

武艺小说这种类型的文学观
武侠小说及其世代
二三女子情形
金庸的武艺社会的规矩与习例
武侠小说的写法
小论金庸之文学

202　205　213　222　227　240

美国与公路

路漫漫兮心不归
美国旅行与旧车天堂

玩物与品美

下雨天的京都
京都的长墙
奇境只在咫尺，惟赏玩可得之
玩古最痴，玩古何幸

265　268　273　278

282　287

电影与人物

Bob Dylan 获诺贝尔文学奖有感　299
眯眼遥看库布里克　304
也谈小津　308
香港有个梁文道　314
高阳——奇人奇书　326

书评与画评

漫说式的行文小趣　332
苟活于拘谨社会，优游于恩爱山林　335
文明人的心灵后院　338
桌布与盘子　344
月下独酌——郑在东的画题及其来历　349

附录

舒国治解年轻人的疑惑　352

耽溺与逃避

赖 床

有一种坏习惯，小时候一直改不掉，到了年岁多了，却不用改自己逐渐就没有了。赖床似乎就是。

躺在床上，早已醒来，却无意起来，前一晚平放了八九个钟头的体态已然放够，前一晚眠寐中潜游万里的梦行也已停歇；然这身懒骨犹愿放着，梦尽后的游丝犹想飘着。

这游丝不即不离，勿助勿忘，一会儿昏昏默默，似又要返回睡境；一会儿源源汩汩，似又想上游于泥丸。身静于杳冥之中，心澄于无何有之乡。刹那间一点灵光，如黍米之大，在心田中宛转悠然，聚而不散，渐充渐盈，似又要凝成意念，构成事情。

便因赖床，使人隐隐然想要创作。

赖床，是梦的延续，是醒着来做梦。是明意识却又半清半朦地往下胡思滑想，却常条理不紊而又天马行空意识乱流东跳西迸地将心思涓滴推展。

它是一种朦胧，不甘立时变成清空无翳。它知道这朦胧迟早会大白，只是在自然大白前，它要永远是朦胧。

它又是一番不舍。是令前一段状态犹作留续，无意让新起的任何情境阻断代换。

早年的赖床，亦可能凝熔为后日的深情。哪怕这深情未必见恤于良人、得识于世道。

端详有的脸，可以猜想此人已有长时没赖床了。也有的脸，像是一辈子不曾赖过床。赖过床的脸，比较有一番怡然自得之态，像是似有所寄、似有所遥想，却又不甚费力的那种遥想。

早上床赖不够，只得在晚上饭桌酒瓶旁多赖一赖。这指的是独酌。且看许多脸之怡然自得或似有遥想，也常在酒后。而这是浅酌，且是独自一人。

倘两人对酌，而有一人脸上似有遥想，则另一人弄不好觉得无趣，明朝也不想抱琴来了。

不只赖睡在床，也可在火车上赖床，在浴缸里赖床。在浴缸里躺着，只包的不是棉花被子而是热水被子。全室弥漫的蒸气及缸里热腾腾的水，令全身毛孔舒开，也令眼睛阖起，更使脑中血液暂时散空，人在此时，一不留神就睡着了。

要赖床赖得好，常在于赖任何事赖得好。亦即，要能待停深久。譬似过日子，过一天就要长长足足地过它一天，而不是过很多的分，过很多的秒。那种每一事只蜻蜓点水，这沾一下，那沾一下，急急顿顿，随时看表，到处赶场，每一段皆只一起便休，是最不能享受事情的。

看人所写书，便知什么人赖床，什么人不。曹雪芹看来赖床赖得凶，洪都百炼生则未必。

我没装电话时，赖床赖得多些。父母在时，赖得可能更多。故为人父母者，应不催促小孩，由其肆意赖床。

老人腰腿无力，不能游行于城市云山，甚也不能打坐于枯木寒堂，却可以赖床。便因赖床，人老又何悲之有？

虽出外与相得友朋论谈吟唱，何等酣畅；虽坐轩斋读宏文奇书，何等过瘾；然一径无事地躺着靠着，令心思自流，竟是最能杳杳冥冥把人带到儿童时的做梦状态，无远弗届。愈是有所指有所本的业作，如上班，如谈正事，如赶进度，最是伤害做梦。小孩捏着一架玩具在空中飞划，便梦想在飞，喃喃自语，自编剧情，何等怡悦。

赖床，在空寂幽冥中想及之事理、之史实，方是真学问。实非张开大眼看进之世态、读进之书本、听到的声响话语所能比其深谛。当然赖床时的想象，或得依傍过往人生的材料；广阔的见闻、淹通的学识或许有所帮助，但见闻学识也不免带进了烦扰及刻意洞察的迷障，看来最是损折原本赖床的至乐。且看年少时的赖床恁是比中年的赖床得到的美感、得到的通清穿虚要来得佳幽奇绝。可见知识人情愈积累未必较空纯无物为更有利。

有时在昏昧中自己隐隐哼在腔内的曲调，既成旋律，却又不像生活中听过的别人歌曲，令自己好生诧异：自己并非作音乐的，倘非已存在的、甚而曾是流行的名曲，岂会在这悠悠忽忽的当儿哼出？这答案不知要怎么找。事后几天没有因哪一首曲子之入耳而想起赖床时之所哼，致再怎么也想不起。这便像世上一切最美妙的事物，如云如烟，过去后再也不留痕迹。

（原载二〇〇〇年三月二日《中国时报·人间》，曾收录于《理想的下午》，远流出版）

淋 雨

身边小事不时也颇念及,不知适合写成文章否。

我常在雨中走路,而没有打伞。近年台北的雨较小了,二三十年前常见的倾盆大雨如今少见了。

我不大打伞,倒不是怀念年少时的倾盆大雨之酣畅,而是根本觉得一来淋点小雨没啥不舒服;二来带伞常干扰大步畅行,麻烦,常没用几分钟雨已失去踪影;三来,也是最主要的,是我没养成那种"下雨怎能不打伞"的根深蒂固之约定俗成过日子观念。

后来又有说什么酸雨淋不得之类的。当然，以肉身闯入污染，我也实有不愿，但仍还是用"管他的"之惯势投入我们早就活惯了的味精、灰尘、噪音等无所不在的环境中，依旧不打伞。

至于那些原就永远打伞者，即使下的不是酸雨，他还是照样打着。你相不相信？这个世界的状况是，多半的人压根没有想，就把伞打了起来。

我不知何时觉得，为什么人要刻意避开淋雨？

小雨时，淋着多么舒服，避着不淋，多可惜。大雨，固令人全身尴尬，然身体有大郁结、心理有大愁闷者，偶得痛快一淋，最是有冲刷涤荡之无比功效。

然人之不淋雨，看来皆不是不同意我前面说的，看来也不是想过后认为淋雨没必要，实是遵从一种"文明趋向"后之不需考虑便必定跟做之"大伙如此我便如此"的随宜性。什么"感冒"云云、"酸雨导致落发"云云常是随手拈来的良好人云亦云理由。三十年前台湾尚不兴说酸雨时，他还不是坚不淋雨。

一个不愿淋雨的城市或地区，应该就是一个心灵上不甚畅快、身体上不甚透达的地域。譬似一个几乎从不淋雨的小孩其童年少年之成长是很不健康的。

如今有了捷运，有人为了避开雨之干扰（除了水滴飞溅到衣服下摆,也像弄湿了鞋、溅泥在袜上),懂得在地底沿行,这固然避了水扰,然而地铁站内的窒闷空气却多所接收了。说到空气,有的人根本没有这感觉。乃视为当然。每次在路面经过地铁站的出口,便已受袭到一股暖烘烘、闷燥燥、带点化学工业味的气体,令我不甚适畅,但似乎大多人不怎么有异感。

曾经想过在一篇小说中如此安排:男主人翁和女主人翁坐在店里聊得愉快又相知,当出店门时,下雨了,男的说:"我可以不打伞,你要不要在这里站一下,我去买把伞?"女的说:"不,我也不打伞的。"(男的一听,刹那间,竟像是遇到了知音一般的心中震动。)

(原载二〇〇五年四月五日《自由时报·副刊》,曾收录于《流浪集》,大块文化出版)

早上五点

早上五点，有时我已醒来，多半我还未睡。这一刻也，黑夜几尽，天光将现，我再怎么也不愿躺偎床上，亟亟披衣往外而去。多少的烟纱月笼、多少的人灵物魂、多少的宇宙洪荒、多少的角落台北我之看于眼里，是在早上五点。

在杭州，某个冬日早上五点，骑车去到潮鸣寺巷一家旧式茶馆（极有可能是硕果仅存的一家，七年前。今已不存），为的未必是茶（虽我也偶略一喝），为的未必是老人（虽也是好景），为的未必是几十张古垢方桌所圈构一大敞厅、上顶竹箅棚的这种建筑趣韵，都不是。为的是什么呢？比较是茶炉上的烟气加上人桌上缭绕的香烟连同人嘴里哈出的雾气，是的，便是这微邈不可得的所谓"人烟"才是我下床推门要去亲临身炙的东西。

美国南方，新奥尔良，早上五点，在 Café du Monde（"世界咖啡馆"）这家百年老店，透过越南侍者手上端过来热腾腾的咖啡欧雷和三块满沾糖粉的"炸面蓬"（beignet），远处虽微泛天光，然这城市的罪与暗总似还未消褪净尽。而由 Café du Monde 背后的密西西比河面沁来的湿露已足怂恿人急于迎接一天的亮堂堂来临，远眺一眼横跨河上的大铁桥，已有不少车子移动，窃想要在这城市大白之前快快回去睡觉。早上五点，在新奥尔良。

早上五点，一天中最好的辰光，但我从不能趁这么好的时刻坐下读书或潜心工作。我甚至从没有在此刻刷牙、慢条斯理地大便、洗澡、整饰自己以迎接所谓一天的开始，皆没有，只是急着往外而去。即睫沾眼屎、满口黄牙，穿上昨日未换的衣袜，也照样往外奔。不管外间到底有些什么，或值不值得。

日复一日年复一年的早上五点。

不知是否为了要与原已虚度的一日将道别离之前匆匆再去一巡，方肯返床独自蒙头与之暂诀？

台北的早上五点，最丑奇的人形在山坡上、公园里出现。他们的步姿怪摆、动作歪状；刚醒的睡眠与无意自省的扭摆身形本应如打鼾与刷牙一样被放于密室，然他们视这早上五点的绿地是暂被允许的纵放场地。一天中最微妙的刹那，早上五点，半光不光，恰好是成群神头鬼脸出来放风之时。放完风，又各自回到我们再也看不到的房墙之后。

早上五点，是出没的时刻。某次打完麻将撑着空轻的皮囊步行回家，登上一座陆桥，将至高处，只见两只火眼金睛朝我照射，再上两步，原来是一只黑狗在那厢一夫当关。到了桥顶，好家伙，竟有十几只各种毛色、各种大小的狗在桥上聚帮，或是开派对，情势凶恶，惊惧之下只能佯装无事，稳步慢慢通过。台北，早上五点，费里尼都该来考察的时刻。

早上五点，若我还未睡，或我已醒来，我必不能令自己留在家里，必定要推门出去。几千几百个这样的早上。多少年了。为什么？不知道。去哪里？无所谓。有时没东没西地走着，走了二十分钟，吃了两个包子，又回家了。但也非得这么一走，经它一经天光，跨走几条街坊，方愿回房。有时走着走着，此处彼处皆有看头，兴味盎然，小山岗也登了，新出炉的烧饼也吃了，突见一辆巴士开来，索性跳了上去，自此随波逐流，任它拉至天涯海角，就这么往往上午下午晚上都在外头,待回到家,解鞋带时顺势瞧一眼钟,竟又是,早上五点了。

(原载一九九九年十二月三十日《中国时报·人间》,曾收录于《理想的下午》,远流出版)

又说睡觉

凡是睡醒的时候，我皆希望身处人群；我一生爱好热闹，却落得常一人独自徘徊、一人独自吃饭。此种睡醒时刻，于我最显无聊，从来无心做事，然又不能再睡；此一时也，待家中真不啻如坐囚牢，也正因此，甚少闲坐家中，总是往室外晃荡。而此种晃荡，倘在车行之中，由于拘格于座位，不能自由动这摸那，却又不是静止状态，最易叫人又进入睡乡，且百试不爽，兼睡得甜深之极。及于此，可知远距离的移动、长途车的座上，常是我最爱的家乡。

嗟呼，此何也？此动荡不息流浪血液所驱使之本我耶？

倘若睡得着，睡得畅适舒意神游太虚，又其实无啥人生屁事，我真乐意一辈子说睡就睡。就像有些少年十八九岁迷弹吉他，竟是全天候地弹，无止无休，亦是无法无天，蹲马桶时也抱着它弹。吃饭也忘了，真被叫上饭桌，吃了两口，放下筷子，取起吉他又继续拨弄。最后弄到大人已被烦至不堪，几说出"再弹，我把吉他砸烂"。

倘今日睡至下午才起，弄到夜里十二点，人还不困，却不免为了社会时间之规律而思是否该上床休息，这于我，是登天难。主要没有困意，犹想再消受良夜，此时要他硬躺在床上，并使他一下子就睡成，人能如此者，莫非铁石心肠？

便是这应睡时还不困、还不愿睡，而应起床时永远还起不来这一节，致我做不成规范的工作，也致我几十年来之蹉跎便如平常一日之虚度。思来真可心惊，却又真是如此。这几乎都像梦了。

昔人有一诗：

无事常静卧，卧起日当午；人活七十年，君才三十五。

此诗或可解成：贪睡致使比别人少掉了一半人生。尤其解自善珍光阴者。

但若我解，岂不是将常人那纷纷扰扰的辛苦三十五年，我一概在睡梦中将之避去？他们所多获的三十五年历练或成就，正是我冰封掉的、冬眠掉的、没有长大的三十五年。我即使童騃，又何失也。

且看邯郸"吕祖祠"楹联：

睡至二三更时　　凡功名皆成幻境
想到一百年后　　无少长都是古人

睡觉，使众生终究平等。又睡觉，使众生在那段时辰终究要平放。噫，这是何奇妙的一桩过程，才见他起高楼，才见他楼塌了，而这一刻，也皆得倒下睡觉。

便因睡，没什么你高我低的；便因睡，没什么你贵我贱的；便因睡，没什么你优我劣你富我贫你好我不好等等诸多狗屁。

能睡之人，教人何等羡慕！随时能入大卜全甜全香睡乡之人，何等有福也。即此想起一则"善睡者"的笑话：
一客登门，闻知主人正睡，便在厅坐等。坐着坐着，悠悠睡去。移时主人醒，至厅寻客，见客睡得香甜，不忍叫醒，便在厅侧一榻也睡。俄而客醒，见主人甜睡，不忍叫醒，惟有回座再睡，以待主人醒。便如此，主醒见客睡，客醒见主睡，两人始终不得醒着相见，终于日落西山，客见主仍未醒，乃返家，既已天黑，索性在自家床上放倒形体大睡。及主人醒，见客已去，左右无事，回房躺下，同样亦入睡乡矣。

突想到曾在哪儿看到一副对联："客来主不顾，应恐是痴人。"诚然。

又前引笑话，中文英文两种版本我皆读过，可知此"善睡"故事，中西皆宜。此故事透出两件情节：一者，主客二人俱散漫，生活悠然之至也。二者，他们所处的时代与地方，必是泰然适然到令人瞌睡连连，如中国的明、清，或美国的南方（如《乱世佳人》之庄园年月）。

及后又偶读陆放翁诗，"相对蒲团睡味长，主人与客两相忘。须臾客去主人觉，一半西窗无夕阳"，噫，此诗所叙，岂不就是笑话本事？竟然两者所见略同。

又这两则东西，皆指出一件趣事，便是下午总教人昏昏欲睡。下午，何奇妙的一段光阴也。

莫非人不能忍受太长时间都是清醒状态，于是造物者发明了睡眠这件办法？君不见两个好友讲话，甲对乙道："你一定要永远那么清醒吗？你就不能有喝醉的一刻吗？哪怕是一次也好。"

可见昏睡或是沉醉，正是弥补人清醒时之能量耗损。也可知宇宙事态之必具两仪。

据说，人在熟睡时，身体的里里外外、五脏六腑皆在一丝丝地修复。口内因火气而生的疱或溃疡平复了，腰椎的酸痛也不痛了，肚子也不胀气了。而那些白天的打太极拳吃生机饮食、脚底按摩等保养动作，其潜意识之逐渐累积，往往更在睡眠中把疗病的效果流贯到更深之处，像是大小周天的行气，一圈接着一圈，直将病灶打通。

正因熟睡如同行气，故最不愿被打断，乃气犹未行至完尽过瘾之境也。并且此时之心思活动亦不愿被打断，乃此所谓梦者正堆砌剧情至愈高愈奇之佳境，正求峰回路转，又攀一险，再至豁然光朗，高潮迭起，不可预料。

梦，使得睡觉一事不只是休息身体，而更增多了心灵的旅程。

所谓神游太虚是也。便因梦，小孩子每晚靠近眠床，总被教育是去寻找一片愉快的好梦；而监狱里的囚犯，身体虽不自由，晚上的梦却是不被禁锢的。

大伙皆知"武训兴学"的故事。据说武训十多岁为人做工，人家欺他老实，三年不给他工钱，他愤而返故里，搭被蒙头大睡，如是三日。其间不食不语。起床后，在邻近村庄狂奔三日，这才算宣泄了心中的冤苦。乡人以为他疯癫了。然而也只有这么大规模的狂睡加上狂奔，他身上与心中所受的苦痛与不平才得以涤尽。

可见睡觉是身心双修的工程，亦可能是福慧兼修之巨业。歌舞片《Oklahoma》一开头唱 Oh What a Beautiful Morning 那首主题曲，所谓"多么美丽的早上"，那种美丽，或还未必只是客观现象，多半出于睡了一场好觉的人之眼里。陀思妥耶夫斯基有一本小说（《白夜》）一开头谓：这是一个极其美丽的夜晚，这种夜晚，人只有在年轻时才能强烈地感受得到。这书说的"年轻"，便如睡了好觉，方能具有那种强烈的感悟力。

长年失眠的人——像有人二十年皆没能睡成什么觉。是的，真有这样的人——你看他的脸，像是罩着一层雾。

那些长时间、常年无法睡觉的人，有时真希望碰上武侠小说中会点穴的高手，帮自己点上一个睡穴，这一下睡下去，一睡睡个五天五夜什么的。

要不就是请催眠师把自己催眠催成睡着，并且好几天别叫起来。

失眠者在中夜静静幽幽地躺着，周遭或极其寂悄或微有声响，而所有的人似皆进入混沌之乡，而自己却怎么还留在清醒之境，这是何等痛苦，又是何等之孤独。有不少方子，教导人渐渐睡成，如洗热水脚，谓放松脚部、温暖足心能使人想睡。又如喝温牛奶，谓牛奶中含有被称为左旋色氨酸（L-tryptophan）的氨基酸，与可在大脑自然形成的血清素（serotonin）有关。

若是血清素较丰盈，人一松懈，便可入睡乡。而时间够长的深睡、甜睡或甚至只是昏睡，也实是在睡醒时导致大脑血清素丰满的主要原因。而大脑血清素愈丰满之人，则人的情绪愈倾向快乐、正面与高昂。而人愈易快乐高昂，往往夜晚愈易深睡。

当然前说的洗脚法、热牛奶法，与西方人古时的"数羊法"等，对真正的长期失眠患者，只有偶尔一两次之效。

不知道是否有一种疗法，便是"不治疗"。我在想，根本令那个人抛掉忧郁、焦虑、沮丧等字眼；最好是把他丢到一块完全没有这些字眼的土地上，如贵州之类地方。必须叫他同不懂这些字眼的人群生活在一起，这才有用。

失眠者最大的症结，在于他一直系于"现场"。要不失眠，最有用之方法便是：离开现场。人常在忧虑的现场，常在戮力赚钱的现场，常在等待升迁等待加薪等待结束婚姻等待赡养费等待遗产……等等的现场，此类种种愈发不堪的现场，以致使人不快乐；你必须离开它，便一切病痛皆没了。失眠最是如此。例如人去当兵，便天天睡得极好，乃彻底离开了原先世俗社会的那个现场。

人之不快乐或人之不健康，便常在于对先前状况之无法改变。而改变它，何难也，不如就离开。

譬似失眠，有人便吃安眠药，这是一种"改变"之方，但仅有一时小用，终会更糟。

但离开，说来容易，又几人能做到？事实上，最容易之事，最是少人做到。

佛门说的舍俗，便是如此。所谓舍俗，舍的是名贵手表、提包，舍的是金银财宝，舍的是头衔、名气，此类东西愈是少，便更多受人天供养，更多沾自然佳气。像禅家说的："春听莺啼鸟语，妙乐天机；夏闻蝉噪高林，岂知炎热；秋睹清风明月，星灿光耀；冬观雪岭山川，蒲团暖坐。"

一般言之，你愈在好的境地，愈能睡成好觉。此种好的境地，如你人在幼年。此种好的境地，如你居于比较用劳力而不是用嘴巴发一两声使唤便能获得温饱的地方。此种好的境地，如活在——比较不便利、崎岖、频于跋涉、无现代化之凡事需身体力行方能完成的粗简年代。

最要者，乃你必须极想睡觉。要像婴儿被一点声音惊动，却立然又极度强烈地再转身返回熟睡的深乡。何也？他像在海上紧抓浮木般求生似的亟亟欲睡也。

而今文明之人的无法入睡或睡后无法深熟，或不能久睡，便是已然少了"亟亟想睡"之根源。亦即其身心之不健康在于登往健康根源之早被掘断。这就好像人之不想吃饭或人之食不知味的那种虽不其明显却早已是深病的状态一般。

然则这"极想睡觉"何等不易！须知你问他，他会说："我当然想啊。我怎么会不想睡觉呢？"只是这乃他嘴上说的想，他的行为却并不构成这桩"极想"。

他的行为是既想读书，又想看电视，又想接电话，更想明后天约某两三人见面商量事情，也同时想下个月应该到哪个地方出差或度假，并且，还想睡觉。于是，由此看来，他实在不算"极想睡觉"，只算：在兼做各事之余也希望顺便获得一睡而已。

通常，睡不到好觉的人，往往是一心多用之人。或是自诩能贪多又嚼得烂之人。然而年积月累，人的思虑终至太过杂缠，此时顿然想叫自己简之少之，以求好睡，却已然做不到矣。

人一生中有几万日，有时想：可否好好睡他个三天？但用在好睡眠的三天，究在何时呢？

要令每一季说什么也要空出这样的三天，只是为了睡觉。

放下所有的要事，不去忧虑股票，不管老板或员工，不接任何电话，只是准备好好睡觉。白天的走路、吃饭、散步、运动、看书、看电影……全为了晚上的睡觉。

要全然不用心，只是一直耗用体力，为了换取夜里最深最沉的睡眠。

假如家里不好睡（如隔壁在装修房子、在大施工程），便换个地方去睡。假如近日家中人太多太吵，或杂物太挤，或一成不变的生活已太久太久令人都心神不宁、睡不成眠了，便旅行到异地去睡。

例如到京都去睡。我根本就讲过这样的话："我去京都为了睡觉！"我也会说："我去黄山为了睡觉。"确实如此，只是我去黄山、京都，并不是白天睡觉，白天仍在玩，睡觉是在晚上。欲睡好觉，白天一定要劳累。

且看那些睡不得好觉的人，多半是不乐意劳累之人。

甘于劳累，常是有福。

然则人是怎么开始不甘劳累呢？动物便皆甘于劳累，小孩便皆时时在劳时时在动时时不知何为累！

啊，是了，必定是人之成长，人之社会化以后逐渐洗脑洗出来的累积之念。

近年台北有了捷运，有时上车后不久，便困了，摇摇晃晃，眼都睁不开了。明明三站之后便要下车，但实在撑不住，唉，心一横，就睡吧。便这么一睡睡到底站淡水，不出月台，再原车坐回。

这种道途中不经意得来的短暂睡眠，有时花钱也买不到。虽然耗使掉了个把小时，又有何损？

一个朋友某次说了他的梦：每天在连扭掉床头灯的力气皆没有的情形下蒙然睡去。

（原载二〇〇六年十月十五日《中国时报·人间》，曾收录于《流浪集》，大块文化出版）

闲情与漂泊

走 路

能够走路,是世上最美之事。何处皆能去得,何样景致皆能明晰见得。当心中有些微烦闷,腹中有少许不化,放步去走,十分钟二十分钟,便渐有些抛去。若再往下而走,愈走愈到了另一境地,终至不惟心中烦闷已除,甚连美景亦一一奔来眼帘。若能自平地走到高山,自年轻走到年老,自东方走到西方,则是何等样的福分!其间看得的时代兴亡人事代谢可有多大的变化。

低头想事而走,岂不可惜?再重要的事,亦不应过度思虑,至少别在走路时闷着头去想。走路便该观看风景;路人的奔碌,墙头的垂花,巷子的曲歪,阳台的晒衣,风刮掉某人的帽子在地上滚跑，两辆车面对面的突然"轧"的一声刹住，全可是走路时的风景；更别说山上奇峰的耸立、雨后的野瀑、山腰槎出的虬树等原本恒存于各地的绝景。

人能生得两腿，不只为了从甲地赶往乙地，更是为了途中。

途中风景之佳与不佳，便道出了人命运之好与不好。好比张三一辈子皆看得好景，而李四一辈子皆在恶景中度过。人之境遇确有如此。你欲看得好风景，便需有选择这途中的自由。原本人皆有的，只是太多人为了钱或其他一些东西把这自由给交换掉了。

即此一点，我亦是近年才得知。虽我年轻时也爱多走胡走，却只是糊涂无意识地走；及近中年，虽已不愿将"途中"去换钱，却也是不经意撞上的。更有一点，横竖已没有换钱的筹码，亦不劳规划了，索性好好找些路景来下脚，就像找些新鲜蔬菜好好下饭一样。

倘人连路也不愿走，可知他有多高身段，有多高之傲慢。固然我人常说的"懒得走"似乎在于这一懒字，实则此懒字包含了多少的内心不情愿，而这隐蕴在内的长期不情愿，便是阻碍快乐之最最大病。

欲使这逐日加深的病消除，便该当下开步来走，走往欲去的佳处，走往欲去的美地；如不知何方为佳美，便说什么也去寻出问出空想出，而后走向它。

看官莫以为我提倡走路是强调其运动之好处，不是也。运动固于人有益，却何需我倡？又运动种类极多，备言走路之佳完全没必要。

言走路，是言其趣味，非为言其锻炼也。倘走路没趣，何必硬走。

我能莫名其妙走了那么多年路，乃它犹好玩也，非我有过人坚忍力也。我今走路，已是游艺，为了起床后出外逢撞新奇也，为了出外觅佳食也，为了出外探看可能错过的风景也。乃走路实是一天中做得最多、可能获乐最多、又几乎不能不做之一桩活动。除了睡觉及坐下，我都在走路。

走路此一游戏，亦不需玩伴；与打麻将、下棋、打球皆不同（虽我也爱有玩伴之戏）。一人独走，眼睛在忙，全不寂寞也。走路亦不受制于天光，白天黑夜各有千秋。有的城市白天太热太吵，夜行便是。

走路甚至不受制于气候。下雨天我更常为淋雨而出门。家虽有伞，实少取用。

放眼看去，何处不是走路的人？然又有多少是好好地在走路？有的低头弯背直往前奔，跌跌撞撞。有的东摇西晃像其踩地土不是受制自己而是在受制于风浪的危舟甲板。太多太多的年轻女孩其踢踩高跟鞋之不情愿，如同有无尽止的埋怨。前人说的"路上只两种人，一种为名，一种为利"，或正是指走相不怡不悦的路人。"浑浑噩噩"一词莫非最能言传大伙的走姿。

固然人的步姿亦不免得自父母的遗传，此由许多人的父母相参可见；然自己矢意要直腰开步，当亦能走出海阔天空的好步子。

我因脊椎弯曲，走路显得有点"长短脚"。而我发现此事，人都已经四十多岁了，心想，走路走了半辈子，居然从没感觉自己走姿不完美的那份辛苦，而且还那么肆无忌惮地狂走胡走。

有时见人体态生得匀整，走起路来极富韵律，又好看，又提步轻松，委实心生羡慕。心道，若他走路，可走几十里也不觉累，啊，真好。

然则，这样的人未必常在行走。很可能常坐室内，很可能

走路

常坐车中。何可惜也。或说，造物何弄人也。

我一直寻找适宜走路之城市。

中国今日的城市，皆未必宜于走路。太大的，不好走；太小的，没啥路好走。倒是乡下颇有好路走，桂林、阳朔之间的大埠，小山如笋，平地拔起，如大盆景，在你身边一桩桩流过，竟如移动之屏风。每行数十步，景致一变。每几分钟，已换过多少奇幻画面。而这样的佳路，人可以走上好几小时犹得不尽，还没提途中的樵夫只不过是点缀而已呢。

香港，太挤，走起来备是辛苦。

欧洲城市，当然最宜步行；虽然大多人仍借助于汽车或地铁，把走路降至最低。

京都西郊的岚山，自天龙寺至大觉寺，其间不但可经过野宫神社、常寂光寺、祇王寺、化野念佛寺等胜地，并且沿途村意田色时在眼帘，这五七小时的闲荡，人怎么舍得不步行？

安徽的黄山，亦应缓缓步爬，尽可能不乘缆车。否则不惟略过太多佳景，更且因一转瞬已在峰顶，误以为好景大可以快速获得又快速瞻仰随后快速离去者也。此是人生最可叹惜之误解。

走路

我因太没出息，终于只能走路。

常常不知哪儿可去、不知啥事可干、大有不可如何之日，噫，天涯苍茫，我发现那当儿我皆在走路。

或许正因为有路可走，什么一筹莫展啦一事无成啦等等难堪，便自然显得不甚严重了。

不知是否因为坐不住家，故动不动就出门；出门了，接下来又如何呢？没什么一定得去之所，便只能一步步往前走路。有时选一大略方位而去，有时想一定点而去，但实在没有必需之要，抵那厢，往往待停不了多久，这么一来，又须继续再走，终弄到走烦了，方才回家。

处不良域所，我人能做的，惟有走开。枯立候车，愈来愈不确定车是否来，不妨起步而走。在家中愈看原本的良人愈显出不良，亦只有走开。

走路，亦可令人渐渐远离原先的处境。走远了，往往予人异地的感觉。异地是走路的绝佳结果。若你自知恰巧生于不甚佳美的国家、居住于不甚优好的城乡，受学与工作于不甚满意的机关，交游与成家于不甚良品的人群，当更可体会异地之需要，当更有瘾瘾欲动、往外吸取佳气之不时望想。这就像小孩子为什么有时愈玩愈远、愈远愈险、愈险愈探、愈探愈心中起怕却禁不住直欲前走一般。走到了平日不大经过之地，常有采风观土的新奇之趣，叫人眼睛一亮，叫人心中原有的一径锁系顿时忽懈了。这是分神之大用。此种去至异地而达臻遗忘原有处境的功效，尚包括身骨松软了，眼光祥和了，肚子不胀气了，甚至大便的颜色也变得健康了。我常有这种感觉，在异地。

（原载二〇〇五年四月五日《中国时报·人间》，曾收录于《流浪集》，大块文化出版）

流浪的艺术

纯粹的流浪。即使有能花的钱，也不花。

享受走路。一天走十英里路，不论是森林中的小径或是纽约摩天楼环绕下的商业大道。不让自己轻易就走累；这指的是：姿势端直，轻步松肩，一边看令人激动的景，却一边呼吸平匀，不让自己高兴得加倍使身体累乏。并且，正确的走姿，脚不会没事起泡。

要能简约自己每一样行动。不多吃，有的甚至只吃水果及干粮。吃饭，往往是走路生活中的一个大休息。其余的小休息，或者是站在街角不动，三五分钟。或者是坐在地上。能适应这种方式的走路，那么扎实的旅行或流浪，才得真的实现。会走路的旅行者，不轻易流汗（"Never let them see you sweat!"）不常吵着要喝水，即使常坐地上、台阶、板凳，裤子也不脏。常能在较累时、较需要一个大的 break 时，刚好也正是他该吃饭的时候。

走路是所有旅行形式中最本质的一项。沙漠驼队，也必须不时下得坐骑，牵着而行。你即使开车，进入一个小镇，在主街及旁街上稍绕了三四条后，你仍要把车停好，下车来走。以步行的韵律来观看市景。若只走二十分钟，而又想把这小镇的镇中心弄清楚，你至少要能走横的直的加起来约十条街，也就是说，每条街只有两分钟让你浏览。

走路。走一阵，停下来，站定不动，抬头看。再退后几步，再抬头，这时或许看得较清楚些。有时你必须走近几步，踏上某个高台，踮起脚，眯起眼，如此才瞧个清楚。有时必须蹲下来，用手将某片树叶移近来看。有时甚至必须伏倒，使你能取到你要的摄影画面。

流浪要用尽你能用尽的所有姿势。

走路的停止，是为站立。什么也不做，只是站着。往往最惊异独绝、最壮阔奔腾、最幽清无伦的景况，叫人只是兀立以对。这种站立是立于天地之间。太多人终其一生不曾有此立于天地间之感受，其实何曾难了？局促市廛多致蒙蔽而已。惟在旅途迢遥、筋骨劳顿、万念俱简之后于空旷荒辽中恰能得之。

我人今日甚少兀兀地站立街头、站立路边、站立城市中任何一地，乃我们深受人群车阵之惯性笼罩、密不透风，致不敢孤身一人如此若无其事地站立。噫，连简简单单的一件站立，也竟做不到矣！此何世也，人不能站。

人能在外站得住，较之居广厦、卧高榻、坐正位、行大道岂不更飘洒快活？

古人谓贫而乐，固好；一箪食一瓢饮，固好；然放下这些修身念头，到外头走走，到外头站站，或许于平日心念太多之人，更好。

走路，是人在宇宙最不受任何情境缧锁、最得自求多福、最是踽踽尊贵的表现情状。因能走，你就是天王老子。古时行者访道；我人能走路流浪，亦不远矣。

有了流浪心念，那么对于这世界，不多取也不多予。清风明月，时在襟怀，常得遭逢，不必一次全收也。自己睡的空间，只像自己身体一般大，因此睡觉时的翻身，也渐练成幅度有限，最后根本没有所谓的翻身了。

他的财产，例如他的行李，只扎成紧紧小小的一捆；虽然他不时换干净衣袜，但所有的变化，所有的魔术，只在那小小的一捆里。

最好没有行李。若有，也不贵重。乘火车一站一站地玩，见这一站景色颇好，说下就下，完全不受行李沉重所拖累。

见这一站景色好得惊世骇俗，好到叫你张口咋舌，车停时，自然而然走下车来，步上站台，如着魔般，而身后火车缓缓移动离站竟也浑然不觉。几分钟后恍然想起行李还在座位架上。却又何失也。乃行李至此只是身外物，而眼前佳景又太紧要也。

于是，路上绝不添买东西。甚至相机、底片皆不带。

行李，往往是浪游不能酣畅的最致命原因。
譬似游伴常是长途程及长时间旅行的最大敌人。
乃你会心系于他。岂不闻"关心则乱"？

他也仍能读书。事实上旅行中读完四五本厚书的，大有人在。但高明的浪游者，绝不沉迷于读书。绝不因为在长途单调的火车上，在舒适的旅馆床铺上，于是大肆读书。他只"投一瞥"，对报纸、对电视、对大部头的书籍、对字典，甚至对景物，更甚至对这个时代。总之，我们可以假设他有他自己的主体，例如他的"不断移动"是其主体，任何事能助于此主体的，他做；而任何事不能太和主体相干的，便不沉沦从事。例如花太长时间停在一个城市或花太多时间写 postcard 或笔记，皆是不合的。

这种流浪，显然，是冷的艺术。是感情之收敛，是远离人间烟火，是不求助于亲戚、朋友，不求情于其他路人。是寂寞一字不放在心上、文化温馨不看在眼里。在这层上，我知道，我还练不出来。

对"累"的正确观念。不该有文明后常住都市房子里的那种觉得凡不在室内冷气、柔软沙发、热水洗浴等便利即是累之陈腐念头。

要令自己不懂什么是累。要像小孩一样从没想过累，只在委实累到垮了便倒头睡去的那种自然之身体及心理反应。

常常念及累之人，旅途其实只是另一形式给他离开都市去另找一个埋怨的机会。
他还是待在家里好。
即使在自家都市，常常在你面前叹累的人，远之宜也。

要平常心地对待身体各部位。譬似屁股，哪儿都能安置：沙发可以，岩石上也可以，石阶、树根、草坡、公园铁凳皆可以。

要在需要的时机（如累了时）去放下屁股，而不是在好的材质或干净的地区去放。当然更不是为找取舒服雅致的可坐处去迢迢奔赴旅行点。

浪游，常使人话说得少。乃全在异地。甚而是空旷地、荒凉地。

离开家门不正是为了这个吗？

寂寞，何其奢侈之字。即使在荒辽中，也常极珍贵。

吃饭，最有机会伤坏旅行的洒脱韵律。例如花许多时间的吃，费很多周折去寻吃，吃到一顿令人生气的饭（侍者的嘴脸、昂贵又难吃的饭）……要令充饥一事不致干扰于你，方是坦荡旅途。

坊间有所谓的"美食之旅"，美食，也算旅吗？

吃饭，原是好事，只不应在宽远行程中求之。美食与旅行，两者惟能选一。

当你什么工作皆不想做，或人生每一桩事皆有极大的不情愿，在这时刻，你毋宁去流浪。去千山万水地熬时度日，耗空你的身心，粗砺你的知觉，直到你能自发地甘愿地回抵原先的枯燥岗位做你身前之事。

即使你不出门流浪，在此种不情愿下，势必亦在不同工作中流浪。

人一生中难道不需要离开自己日夕相处的家园、城市、亲友或国家而到遥远的异国一段岁月吗？

人总会待在一个地方待得几乎受不了吧？

与自己熟悉的人相处过久，或许也是一种不道德吧？

太多的人用太多的时光去赚取他原以为很需要却其实不太用到的钱，以致他连流浪都觉得是奢侈的事了。

他们的确年轻时曾发过宏愿，说出像"我再拼上三五年，有些事业基础了，说什么也要把自己丢到荒野中，无所事事个半年一年，好好地流浪一番"这样的话；然十年、二十年、三十年五十年转眼过去，他们哪儿也没去。

有时他们自己回身计算一下，原可能派用在流浪上的光阴，固然是省下来了，却也未必替自己多做了什么丰功伟业。唉，何惜也如此算计。正是：

未能一日寡过

恨不十年流浪

老实说，流浪亦不如何。不流浪亦很好。但看自己有无这个念头罢了。会动这念头，照说还是有些机缘的。

以我观之，流浪最大的好处是，丢开那些他平日认为最重要的东西。好比说，他的赚钱能耐，他的社会占有度，他的侃侃而谈（或训话习惯），他的聪慧、迷人或顾盼自雄；还有，他的自卑感。

最不愿意流浪的人，或许是最不愿意放掉东西的人。

这就像你约有些朋友，而他永远不会出来，相当可能他是那种他自己的事是世间最重要事之人。

便有恁多势利市侩，益教人更想长留浪途不返市井也。

和尚自诩得道渡人，在电视上侃侃而谈，听者与讲者俱梦想安坐家中参详几句经文、思辨些许道理，便啥事可解，噫，何不到外间漫游，不急于归家，一日两日，十日半月，半年一年，往往人生原本以为不解之难题，更易线松网懈，于焉解开。

须知得道高僧亦不时寻觅三两座安静寺庙来移换栖身。何也？方丈一室，不宜久居；住持一职，不宜久拥；脱身也，趋幽也，甚至，避祸也。

拓荒者及探险家对于荒疏的兴趣，甚至对于空无的强切需求，使得他们能在极地、海上、冰原、沙漠、丛林一待就待上数月数年，并且自他们的描述与日记所证，每日的生活完全不涉繁华之事或丰盛食衣。

这显然是另一种文明。或者说，古文明。亦即如狮豹马象般的动物文明，或是树草土石的恒寂洪荒文明。

拓荒者探险家历经了千山万海即使抵达了绿洲或是泊靠港埠，竟是为了添采补给，而不是驻足享乐、买宅居停，自此过日子。他们继续往前寻找新的空荒。

也可能他们身上有一种病，至少有一种瘾，这种病瘾逼使他们不能停在城镇；好似城镇的稳定生态令他们的血液运行迟缓，令他们口臭便秘，令他们常感毫无来由的疲倦。然他们一到了沙漠，一到了冰原，他的皮肤马上有了敏锐的舒泰反应，他的眼睛湿润，鼻腔极其通畅；再多的汗水及再寒冽的冰风只会令他精神抖擞。这种似同受苦受难而后适应而后嗜习的心身提振，致使他后日再也不能不愿生活在人烟喧腾的城市。

然他们在荒凉境地究竟追求什么？不知道。有可能是某种无边无际的大无聊，譬如说，完全的没有言语；或黑夜降临后之完全无光；或某种宇宙全然歇止似的静谧，静到你在沙漠中可清晰听见风吹细砂时两粒微如屑土的砂子相击之清响。

探险式的旅行家，未必是找寻"乐土"或"香格里拉"；然"乐土"之念仍然是探寻过程中颇令他们期盼者。只是乐土居定下来后，稍经岁月，最终总会变成非乐土，此为天地间无可奈何之事。

多年前在美国，听朋友说起一则公路上的轶事：某甲开车驰行于荒凉公路，远远见一人在路边伸拇指欲搭便车，驶近，看清楚是一青年，面无表情，似乎不存希望。某甲开得颇快，一闪即过。过了几分钟，心中不忍，有点想掉头回去将那青年载上。然而没很快决定，又这么往前开了颇一段。这件事萦在心头又是一阵，后来实在忍不住，决定掉头开去找他。这已是二三十英里路外了，他开着开着，回到了原先青年站立的地点，竟然人走了。这一下某甲倒慌了，在附近前后又开着找了一下，再回到青年原先所站立之地，在路边的沙土上，看见有字，是用树枝刻画的，道：

Seashore washed by suds and foam,
海水洗岸浪飞花

Been here so long got to calling it home.

野荒伫久亦是家

Billy

这一段文字，嗟乎，苍凉极矣，我至今犹记得。这个 Billy，虽年轻，却自文字中见出他多好的人生历练，遭遇到多好的岁月，荒野中枯等。Been here so long got to calling it home. 即使没坐上便车，亦已所获丰盈，他拥有一段最枯寂却又是最富感觉、最天地自在的极佳光景。

再好的地方，你仍须离开，其方法，只是走。然只要继续走，随时随处总会有更好更好的地方。

待得住。只觉当下最是泰然适宜，只知此刻便是天涯海角的终点。既不怀恋前村，亦不忧虑后店，说什么也要在此地赖上一阵。站着坐着，靠在树下瘫软着，发呆或做梦，都好。

这种地方，亦未必是天堂城市，未必是桃源美村，常只是宏敞平静的任何境域；只因你游得远游得久了，看得透看得淡了，它乍然受你降临，竟显得极是相得，正是无量福缘。

地点。多半人看不上眼的、引为苦荒的地方，最是佳境。

城市楼宇、暖气毛裘眷顾于众他；则朗朗乾坤眷顾于独你。

你甚至太涕零受宠于天凉地荒，不忍独乐，几欲招引他们也来同享。

然而"相逢尽道休官去，林下何曾见一人"？

旁观之乐，抑是委身之乐？全身相委，岂非将他乡活作己乡？纯作壁上观，不免河汉轻浅。

流浪，本是坚壁清野；是以变动的空间换取眼界的开阔震荡，以长久的时间换取终至平静空澹的心境。故流浪久了、远了，高山大河过了仍是平略的小镇或山村，眼睛渐如垂帘，看壮丽与看浅平，皆是一样。这时的旅行，只是移动而已。至此境地，哪里皆是好的，哪里都能待得，也哪里都可随时离开，无所谓必须留恋之乡矣。

通常长一点的时间（如三个月或半年）或远一点的途程（如几千里）比较能达臻此种状态；而尽可能往荒芜空漠之地而行或尽量吃住简单甚至困厄，也能在短时间及小行程中获得此种效果。这也是何以要少花钱少吃佳肴馆子少住舒服旅店的真义所在。

前说的"即使有能花的钱也不花"，便是劝人抛开钱之好处、方便处；惟有专注当下的荒凉境、逆境，人不久获取之丰厚美感才得成形。倘若一看不妙，便当下想起使动金钱之力量，便太多事看似迎刃而解，却人生尚有何意思？

事实上，一早便拥有太多钱的小孩或家庭，原本过的常是最不堪的概念生活。而他犹暗地里沾沾自喜，谓"我能如何如何"，实则钱能带给他的，较之剥夺掉的，少了不知千千万万倍。

然则又有几个有钱人会如此想？我若有钱，或许便没能力如此想矣。故我真庆幸尚可不必受钱之莫名自天降落而造成对我之摆布。

有一种地方，现在看不到了，然它的光影，它的气味，它的朦胧模样，不时闪晃在你的忆海里，片片段段，每一片每一段往往相距极远，竟又全是你人生的宝藏，令你每一次飘落居停，皆感满盈愉悦，但又微微地怅惘。

以是人要再踏上路途，去淋沐新的情景，也去勾撞原遇的远乡。

（原载二〇〇一年三月《联合文学》，曾收录于《流浪集》，大块文化出版）

京都的旅馆

住日本传统旅馆（Ryokan），便是对日本家居生活之实践。而此实践，往往便是享受。出房间，拉上纸门，穿拖鞋，走至甬道底端，进"便所"（是的，日本人也这么称呼），先脱拖鞋，再穿上便所专用之拖鞋。若洗澡，常要走到楼下，也在甬道尽头，也要先脱拖鞋，赤脚进去，在外间，把衣衫脱去，再进内间，以莲蓬头淋浴。有的旅馆稍考究的，除莲蓬头外，尚有澡缸之设；或只允许你以瓢取水，淋洒在你身上；也或允许你坐进大型浴盆内泡澡的。概视那家店的规模而定。

当旅客洗完了澡，穿上衣服（常是店里所供应的袍子），打开门，穿上拖鞋，又经过了甬道，再登楼，又听到木头因岁月苍老而发出嘎吱声，经过了小厅，回到自己房间，开纸门，关纸门……经过了这些繁复动作，终于在榻榻米上斟上一杯茶，慢慢盘起腿来，准备要喝；这种种进进出出，上上下下，穿穿脱脱，便才有了生活的一点一滴丰润感受。此种住店，又岂是往西洋式大饭店铜墙铁壁甬道阴森与要洗澡只走两步在自己房内快速冲涤便即刻完成等过度便捷终似飘忽无痕啥也没留心上所能比拟？

它的房间，只六个半榻榻米大，却是极其周备完整之一处洞天。有窗，开阖自如，可俯瞰窗下街景市声；这窗，也颇中规中矩，常做两层，朝街道的，为铝门窗，朝房间的，自然是木格子糊纸的古式纸窗。日本生活之处处恪守古制，于此亦见。有龛（日人称的"床の间"），如今虽多用来置电视机，却仍有型有款；加上龛旁单条的多节杉木柱子（日本建物不讲究对称），此一形制，令虽小小一室亦有了主题；有泥黄色的土心砂面之墙可倚靠，日本房间的墙是它的最精妙绝活；其色最朴素耐看，不反光，其质最吸音。如此之墙，加上其纸门纸窗，人处此等材质之四面之中，最是安然定然。日本的墙面，即令是寒苦之家，亦极佳适，非西洋及中国可及。再加上它的榻榻米，既实却又柔，亦吸音，坐在上面，人甚是笃定。在这样的房间里，喝茶、吃酒、挥毫、弹琴，甚而只是看电视，皆极舒服。

但在这种房间，最重要的事，是睡觉。正好日式房间的简朴性,最适于睡觉。故最好的方法,是不开电视。须知好的电视节目会伤害睡意。完全的纯粹主义者(如来此专心养病者,或是关在房里长时段写剧本者),甚至请老板把电视机移开,令房间几如"四壁徒然"。倘你能住到这样的旅馆,表示你已深得在日住店的个中三昧了。

游过京都太多次后,每日出外逛游便自减低,倒是在旅馆的时间加多,这时不管是倚窗漫眺(若有景)、是翻阅书本、是几畔斟茶、是摊看地图抑是剪指甲剔牙缝抠鼻屎等等,皆会愈来愈有清趣,而不致枯闷;并且合这诸多动作,似为了渐渐帮自己接近那不久后最主要的一桩事,睡觉。

京都是最适宜睡成好觉的一个城市。乃它的白日各种胜景与街巷处处的繁华风光,叫人专注耗用体力与神思,虽当时浑不觉累,而夜晚在旅馆中的洗澡、盘腿坐房、几旁喝茶或略理小事等众生活小项之逐渐积淀,加上客中无电话之干扰、无家事之旁顾,最可把人推至睡觉之佳境。

又传统小旅馆,厕所及浴室皆在你的房间之外,走出房间,只能拉上纸门,无法上锁;此种种情形,令有些人感到隐私与自在性不够,且个人财物之保障亦不足,这不免令有些凡事特喜强调自己绝对主导、自己必须掌控之人更是不能忍受。但我觉得还可以。主要它很像你投宿在亲戚家(君不见,店家的猫在你脚边看着你换鞋，而耳中传来掌柜孙女的钢琴声），同时更好的，你还能付钱。平常我们说，希望能到人家家吃饭而又能付钱，便是这个意思。

　　近年我多半下榻京都火车站附近的传统小旅馆，最好是不登录在旅馆协会广告上，也不著录于指南书上者。并且要小到令修学旅行的大队涌入的中学生也不可能住得进来。所谓小，只有房间六间，住一晚四千五百日元。在淡季，住客往往仅我一人，每天一早出门，在玄关取鞋，鞋柜中只有我的一双鞋；晚上返店脱完鞋，放柜时，柜中全空。有时一连好几天皆如此，甚至我都觉得有些冷清清的。终于有一天，回返旅馆，见柜中已先放了一双鞋，心道"有邻居了"，竟感到微微的温暖，同时系着一丝好奇，"不知是何样的住客？"便自回房。往往次晨至玄关取鞋，那人早走了。其间连一面也没碰上。亦有在甬道听到纸门开关、人进人出的声息却没见着人的情形。这种种，皆算是小旅馆之风情，亦沁渗出某种"旅意"。十二月中这种淡季感觉最好，乃红叶期之喧腾刚过，游人散得精光，却疏红苍黄的残景犹存，仍得欣赏；且寒意已颇有，此时来游京都，最是清美。下榻小旅店，夜晚之寂意，叫人最想动些独酌或写诗的念头。有时见店家有吉他，借它在自己房中慢拨轻唱亦甚纾旅怀。

　　倘若一夜下了雪，清晨开窗，惊见白色大地，这种感受，也是木造旅馆比较丰盈。宇治的菊家万碧楼，贴临着宇治川的南岸,在这样的小旅馆推窗见雪,并且是飘在大河上的雪,想想会是怎样一种情味!莫不像上世纪五十年代日本彩色电影的那袭东方式青灰调。菊家万碧楼价颇廉,素泊才四千,带两顿饭也不过六千五。二〇〇四年十月中我到宇治,见旅馆招牌不见,且正在装修,一问之下,原来要改成一家café,可惜。

传统旅馆尚有一缺点,便是宵禁(curfew)。亦即,你必须十点半或十一点以前返店。乃店东会等门,你若晚归,他便只好晚睡。甚而他们全家还不敢去洗澡;须知平素多半是房客陆续洗完,店主人一家才开始洗。

有此宵禁,便有的夜晚不能尽兴。譬似人在京都十天,总想某一夜玩得晚些;或在居酒屋喝得酣畅些,或是在某几处幽静的街道上散步得远一些、久一些,或是看一部日本老的艺术电影,总之令良夜别那么早早结束,这样的感觉在旅次最是可贵,噫,如何能叫这区区的宵禁便给坏了呢?当然不能。故而有经验的旅客会在八天十天的旅馆住宿中挑出一两天搬到西洋的 hotel 住,也同时令自己换换气氛。

选住此种传统旅馆,以二层木造结构者为正宗。京都大多的二层木造房子,倘在旧市区,

一百年老的,不算什么。当然,多半会在四十年前或三十

年前做过一次大装修（前说的窗，外层用铝质，内层用木格糊纸，便是装修之证）。那种以钢筋水泥建成五楼七楼的新式架构、再在内部以传统木材、泥材装隔成和式房间者，便因其整体呼吸并非全木造之一气呵成、牵一发而动全身的柔弹有韵，便往来不甚有意思矣。甚而说，不值一住。

京都自古便是观光与参拜胜地，旅馆极多，其散布，各区自有其区域色彩。据松元清张与樋口清之的考证，传统上言：东山山麓与中京多传统式古建筑旅馆（如井雪、お宿 吉水、俵屋、柊家）。岚山周边多近代和风高级旅馆（如岚山温泉岚峡馆、岚山辨庆）。三条与四条间的鸭川旁多专供学子修学旅行下榻的旅馆。东西两本愿寺附近多团体客旅馆。面朝鸭川与面朝桂川多料理旅馆。南禅寺门前多温泉旅馆。站前与蹴上多西洋式旅馆（如Miyako Hotel）。

有的人为了太过欣赏日本旅馆，便打定主意在游京都时，说什么也要住一住那些耳闻已久的名店，如柊家、俵屋、炭屋等。

名店，只能感受它的历史、想象它的精致却又素雅甚至质朴的优良传统，未必适宜下榻。乃不够放松也。另就是，住不起，至少我是如此。柊家、炭屋这些老字号，住一晚带两顿饭，需三万一千五百日元，享受固享受，所费委实太昂。且不说其事先预订往往排到半年一年之后。又名店，既付了昂贵房钱，浴家与厕所便绝对建在你个人的房间里，这么一来，代表他改过装潢——须知原始的建筑不可能每间房中设有浴室——此种古迹般的房子动过装修工程，在完美主义者的纯粹要求下，便扣了大分，甚至于，不值得住了。

名店，还不仅仅只是这几家老的、贵的、带高级料理的而已，乃京都是旅馆的至高首都，太多的店，经过岁月，皆早已驰名天下，像石塀小路的田舍亭，宿费虽八千九百二十五日元，亦仅六间房，但也是极难订到。何也？名气也。像京の宿 石原（中京区柳马场通姊小路上ル七六）也只六室，宿费一万零五百，由于是大导演黑泽明来京都常下榻的旅馆，自然也成了名店。还有如其中庵（圆山公园内），环境甚好，宿费八千四百日元，但不租予外国人。至若坐落在白川边上的白梅，位置优雅，可赏小桥流水与樱花，然我某夜散步白川南通，抬头见一老外在二楼房间更换和服，哇塞，此房间之作息岂不完全曝于路人前？

那种一泊附朝食（住一晚带早饭）的小旅馆，所附的早餐，未必值得吃。须知打理旅馆已很忙了，要再专注于做饭，不甚容易，故不少食品是外头买来的成菜，如那块盐腌的鲑鱼，往往吃后一个早上打嗝皆是它的类似不够新鲜之腥味。

虽说一早起来能吃到一顿家庭式的饭菜是多温馨的事；但对不起，这样的家，多半的旅馆还达不到。

高级料理旅馆所附之晚餐，倒是精心慢烹细调出来的，只你不是那么容易消受。且说早上先吃了一顿丰盛佳肴，接着出去游观。至下午四点多钟，你已开始微微紧张，不时提醒自己切莫迟归，总算五点多钟返店，便去洗澡，换上舒服衣衫，准备吃饭。然后一道一道菜上来，你不但需以目光细细品赏菜色之精巧布局，几近不舍得动箸破坏它，但还是不久将之放入口里，滋味鲜美不在话下，却又不敢太大口地囫囵吞枣，免得失礼。照说吃这种高级料理，尚应注目于它的盘器，乃常常用上极佳之陶艺，如北大路鲁山人等陶艺家之作品亦不一定。最好是一边吃饭一边与同伴赞赏菜肴之美味，再偶喝上一口酒，与同伴论赞一番器皿之美感与年代。更好的，还讨论一下庭园的泉石花树，甚至兴来吟唱一小段古曲，便教不远处那恭恭敬敬安安静静等着随时伺候你的服务人员也禁不住抿嘴一笑被你娱乐到了，那就最完美了。

然而这样颇费工程的一顿晚饭，你倒说说，寻常像我这样的阿猫阿狗客人如何消受得来？

料理旅馆（如柊家、俵屋、炭屋、近又、菊水、八千代、吉田山庄、粟田山庄、畑中、晴鸭楼、玉半……）由于晚餐是重头戏，旅客必须全心地面对它，这造成你一天的游览皆受这顿晚饭的牵制；不敢跑远，不敢玩得满身大汗，不敢乱吃零食乱吃点心甚至不敢乱喝咖啡，于是一天往往甚是虚浮，像是全部只为了那一顿饭。

加以负责的料理旅馆，为了不让旅客吃到重复的料理，通常只允许你下榻二夜（有的甚至仅一夜）。这么一来，你必须再搬家了。不少台湾的亿万富豪很乐意住料理旅馆，然要每一两天便不停地搬家，倒反而是苦事了。

所以说来说去，还是住不甚受人注意的小旅馆最为闲适，不仅图省钱而已。

名店，未必宜于下榻，倒是宜于瞻仰。麸屋町通上的炭屋、俵屋、柊家，到底是老店，其门前的朴素静穆之感，已是佳景。似柊家这种老旅馆，其前身常是老创始人自远地家乡来京设立的"社中"（商栈），供乡人或员工赴京办事时有膳宿之所，其后转变成旅馆，十九世纪中叶，不乏武士阶级下榻，故柊家长长的泥墙直延伸至御池通，转角处犹矗立着古时"驹寄"，乃武士系马处也。

又名店常富韵事，亦是人在游览途中颇能增谈助之趣。如柊家向来受文人墨客喜爱，川端康成便不时宿此，并常记之于书文小册。吉川英治、三岛由纪夫、武者小路实笃皆曾下榻。默片大师卓别林（Charlie Chaplin；1899–1977）亦住过。

吉田山南麓的吉田山庄，亦是宜于观看，庭院占地千坪，在京都算是大的。然在院中张望，未必礼貌，它中午供应的怀石"华开席"，三千五百日元，或可坐下来吃。

另一个山庄式的旅馆是粟田山庄，在粟田神社旁。

南禅寺参道前的八千代、菊水，亦可一眺。菊水门前匾额，谓"寿而康"，入目颇怡。

南边不远处的西式大饭店都ホテル（Miyako Hotel），最值得参观。由老牌建筑师村野藤吾（1891–1984）设计，旧馆成于一九三六年，宴会场成于一九三九年。主体的本馆陆续自一九六〇到一九九二年建成。可先参观大厅，素雅却又精致，台湾没有一个饭店大厅有此气质。另一值得细看的，是和风别馆佳水园，成于一九六〇年，乃一幢幢建于山坡林间的和式独幢茶庵式木屋（所谓"数寄屋"）。由此上山，饭店特别开发了一条步道，称"野鸟の森・探鸟路"。

这种建于林子里的小屋式旅馆，令我想起了奈良的江户三。江户三坐落于奈良公园内（奈良公园是一极大场域之泛称，基本上近铁奈良站以东，直至春日大社，其间皆是奈良公园），亦在繁茂树林里，你别看它房子旧旧小小的，这里阴阴湿湿的，地上落叶腐腐的，下过雨后甚至木头有些还似朽朽的，但住一晚，一点也不便宜。此为日本尊重自然（即使自然易碎易朽）、维护本色之最受人佩服处也。

离江户三不远的奈良ホテル（Nara Hotel），是融和洋建筑

于一炉的西式大饭店，颇值得往南跨桥（桥两面各有一塘"荒池"）沿汽车常堵、排气极浓的一六九号公路走上一段去观看，在大厅歇一下腿，甚至喝一杯咖啡或上一下厕所什么的。

另一西洋 hotle，是俵屋东北面，跨过御池通，在京都市役所（市政府）旁的京都ホテルォクラ，亦是人在中京区散步逛店（如寺町通的老茶铺一保堂等）时颇值走经一停，进它的大厅伫足一看甚至稍坐的佳良景观也。

有些旅馆或民宿，位于风景区，教人很想下榻，譬似岚山、嵯峨野便不乏此类小馆，然有些紧邻街道，汽车来来去去，人住着颇感紧张，如小畑町附近的民宿一休、嵯峨山庄、梅次郎等，便属此情形。至若清凉寺西面的民宿嵯峨野（河濑）、岩佑（山田屋）、嵯峨菊（佐佐木）、潼野等，正临着游人无数的街道，游客去二尊院，或是祇王寺，或是宝筐院，或是落柿舍等，皆不免在这几条街道出没，他们吱吱喳喳的谈笑声常透进你的窗内，如此一来，岚山、嵯峨野的幽情便完全消受不到了。

稍北几百米的夏子の家（小畑），倒是绝佳的环境。开门便是大片的菜畦稻田，下榻于此，像是住农村亲戚家，岂不更有放假之感？

（曾收录于《门外汉的京都》，远流出版）

散漫的旅行

台湾的大学生读完大二,会不会暑假背起背包去到异国,一站站地搭乘火车、睡帐篷、吃干粮等这么样的旅行?或甚至索性休学一年,在境外游荡,体验人生,像是在社会中念大学?

这种"背着背包旅行"(backpacking,或译"远足"),是我心目中所谓的旅行,今日有可能愈来愈式微了。上世纪七十年代中,往前往后各推十年,是它的黄金岁月。那时西方的年轻人(除了铁幕国家)带着瑞士陆军小刀(Swiss Army Knife),背着Kelty、JanSport或是Wilderness Experience等牌子的背包,身穿North Face、Holubar或Sierra Designs的羽绒夹克，脚蹬芝加哥的 Todd's 或斯波坎的 White's 等厂所出的登山远足靴，在世界各地的大城小镇、山岗海岸、灰狗车站、青年旅舍出没。

他们随遇而安，哪里有墙有树便往哪里靠，有平地就往哪里坐，牛仔裤的臀部那一块总是磨得发白。他们凡食物都觉得好吃，汉堡、热狗、长条面包、日本饭团、印度咖喱都是大口大口地吃，倒是谈起各人喜欢的音乐，如 John Coltrane、Jacques Brel、Mikis Theodorakis、The Rolling Stones 或 The Grateful Dead 等每人则各有坚持，互相颇可争论，常面红耳赤；而在火车抵站道别时，常也会将自己在旅途中饱听的一卷录音带赠给对方。这种感觉很美。

直到今天，世界各地的青年旅舍仍充满着旅行者离去时留下的各国旅行指南及地图，虽然愈近二十一世纪所留者愈是多见庸俗的观光式指南。

上世纪八十年代初，许多青年旅舍可见的指南仍可窥知嬉皮的遗绪，这是今天所最令人缅怀甚而称憾的。随便说个几本：《庶民的墨西哥指南》（*The People's Guide to Mexico*），Carl Franz 著，625 页，包罗万象，举凡跨越国界、搭便车、盖小茅屋、掘井，或是如何选小食堂、妓院须知，全有精到之描写。《流浪在美国》（*Vagabonding in America*），副题是 *A*

Guide book about Energy（关于能源的一本指南），单看书名及副题便知有多嬉皮了，Ed Buryn 著，他与老婆、小孩（襁褓中）开着一辆 Volkswagen 小巴士四处睡车及露营之体验谈。《如何乘火车在欧洲露营》（*How to Camp Europe by Train*），Lenore Baken 著。《节俭旅行的艺术与冒险》（*The Art and Adventure of Traveling Cheaply*），Rick Berg 著。《完全的旅行中国指南》(*The Complete Travel Guide to China*)，Hilliard Saunders 著，此书成于一九七九年，那时的中国仍是路不拾遗之国，外国游客掉了东西，总会被中国老百姓千山万水送回。

青年旅舍的墙上，也会贴些游子寄来的风景明信片或信，有些充满感情，令新住者自冰箱取出食物准备用餐时偶一瞄到也颇触动旅愁。这类手写、贴邮票发寄的物件近年极可能大量地减少了，主要是因电脑及 e-mail。

但厨房及客厅仍是各地游子最佳的交流中心。尤其是旅行太久身心俱疲者最想在此多待、多碰人群、多聊天听事的场合。有时旅行了太久，亦会有前途茫茫之感，当听到某人想去某一地，干脆跟着他们而去，不管哪里都好。只要不必再计划。计划使得旅游愈来愈没意思。

就这样，从这定点后大伙又结成不同的队伍各奔东西，或许二百英里后或五站后，原本偕行的，又分手了。

天涯海角，事情总是如此。

最令我羡慕的，是他们的漫漫而游，即使不在精彩之地，欲耗着待着、往下混着，说什么也不回家。这是人生中最宝贵也最美好的一段迷糊时光，没啥目标，没啥敦促，没啥非得要怎么样。这样的厮混经历过了，往往长出的志气会更有厚度。或不想要什么不得了的志气，欲又不在乎。

我也恰好过过三五年这样漫无目的的走一站是一站的日子，只是我那时已三十出头，惟一的遗憾是没他们大学生那么的天真、那么的全无所谓。这是年齿的些微无奈，虽然我也安于好几天才洗一次澡，吃简略的食物（不一定美味，只是当时不会去想），并且不怎么和亲友频于联络。最值得说的，是我所遨游之地，称得上被认为全世界最危险之国，美国，而我不怎么念及。且它又是全世界最讲忙碌或至少看似忙于效率之国，而我散漫依然，忘了愧疚。

这样十多年过去了，如今回想，实是幸运；因为当年可以如此，在于时代之优势。好些个朋友近年常谈论探讨，皆认定现下已不是那样的年代。

即使如此，仍该去，往外头去，往远方去。即使气氛单薄了，外在的散漫之浓郁色彩很不足，也该将自己投身其间。

不要太快回家,不要担忧下一站,不要想自己脏不脏,或这个地方脏不脏。不要忧虑携带的东西够不够,最好没带什么东西;没有拍下的照片或没有写下的札记都不算损失,因为还有回忆。记忆,使人一直策想新的旅行。而夜里睡在不甚洁净的稻草堆上,给予人的,不是照片而是记忆。想想可以不必睡在铺了床单的床上,是多么像儿童的梦一样令人雀跃啊。

(原载二〇〇〇年五月十一日《中国时报·人间》,曾收录于《理想的下午》,远流出版)

吃饭更吃面

咏米饭

廉颇老矣，尚能饭否？

京戏《鱼肠剑》中伍子胥所谓"一饭之恩前世缘"。

即中国人旅行国外多日，会说如果今天能够吃到米饭多好！

西洋人说的 daily bread 显然亦是。太多人说："只有很少的一两天我会没吃到面包的。"（像 Nigel Slater 所说）。

米饭是东方人离开母体后的母奶。人在荒旅倘只有米饭，没有佐菜，也必甘之如饴。米饭冷吃，看来应是最多滋味。倘将之捏成紧实,外面包上豆皮,饭上浇过薄薄醋汁,并且混上几分糙米,撒上芝麻,则这种饭团何啻完美!

苏东坡的猪肉,倪云林的鹅肉,陈眉公的豆腐,蒲松龄的煎饼,梁章钜的面筋,周作人的苋菜梗,尽皆是他们不可没有的酷嗜,然他们皆必需吃米饭。

杨东山曾论欧阳修文章给罗大经听,谓:"饭之为物,一日不可无,一生吃不厌。以其温纯雅正。"

便因米饭这主食摄取习惯,造成中国人千百年来种种文化情状如佐配热炒、嗜盐喜腴、多人合食、倚恋乡井、耽于衰落、泥于陈腐……太多太多。

便因米之种植,从此中国不忧穷矣。便因米之种植,从此中国不忧衰弱矣。请言其详。

米饭之为物,最能吸附他物之气;油腴可入,菜湿可入,辣味可入,咸味亦可入。米饭,君子也,与万物皆和,却又和而不同。

饭之丽质天成如此,故太多菜肴之功能,在于下饭。有道是:"小菜咸湛湛,用来好下饭","菜卤搭烫饭,胜过咸鸭蛋"。不论其营不营养、健不健康、贱不贱值、丑不丑相。何也?下饭也。岂不闻：臭鱼烂虾，送饭冤家。岂不闻：菜不够，汤来凑。

为求下饭，于是菜宜厚味（太淡便不成）、多汁（干烤之肉则与饭不甚合）。

又下饭欲速，则菜之体块宜细切、宜划一（肉及豆干切丝必与芹菜之细形相当，方宜同炒同熟）。当然，切齐后，诸菜具备，方下锅同炒，也为了节约燃料。并且趁热同时端上。

这是炒菜之愈臻优良系统后，益发成为中国家常吃饭的不可取代之独绝形式也。

热炒，也为了香气四溢，助长下饭。并且热炒，也令油不沉凝。油炒之菜冷了，便难吃矣。

嗜热菜成瘾，便从此再也离不开饭桌，再也离不开家园了。安土保守之弊生焉。有许多人断不愿在行走中买一冷三明治当饭吃，便是此喻。

由于不下饭，中国人吃不来生菜色拉。

西人的南瓜泥汤（以 Moulinex 碾泥器碾出者）也因不适与饭共进，无法收列于中式羹汤门墙。

牛油（butter）、奶酪，亦与米饭不堪相携同和，故少见于中国饭桌。且看西人炒蛋,习以牛油,中国人便吃不来,何也?乃与饭同嚼,口中唾液甚感不合也。

为了久藏,令四时常备,便有腌菜(雪里红、酱瓜)、干菜(萝卜干)、风肉(火腿、腊肉)。

然中国人吃腊肉、火腿,并不单吃;而是腊肉少量与时鲜多量同炒,炒蒜苗或炒高丽菜。火腿用来炖汤如"腌笃鲜"(意为腌菜滚烧鲜菜。"笃"在宁沪话里意为沸烧)。

这些腌、风之菜皆是抹上重盐而成,为了久藏也为了下饭。

因此中国家庭总是瓮缸在地,风肉、鳗鲞悬空。似这些"吃饭的家伙"随时在望,便有不速客突然降临,也能立然备出饭菜。而连下多日大雪,足不出户,也能餐餐堪饱。当然,这一来安土重迁是必然的了。

吾人今日吃得这样识味晓菜,动辄口味口味云云,是因米饭之发明;吾人几百年来吃成如此衰弱,也是因为米饭。

譬以英国人为例。英国人,三明治及野餐之发明者,并且是远足的实践者;他们吃得最是简陋不讲究,也能甘于冷吃,却是较我国人健强。英国人的吃法，使他们更易于独立、易于离乡远行、易于坚忍寂寞荒凉。

米饭与穷国，自然是互成因果。

非洲、阿拉伯的游牧族，身无长物，移动觅食，随猎随掘以吃，相较之下，中国人何其倚恋乡井。

西部牛仔在一天的赶牛之后，露宿而食，锡盘上稀稀的肉泥豆酱，就着杂碎浑汤，所谓"狗娘养汤"（Son of a Bitch Stew），并有黑干面包，有时还蘸着咖啡吃。这种食物，习于四菜一汤的饭桌食家如何下得了口；但牛仔饭后，把杯中剩的咖啡往营火随手一倒，卷起毯子睡觉，次日天亮，飘然而去，却又是何等洒脱。

在我的年少时代，平日吃的是四菜一汤下饭，然看的电影却又皆是这种飘洒不羁的景意；小孩心灵想的不是吃，是那种快意野放；暗想若有那种天涯流浪该是多么快乐，才不枉人生一场，吃好吃恶哪里放在心上？

（原载二〇〇三年九月十日《联合报·副刊》，曾收录于《穷中谈吃》，联合文学出版）

赞炒饭

二十年前浪迹美国,有一次在朋友家聊天,至夜深,肚子饿了,在冰箱中找剩菜,仅小半盘回锅肉而已。所谓小半盘,乃三四片肉,两片豆干,几片高丽菜叶,六七茎蒜苗,然酱汁冻成薄薄浮油倒极是可用,便将锅烧热,整盘倾入,冷饭亦放入,正好冰箱中有半颗高丽菜,连忙切成丝,丢入。

半夜的如此一盘剩菜炒冷饭,常是天上滋味。有时剩菜实在太少了,不够,东翻翻西找找,有一小罐冬菜,一小罐萝卜干,亦可派上用场。

米粒在铁锅上滚炙,与锅撞触一阵,又与空气相接一阵,终令饭粒表面将要松爆开启,却又沾附了油之润腻、包裹了酱料之咸香滋鲜气味,这便是炒饭所以受人深爱的无比美味也。

炒饭既将所有的鲜美尽皆入了米饭里,故不论是蛋炒饭、肉丝炒饭、虾仁炒饭、蔬菜丁炒饭(如胡萝卜、玉米粒、豌豆、青椒丁),终究是为了只专吃这一盘炒成的饭,于是它是不适宜再吃配菜的。且看坊间店里卖的"排骨蛋炒饭",蛋炒饭上覆放一片炸排骨,你吃几口炒饭嚼一口排骨,再吃几口炒饭,又嚼上一口排骨;即使两者皆烹制得不错,但吃起来端的是不能专注于饭之鲜美,反而因费齿嚼去对付排骨,连排骨的弹性与肉香也因口里含着咀嚼了一半的炒饭而被忽略了。

同样的,吃炒饭,配着桌前的三四个蔬菜,也是不适合的。总之一句话,炒饭便只能单吃。

米是炒饭最本质的物件,故炒饭的选米,宜有讲求。由于人在吃炒饭时是大口吞咬,不会细嚼慢咽,故炒饭的米最好不要太费嚼劲,也就是糯米最不适合。很油亮圆鼓又内里坚韧的米亦不适合;譬似越光米、池上米、美国的国宝米等虽是很优的白饭之米,却未必是佳良的炒饭之米;若用这些米来炒饭,则须煮时略多搁水,煮熟后,焖得够,而后再将饭用饭勺掏开掏松,倾入更宽广的容器(如大木桶)令之冷却并使饭粒各个分开，稍后再去炒，如此便可得好的炒饭。

台湾的自助餐店喜欢在煮饭时放一瓢色拉油，使饭熟时颗粒分明，米气光亮。其实火候好，何需如此？再说米质若优（新米而非陈米），米香应令其自发散透，断不宜再受任何别物（尤其是油）之气味笼蔽。

有人说用逆渗透净水器所滤之水来煮饭，特别香甜。这说的是好米必须好水来煮之例。又最好以老式粗铁锅（上覆木头盖子，腰间的铁边向外横出用以架放灶上者）慢慢焖煮。并且用柴火。

台湾已是米的天堂，米备极精润濡弹，柔腻香泽，但较倾近于寿司口感的糯度；昔年在来米的口味今日已渐属绝响，岭南及香港流行的丝苗米在台不甚可见，而泰国香米在台湾也尝不到。嗜香米者往往在仅仅二十公斤的行李限重中从香港带个五斤泰国香米来。

十多年前爬黄山，上得白鹅岭，有人卖便当，一吃，竟是干干糙糙的米饭，几口就吃完了。顿时忆起了睽违多年的"在来米"，感慨不已。

上世纪六十年代，太多的家庭皆知道这么一句说法："炒饭要用在来米。"

在来米较松、较粉，相对于蓬莱米的圆糯滑润，在来米显得卖相较差，也像是质地较次，但却是炒饭的良物。

上世纪四十年代末，不少自大陆来台的人士初尝蓬莱米，甚感惊讶，乃内地不少地方所食之米少有此种滑糯感受。原来蓬莱米是日据时代改良之新品种，以前内地人习吃的品种，则是籼米，亦即台湾所称在来米。这几十年吃下来，在来米已成罕有之物，可见所有人在台湾积年累月生活下来，终生活成如今这种最融浑之结果。仁爱路上那家"中南饭店"（后改成"忠南"），二十年前饭总烧两锅，一锅蓬莱，一锅在来，令客人任意盛取，十多年未去，不知依然否？

最家常的炒饭，是蛋炒饭。家家皆做，人人皆吃。家中有人饿了，马上把锅搁炉上，锅热了，倒油，打蛋，投饭，投葱花，立时一盘香喷喷的蛋炒饭来到面前。

然蛋炒饭亦有讲求。先说打蛋。有的在碗里打蛋，把蛋清蛋黄皆打匀了，再入锅。亦有直接投蛋入锅，用锅铲把蛋大致捣碎，令蛋白碎屑可见，也令吃时能尝到大小不一的碎块口感。

再说炒蛋或炒饭的顺序。有的先炒蛋,火不甚大,蛋成糊泥,即迅速加冷饭,若饭干松,与蛋糊一混,常可粒粒米上皆满沾金黄蛋汁,达到所谓"金里银"的效果。

有的先炒饭。锅中搁极少之油,油热,调小火,将松开之冷饭投入,略炒后,将饭拨至炒锅外围,锅中心留空域,浅搁熟油,投蛋略炒,再与饭同炒。亦能有"金里银"之效。

为了不吃油,又为了不辜负好的鸡蛋,又想出以下之作法。

取较松质之米(如在来米,如泰国香米,如安徽的米,如广东某些丝苗米),煮至柔缓熟透,一起锅,烫饭中加入刚下自母鸡的新鲜温蛋,拌之使匀,此时蛋遇热饭已呈八分熟,然整盘饭犹湿,再倾入适才已烧热的炒锅(此锅上完全不搁油,且已投入葱花略煸过,并将葱倒掉,如此这锅面微有葱的油辛气,再倒入蛋拌过的饭,正好除蛋腥气),用小火,稍翻炒,令饭收干,却又不焦,几十秒后起锅,最是香雅清爽。

倘此锅不久前慢火干焙过松子或芝麻,以此锅不洗的来炒这饭,因有松子油香气,更佳。

西红柿蛋炒饭。将锅用小火烧热,注少量油,油热后,投极红熟、切碎的西红柿，翻炒它，令其红酱出现，投蛋，用锅铲炒碎，投入冷却、松开的饭，炒一阵，起锅。此为先炒西红柿之法。亦有先炒蛋，略熟，便以铲盛起，再炒西红柿，至红酱如泥，再投饭，令饭吸红酱并渐收干时，再倒入适才炒好的蛋，同炒便成。

流浪美国时，也曾在餐馆打过工。有一回在圣路易斯，几个同事下了工，去接另一个同行，此人在郊外的"杂碎"店（chop suey shop）干活，这类店有时必须开在穷区，如黑人聚落，往往只售外卖（一如快餐）不接堂食。为了安全计，售卖口弄成铁窗式，像当铺一样，以防抢劫。他曾有一观察，谓："你知道黑人最欣赏中餐馆哪一样食物？我告诉你，炒饭。尤其是虾仁炒饭。"

虾仁炒饭，有如此大的魅力。黑人中爱吃这道食物的，多之又多。不仅仅在穷区杂碎店，高级的餐馆亦多人点。他们有一种对虾仁这种奇鲜之极的口味有其原始体质上之不可抗拒的强需。我们太多同事皆有相同之观察。

老实说，好吃的虾仁炒饭是不易在美国吃到的，因美国不用小的河虾矣。然而虾仁炒饭变硬是需要此种稍微多炒几下便以将碎的弱质之生却又丽质天生的小小河虾。即今日台湾的老字号佳店的清炒虾仁、虾仁炒饭亦不甚能取得小的河虾，并且费上不少剥虾人的耐心与工夫，方得成就。上世纪七十年代初，犹在信义路东门市场旁的"银翼"，清炒虾仁极好，用的自是小河虾。岁月如梭，早已是历史了。

很显然，台湾也愈来愈文明，文明到有些细琐牵缠之类食物也只好逐渐牺牲掉了。十年前在杭州，进一家个体户小馆，叫一碗虾仁面，三块五毛，见他从玻璃缸中捞起五六只瘦小的活虾，现剥现烹，霎时面上桌，虽只有几只小虾仁，几片笋片，却鲜美中蕴含着淡雅。然今日亦不见矣。

江南水乡密布，最是品尝河虾的天堂。今日苏州观前街太监弄的"新聚丰"的清炒虾仁，倒还是用每日现剥的小河虾来做，倒是难能之珍的佳店好例也。

是的，炒饭，它确实叫人没法抵挡。

（原载二〇〇四年九月三十日《联合报·副刊》，曾收录于《穷中谈吃》，联合文学出版）

烧 饼

几乎想说,若不是因为烧饼及其他三两样东西,我是可以住在外国的。

这说的是"黄桥烧饼"。圆形,皮沾芝麻,内里葱花油酥。味道很近"蟹壳黄",但没蟹壳黄那么酥腻,个子也比蟹壳黄略大而扁。

多半中国孩子皆熟悉这感觉:一口咬下,饱胀的芝麻在齿碾下迸焦裂脆,香气弥溢口涎,混嚼着葱花的清冲气与层层面酥的油润软温,何等神仙完足。

寒冬蒙蒙之早点渴望,必也烧饼乎!它的香、脆、外酥内润，其色金黄，其形圆满，含葱如翠，若加上琼汁奶白的一碗豆浆，岂非早点之神品？然又人人得而吃之，不论老小，不论皇帝叫化子。吃完了，落在盘里的芝麻，还用手指一粒粒沾起来吃，不肯弃。

老谚语："吃烧饼，赔唾沫。"不知是否喻"你还嫌呢"！

烧饼，我几乎想说它是中国的"国点"。有啥东西能像它这样老人和小孩都爱吃的？看它的形体，圆的；看它的颜色，金黄的，不像白米饭如此纯白无杂味，太高洁了；也不像绿色蔬菜，太清素了；而红色果子太甜艳。它又不是非得在桌上吃的食物，可揣在怀里走长程，南船北马，饿了，取出冷吃，也真好。

而烧饼之最最中国，在它的半南不北，既南且北。不像羊肉的土漠之北、油茶的瘴疠西南，那种地域风色鲜明。烧饼实是最宜之南北小吃。

又联想起，烧饼之最中国，便如枣树之最中国。以前要订梅花为国花，这样高洁意蕴的花做全国普民的国花，实大可不必。至若松树做中国的国树，固然苍劲质朴，然日本也多，也极懂品赏珍惜松姿，韩国也是。又日韩皆是偏北寒国，中国纬度绵长，枣树则北南皆有，树姿稀秀，并不自诩高贵，处处皆有，坟岗也长。果实累多，养人无数。最要者，它有一袭清淡的美，群体的美，平民化的美。

这是题外，再说回烧饼。

现在烧饼摊少了。五六年前在永和竹林路四十四巷口卖的烧饼，碱放得太多，饼皮都微微泛青。然三十多年前竹林路口（更近永和路）的烧饼曾是多么兴旺。不过最好吃的，却是上世纪七十年代中期开在对面（单数号码）巷口（三十九巷之类），只卖下午的那摊。不知几十年来这几家相近铺子互有关联否？

金山南路一段一五三巷（"阿才的店"巷子）巷口的烧饼摊，如今不做了。原来是一老头，做的饼极好，八十年代到九十年代中在此，更早几十年在"陆军供应司令部"（中正纪念堂前身）外头卖，再迁来此处，前几年老头没看见了，换成两个年轻人做，如今全不见了。

还开着的抚远街三三九号（近日向前移了几米）的早点铺，前几年做烧饼的老头，江苏阜宁人，所制烧饼极好，还包着些许姜末，除了酥、脆、松、润外，另有微微的辛冲气，特别提劲。据说这老头回大陆去了。现在做的是年轻人，味道嘛——对付着吃吧。

烧饼

也不过几年工夫，台北的烧饼景竟有恁大变化。

当然我经过济南路五十九号之一的豆浆店，经过光复南路四一九巷一一〇号那家早点店，甚至我家附近师大路近罗斯福路的"永和豆浆"，仍会买几个蟹壳黄吃。

烧饼之式微，在于老人的凋零。烧饼之式微，也在于社会之富裕；做烧饼是一桩苦差事，伸手进泥炉，一块块往火热壁上贴，整个台湾几人愿做？

黄桥，属江苏泰兴县，在扬州以东、江阴以北，不知是怎样一个所在，竟以烧饼驰名？相信扬名之地必是南京、上海这类通都大邑，而不是本方本土一如嘉兴南湖水菱外人必须至当地方能买得。抑是说，大都市的烧饼铺多是由黄桥人起开的，一如温州馄饨？

近读盐城人沈琢之（沈亚东）文集。沈于民十八（一九二九）任泰兴县公安局黄桥第一分局长，书中所忆，虽不及烧饼，然叙黄桥面积之广阔、市井之富庶、旅社之华丽、澡堂之宏敞等，堪称甲于全江苏省；至若饮食，沈氏只提二事：一、此地嗜吃河豚。二、黄桥之醋极佳，沈谓"远非人所称道之镇江醋所可及。

即山西陈醋，亦不是过也"。

扬州大少爷，镇江小老板；这两地近代以精丽吃食名，然江北又散逸着粗放的田农生计，似这种兼粗兼细的城乡之间，不免产生有趣之吃。好多年前读仪征包明叔《抗日时期东南敌后》，书中引谚"穷宜陵、富丁沟、小小樊川赛扬州"，他日若游苏北，这丁沟、樊川、扬州倒是很想一去。

上世纪六十年代胡耐安《遯园杂忆》书中有《王桥烧饼》一文，这"王桥"是在南京，民国二十一年至二十五年间，位于国府路靠近东方中学。这烧饼的味道，胡氏盛赞不在话下，但最有趣者，是它的贵。一角钱买两枚。若是夹火腿为肴，则一角五分钱一枚。以抗战前物价言，一斤猪肉不过两角，上夫子庙"六朝居"喝早茶，不过三角钱。可见六十年前就有商家懂得把平民化的东西因手艺佳良而高价贩卖。

一九九七年中秋在玄武湖舟上赏月，次日匆匆在南京稍作游览，竟忘了考察烧饼。整个江苏省理应有很多烧饼店才是，得俟以另日，不知值得各城各镇的来它一趟烧饼之旅否？

（原载一九九九年《中国时报·人间》，曾收录于《流浪集》，大块文化出版）

烧饼

台湾的牛肉面之时代与来历

常碰上这样的一种状况：朋友说起他难以忘怀的那碗牛肉面，说什么四十年前台北复旦桥下光武新村的"老张"，说什么哇再也吃不到了！那种香，那种鲜，那种过瘾……另外亦有朋友说起三十多年前永康公园旁有个老头，他的牛肉面怎么怎么好，后来摊子顶给别人，自己换到别处开，真是可惜……

是的，大家心中皆有一碗永远记得却再也不存的美妙至极口味的牛肉面。

在台湾，牛肉面是这样的一种文化。在台湾，牛肉面是这样的一种记忆。甚至牛肉面是这样的一种时代。没错，时代。

那时的台湾，战后不久，或说，播迁不久。许多东西皆在自然寻求融和；本地与携入之融和，权宜与亘存之融合，故牛肉面是融合文化的产物。有一点离乡背井（乡井原没那样一味），又有一点新起炉灶；有一点昔年风味（如豆瓣酱，颇有大后方四川之灵感）却又有一点就地取材（台湾的黄牛肉）。

这说的是"红烧牛肉面"，完完全全是台湾在一九四九年后自然融和之后的独特发明。所谓独特发明，乃大陆原本无有也。前几年历史学家逯耀东写了一篇考据文章，我恰好未读到，据朋友转述，约因五十年代高雄冈山的豆瓣酱与近处的牛肉屠宰之天成搭配，加上老兵们的就地取材巧思，遂创造了今日的浑号"川味牛肉面"或"红烧牛肉面"的原型。

而此独特发明，其流行之年代，恰有其特别之遭际，便是上世纪五十年代末至六十年代末。因为这既是最清贫穷澹的无油水年月，却又是最思过屠门大嚼的尝想偶打牙祭，却心中始终有故国缅怀竟只能寄情于某股香辣的那一段最教人印象深刻之年月也。

便因有这样一层"精神深寄"之年代因素，从此牛肉面的打牙祭象征意义方得深植人心；而"牛肉面"三字，直到今日仍是人们谈吃与心生创业之念时极常聊及的项目，同时又是极具重量的一道小吃。

甚至到了上世纪九十年代，我早说过，牛肉面已是台湾最具代表性的面（一如卤肉饭是台湾最具代表性的饭）了。

然则何以是牛肉面，而不是蹄花面？在此也不妨讲一讲。

先说台北小吃集聚的区块。当牛肉面隐隐然在台北各处角落发迹时，面摊式的外省小吃聚落颇有一些，但尚无纯以牛肉面聚成一条街者；像所谓"师大旁的牛肉面"、所谓"桃源街的牛肉面"等聚落皆兴起得比较晚，总要在六十年代中后期以后。至若我小学时，"三军球场"（即今北一女旁的"介寿公园"）后、公园路两旁与中山南路所夹（即今台北中央图书馆与外交部所夹之矮屋巷群）的小吃摊贩，卖的便不是牛肉面。另外延平南路一二一巷，基本上是福州干面巷。

为何提蹄花面呢？乃三十多年前在师大的牛肉面摊蔚然成街时，主要有两大口味，一是牛肉，一是蹄花。也就是，当年蹄花面与牛肉面是平分秋色的。那时尚没开出"师大路"，但实是今日师大路的路头贴着师大围墙的这一部分。不知当年是否便是龙泉街（须知今日的龙泉街是迁名过去的）之一段？后来师大路开通后，摊子星散，有一家留了下来，做成店面，便成了"海碗"，最近也收掉了。

蹄花面在上世纪六十年代，亦有"打牙祭"之意象，亦颇教人吃来酣肆；我在十岁左右于"圆山新村"（约七十年代"碧海山庄"、今日"美国俱乐部"旧址）村口面摊吃的那一碗蹄花面教我至今难忘；但何以后来反而是牛肉面脱颖而出呢？

我亦很说不准，但不免揣想，必是一来牛肉是南方原较少吃之肉种，有一种远距之美，之新奇感。二来蹄花相对言之，是猪肉，无奇也。三来红烧牛肉面带有辣味，微有"铤而试险"之异国情调，发人无限之浪漫遐想也。

总之，面摊面店自六十年代中期后，以"牛肉面"三字为招牌者，已然多极，亦已成定式；而招牌上书"蹄花面"者却不多，江山便此成定局。

如今牛肉面老饕说的"口味"，依我看，必是六十年代中期至后期（牛肉面的全盛时期）台北各店各摊所共同制出风味之逐渐累积成的一股"记忆"。那时除了师大、桃源街（今仍有"老王"），尚有以补习班学生为主的南阳街与火车站周边如馆前路、汉口街等（今仍有开封街一四巷二号的"刘家"），尚有老电力公司（和平东路）后两家 [今分别迁至潮州街六〇巷五弄口的"林家"与潮州街八二号的"老王"，甚至公卖局后亦有零星（如前不久球场未拆前的"老熊"）] 等。我个人在六十年代中后期，正念高中，成功中学对面亦是牛肉面摊林立。今日我能吃到最接近当年"甜香式的红烧"而非近二十年大多店家偏于大料杂加之"黑褐"调味者，惟有一家，便是鼎泰丰的"红牛汤面"（无牛肉者）。

台南有所谓的"现宰牛肉"，即每天半夜杀牛，天一亮便在摊上切成瘦肉片，清烫来吃，可说是原味完全呈现的吃法；我每次皆在想，假如用这样的肉与汤下一碗面，或是面片，或是疙瘩，那不知可有多好！当然，这是另一种滋味，它说什么也不会是我人一径认定的、有时代风意的、甚至深含播迁文化的那种牛肉面。

倘让我一星期选三碗牛肉面吃（或推荐外地客人匆匆游台者），除了鼎泰丰外，尚有：

"清真式"的牛肉面。它不算是台湾之发明，西北（如陕西、甘肃）的回民便是类似的烹法。忠孝东路四段二二三巷四一号的"清真黄牛肉面馆"是其中最佳者。主要是牛血放得净，汤最清鲜。肉质虽柴，但若能上面前才自大坨切下，便较润嫩。此种清真式牛肉面店的发源地，当在北门口（台北邮局）。

再便是延平北路三段六〇号骑楼下的"汕头牛肉面"。汤极鲜香丰富，却毫不腻。面亦下得恰好，尤以肉块薄小，大口漱漱吮面，肉自然嚼入，最得畅肆。

此三店最大优处，是吃完最无沉重、腻胀、恶油、悔恨等感受者，看官可别视之等闲，台湾牛肉面店千家万家，能如此者，不多。

（原载二〇〇六年十月十五日《中国时报·生活新闻》，曾收录于《穷中谈吃》，联合文学出版）

穷家之菜，实最风雅

——说白菜，也及煨面与春卷

某甲厨艺甚高，有一次要宴客，客人中最主要的，是某乙，便问某乙："十几道菜里面，有两三样是蔬菜，你有没有特别想吃的蔬菜？"某乙说："我最喜欢的菜，是大白菜，你看看能怎么把它做成佳肴吧。"

这种类似考试的方式来做菜，其实很有意思。某甲原就了解某乙吃的脾味。两人亦在许多地方同桌吃过。有一次我也在，还有另外两三人，那天吃的是煨面。我事先嘱咐店家用薄的宽面，两公分宽，擀得较薄，下好捞起，在鸡汤里煨。原本炖鸡汤时也下了宁波鱼圆（即鱼肉刮下来，不掺粉，只与蛋清捏成大型圆子），另外以鸡油久烧的白菜，也已烧成菜糊，这时浇在面上，再把鸡丝撒上，搁上几颗鱼圆，便是每人一碗的"鸡丝鱼圆白菜煨面"。

这碗面，大伙吃得高兴，每一样佐料皆有人赞美，并且大家都道这种尺寸的面条煨起来还真不错。最有趣的，是某乙认为这整碗里似在似不在的白菜糊，最教他印象深刻，遂与我一整个晚上大谈了很多的白菜话题。我说，不瞒您说，我做为宁波子弟，自小吃大白菜常都是吃烂糊版的。他马上接口："对啊，你们的'烂糊肉丝'是名菜啊！"我说，是的是的，但主要是，白菜虽然不是粗涩硬柴之菜，又有其娇嫩之质，但浙江人从不把它当娇物，总爱把它烧得烂烂的。而且很奇怪，它即使烂糊了，仍见出它白菜的原本滋味。

接着我又聊，烂糊肉丝，名字虽言肉丝，实则吃的是白菜，肉丝只是配角，并且一盘之中放得甚少。不只吃白菜，并且吃那个糊。也就是，它是一道穷家菜。

为了烧出那个烂糊，最容易呢是勾一点芡。但坊间太白粉啦、地瓜粉啦、菱粉啦，令人不信任了，后来养生意识环保意识强的人不愿意买了，有的吃家索性就不勾芡了。这时有的人在烧这菜时，常用的是炖蹄膀时的肉皮汤舀一些进来，于是白菜烧好放微凉，变成糊状。但要很小心，有时会烧成过腴。

如果一二十个人吃煨面,面锅里的面汤够浓浑,取一些面汤(如同是芡)与丢进鸡汤的面再煨,则白菜融于其中,便有烂糊感矣。

鸡汤煨面,最不浪费。先炖鸡,浸一浸,捞一捞。再浸一浸,再捞一捞,待熟,便将鸡取出放冷。冷后将腿部、翅部切下,作白斩鸡用。鸡颈、脖子,与有些鸡皮再丢入汤中继续炖。鸡胸的白肉,也早捞出,便是待会要撕成鸡丝的部分。

那些炖在锅中的部位,为了汤冷时,捞起浮面的黄黄鸡油。而炒白菜便用这鸡油。捞完油的鸡汤,便以之煨面。

故鸡汤也用了,鸡油也用了,白切鸡也有了,鸡丝也能铺撒在面上了,故我说,最不浪费。

然吃鸡汤煨面,最好有一碟炸物来配,便是春卷。

各种馅的春卷,都有趣味,都颇好吃,但我个人最久吃不厌者,是大白菜馅的,也就是,几乎可称为烂糊肉丝馅的春卷。肉丝的比例,仍然很少,且要切得很细,能带些肥丝更好。先将肉丝浅腌一下（酱油、糖），放它一放，再用蛋清抓一下，接着入锅稍炒，取出。再炒大白菜，用鸡油最好，用猪油也宜，用植物油也完全没问题。炒一阵，便可盖锅来焖，不久再将肉丝倾入，待油烂，即成。放冷，亦可放搁网上沥水，完全冷了，便能包入春卷皮中。

其实，专业的做法，的确会勾一点芡，这能令包时显得不湿，而到油锅里一炸，因为热，芡又化成水了，一咬，感到汤汁丰腴，最为满足。

但鸡油烧出的白菜糊，沥了水，包在皮里去炸，照样有微微的腴汁，照样释放大白菜独特的傲霜香气，并且在脆皮的内部竟是如此软绵绵、香糊糊的菜韵，既不是豆芽菜的那样脆爽多纤，又不是韭菜的浓烈香劲，是属于大白菜这种十字花科中最雅驯、最富泰、欲完全不失它最坚贞有个性的气质。

而它照样十分和蔼的甘于被人家烧成烂糊糊，甚至还蒙起来被包在馅里。这就是大白菜的品德。

吃煨面时配的这碟春卷，还有一妙，便是可以借此吃到醋。春卷的脆皮，沾一下山西老陈醋，脆加酸，咬上两口，再吃口面，最是香美。

有人吃面，喜搁几滴醋，内行也。而这厢以咬嚼春卷而得此醋韵，更是妙招。

最理想的醋，是二三十年陈的巴萨米克醋，薄薄一沾，已然老得有些黏稠，而酸中带些焦糖般的甜味最深蕴。

白菜馅的春卷，炸好后，最好放一放。

放多久？放到送进嘴里觉得温度上没有刺烫之感、而脆皮碰到嘴唇时微感到开始要缩软的那当儿，最是好吃。乃面皮脆度犹有，而火气的暴燥已略减，却皮的韧劲与面香正得释放，这微妙的当儿，最是好吃。以时间算，约六七分钟最宜。并且油也逐渐收掉了。又更有一种，谓冷了吃亦有其"冷韵"，这亦行家之谈，就像吃冷饺子一样。这只先说春卷这脆皮炸物的先天美味力道，更别说它被牙齿咬断时白菜和着汤汁直灌入你的舌喉之间那股浑然一气的菜腴鲜美加上面皮香脆全部吃进你口里那一刹那，哇，至高享受也。

大白菜，很多名目，有的说山东大白菜，有的说天津大白菜，亦有说黄芽白，广东人还常以古时字说"菘"，都是。

米其林的厨师，也挖空心思找食材，不知寻常如大白菜，他们常会怎么做?

（原载二〇一六年三月七日《今周刊》，曾收录于《杂写》，皇冠文化出版）

零碎

馅料

粉丝——我现在甚至要说,粉丝做成馅里,比在太多地方好吃多了。油豆腐细粉原本就没啥吃头。

油条——面经过油炸,膨起的蜂巢隙室,令人叹见造物之奇。这些巢室便是蕴味耐嚼之最佳馅料。

豆腐——成块豆腐浅浅地先油煎一下,再捣碎。包在水煎包里,最与菜叶、葱,甚至韭菜相合。

蛋——富弹性。

干的番茄丁——或是晒成半干,或是浅炒过(有时与蛋),

有枣的嚼感。

瓠瓜——北方人包入饺子，巧思也。

葱——加油馍，混入面团，便成油酥，是最好的制饼馅料。

Pizza 的覆料

馅料与外烤料两者恁是质感迥异。芝麻、松子等硬是不宜入湿润之馅，而白菜等这类十字花科植物，永远很能融合别的软汁物料。白菜，与人为善之君子也。

好的外烤物，披萨最能验之。胚饼上搁松子，很宜，以其富油脂，并形体饱满厚蕴。芝麻覆于烧饼（大的、小的、方的、圆的）皆宜，搁在披萨上则因太小无甚使劲处。

果物要铺于披萨上，也有讲究。番茄必须用太阳晒干者，一来不会水答答的，二来味道厚实有嚼劲。葡萄干，说来也适合，最好像吐鲁番那儿正在曝晒时取其晒至半干者来用最宜，一来不太干，肉质多；二来甜度不致过度蜜腻。茄子若做铺料，也是好意念，只是要臻佳美，你知道，茄子不是那么简单的；需得搬出曹雪芹的方子：茄鲞。

《红楼梦》四十一回中凤姐讲解给刘姥姥听："你把才

下来的茄子把皮刨了,只要净肉,切成碎丁子,用鸡油炸了,再用鸡肉脯子合香菌、新笋、蘑菇、五香豆腐干子、各色干果子,都切成丁儿,拿鸡汤煨干,将香油一收,外加糟油一拌,盛在瓷罐子里,严封。要吃时拿出来,用炒的鸡爪子一拌,就是了。"

披萨上的铺料,松子、枣肉(核取掉)、蒜苔、羊的 Cheese 等,最宜。

水牛的奶

大良双皮奶,或是姜汁撞奶,强调所用牛奶是水牛之奶。不知是否由于水牛体肌腠理较松清于黄牛,而致所产之奶比较香滑不腻之故。

无独有偶,原本意大利的那不勒斯(即如今的标准版披萨)所用的 mozzarella 起司,也取自水牛的奶。后来渡海到纽约的意大利移民,因没有水牛的现况考虑,才以乳牛的奶所制之 mozzarella 起司覆撒在披萨上。你在纽约随处可见的 John's Pizza、 Ray's Pizza,花一两元买一片吃,嚼着起司像扯动口香糖一样的橡胶感,难吃之外,又看不出搁起司之作用(既无酪之香腴,又没助添油润)这款饼物,不吃也罢。又他们有一陋习,将番茄酱大量涂上,致出炉的饼,湿答答的,眼看起司的大片干胶就要与面饼脱开，说不出的尴尬。

故而内行的披萨店，不搁番茄酱，搁晒干的番茄本身；更索性不漫撒 mozzarella 起司，只一小撮一小撮地搁下羊起司，如此至少还把饼弄成像饼的样子。

不可轻易举荐餐馆

绝不可以为荐了好餐馆，自己便是老饕、美食家。以评举餐馆来炫露自己深懂美味，一来已然不谦，二来此种权威常常变化，太不可靠矣。

扬州杜负翁，美食尝遍，抗战时期，四川一馆子"滋美楼"请赠楹联，杜便写了此联：
试尝"滋"味如何，聊饮几杯，莫醉醺醺忘岁月
慢道"美"中不足，饱餐一顿，须知粒粒尽珠玑

细审此联，叫人隐隐要猜想这馆子或许菜做得不怎么样。

在台北，想来亦有馆子央求名人、文士等题匾赠联之事，焉能不审慎？

不吃的东西

菜上雕花(做作,亦往往难看,有时甚至土气到了恶心地步)。

模拟动物之素菜（根本是恶俗），又常将素材料变成怪异东西，如塑胶般之质感，以求来做成像荤的模样，委实可怕。

故意取花哨名——因名字之怪，令人疑虑东西之堪吃否。什么"龙虎凤"、"孔雀开屏"。

柴鱼（因而不吃蚵仔面线。也有不少的台式食堂所做日本料理中的味噌汤亦好放）。虾米（不吃开阳白菜）。虾皮（少吃韭菜盒子。有在高丽菜中悄悄地放了虾皮，则我不吃）。

味精。

也渐不吃：皮蛋、培根、火腿。

冬菇（一、汤往往未必鲜，二、常会尝到"老味"，三、嚼起来如橡皮）。尤其不喜它在馅中，如包子或烧麦。甚至放在肉粽里我亦不喜。

干贝（理由亦约如上）。

干鱿鱼。

蚝油。

和面时搁入的碱。有些拉面因而不吃。凉面也因有碱，故吃得少。台南"度小月"的担仔面，倘用的不是油面，是手打的荞麦面或是山西家乡自制的面，那岂不令人更想一天吃个三四碗?"度小月"的"陈酸式"汤头,最是独绝全台,但用的面,油面,太平庸了些。

不易好吃之物

加在小笼包上的蟹黄。或是蟹黄豆腐、蟹黄茄子、蟹黄这个、蟹黄那个等等,皆不好吃。除了新鲜采自螃蟹壳上,立时来吃,其余当作料用的蟹黄,皆难吃。

太重的八角味。

勾太多芡的酸辣汤。事实上,凡勾芡,我皆不喜。然有一样例外,即春卷。春卷的白菜肉丝馅,必须勾芡,炒好放冷,才包。包时因有芡,不至太湿,但在热油中炸了,一咬,外酥内湿,正是勾芡之大功也。

特别弄些花样的作法,最终还是不好吃。白菜就白菜,奶油白菜怎么吃就是不好吃。试过不同地方的几十次,没一次好吃过,何也?这两样东西硬是不该弄在一道。即使故作考究地加些牛姜、高汤、酒,甚至起锅时还洒上火腿屑,硬是不能吃。

豆腐最难

豆腐就豆腐，酿豆腐也从来没吃到惊艳的感觉过。不为别的，豆腐里所夹的东西，不管是肉或虾，硬是不能和豆腐相得益彰，只是各呈各味，且原先的自家本色也不见了。

豆腐常在心念中被认作好物，然不易好吃。甚至多半很难吃。

然而大家对它的印象，先天上就很好。于是便不细究这一口吃下去的豆腐到底好不好吃。

吃豆腐变成一个概念。点它就是了。于是麻婆豆腐、红烧豆腐、东江酿豆腐、虾仁豆腐等等便被叫了上来，接着下筷，放进口里。好吃不好吃，都就吃吧。

除了京都那种精心对待而制出的"汤豆腐"名铺，或香港大屿山的大澳某位阿婆以山泉慢工老法制出的豆花，等等这些几乎惊鸿一瞥的珍物外，豆腐，在现实中已算是"陈腔滥调"的等同字了，然而它的意象，竟还留存在"淡雅"上，亦怪事也。

豆腐的制造，固也是关键；连甜不辣摊的油豆腐，虽然皆难吃，然竟也互有差异。南昌路的甜不辣店的豆腐便比不上开封街的甜不辣店，甚至连新生南路联经书店旁巷子里的甜不辣摊也比不上。即使皆是进人家的货，也相差很大。并且，三者皆极难吃。每隔三五个月，嘴贱了，想吃一碗甜不辣，终还是没忘掉请老板把豆腐换成萝卜算了。

面包

台北在世界大城市中，是面包做得最差的一个。这方面，显然台北最无意国际化。这一来很好，台北很自幽本土；一来很逊，很不解外人在享用起码的佳物。

台湾人喜欢把面包做成装饰品，而忽略了它的本质。

四十年前我们小时有一种叫"罗宋面包"的，橄榄形的、硬硬的，略带咸味，如今不见人做了。

上世纪六十年代开始，有一种本土自己发明的葱花面包，其实很好吃，但愈做愈差。它只要用葱花、牛油，稍加一些胡椒粉，不加味精，烤得火候恰当，便是很好，尤其刚出炉，最香，底层也最脆。

什么配什么

吃完了猪脚、蹄筋、乌参之类黏黏润润的食物后，嘴巴甚感满足，而唇上沾有稠质，此时最想吃的水果，奇怪，是橘子。既不是西瓜、木瓜，也不是草莓、猕猴桃，也不是葡萄、香蕉，就只是橘子最好。

吃完鳗鱼饭，嘴唇亦有微小的黏膜膜的感觉，此时最想吃的，是"西瓜酪"。

这里说的西瓜酪，实是西瓜汁。谓其为"酪"，乃只用西瓜的瓜心，最熟最沙的部分，剔掉籽（当然选籽较少较疏的大熟西瓜），以果汁机浅浅打之（易掉籽，乃为了不用滤网也），倒入白瓷碗，上桌，最佳。

讲究的人在家以新式西餐宴请朋友，有时一道一道地上菜，会有个十来道菜，例如海胆过后，又有鱼子酱，不久又有鹅肝；如此三道鲜香浓郁的菜过后，必须上一杯番茄水（数小时前已将新鲜番茄打成酱，放入纱布去滴水），以缓抒厚腻，以清新口齿，不久再续往下吃。

口味之选认

似这样的吃饭习惯所累积的口味认感，致使有些食物便感不甚相合。

如南瓜、红萝卜，富含胡萝卜素，然很难单独成肴。尤其红萝卜，我一直找不到一个方法来做它。而南瓜，西人很多菜及甜点皆用它，我也不知如何待它。

南瓜碾泥成汤，西人之家常，一如我们的萝卜排骨汤、黄豆芽汤寻常。然中国菜甚少碾泥者，能想到的，似只有芋泥。

也有人青菜萝卜下饭熟菜吃惯了，腌的酱吃惯了，不爱吃水果，以其凉隔。即偶一吃，也是营养观念驱策，非嗜其味也。

又有人不吃白肉，凡肉必红烧重酱才吃。这种受重酱酝养的口味，遇西人烤牛排（正宗烤法是不抹酱的），则不堪下口。

新奥尔良之例

新奥尔良的吃，喜欢混杂各料入于一锅。以求浓郁也。

Gumbo 中的 okra（故称"filegumbo"），求其浓；jumbalaya 中用面团牛油、用火腿腌肉，求其浓；即咖啡中加入干根莴苣（chicory），亦求其浓也。

食物的酸香气

牛肉汤中加一整根辣椒。加整个番茄。为得一袭酸香气也。

咖啡豆本身之果酸感。故豆须鲜焙。须现磨、粗磨,最好手磨,令其颗粒迸裂溢出鲜香气味,倘以冷的泉水(更安全之法是将之经滤净器)采滴漏法渗湿而泡酵成汤,最是醇香微具果实酸味,入口怡美。

应吃皮壳

体弱,于是更挑取食物。台北街头的自助餐店最常听见的一句话就是"要不要饭"?乃太多女士点了菜后,不点饭。

精米饭常使人饱胀。尤其近年大伙劳力操作较少之后更如是。同样的一小碗饭,若吃杂粮饭或带有皮壳的糙米饭,较之一小碗精米饭虽吃时稍费嚼力,但在胃中却远比精米饭更不显得撑胀难受。乃皮壳与粉粒的间距使之在胃肠中更有活泼的推动力,当然更重要的,是皮壳中所含之维他命与其他营养素,更合肠胃全面消受之需。

且看人每吃绿豆仁所制成的绿豆沙汤,便感很实,甚至腻胀；但吃下带皮壳的绿豆汤却清顺，由此便知。

另有人吃苹果、吃梨，如不连皮吃，也觉过甜、过酸或过于撑胀，同为一理。然世上竟有最煞风景事如将苹果打上蜡者，诚可恶也。

应吃渣滓

有人爱吃泡饭而非稀饭。为了犹有些可嚼之屑块。

打精力汤打得不甚细，乃有渣可嚼之益也。

萝卜糕必须有些丝可嚼，否则不好吃。故考究者，不惟须在米粉里和入萝卜泥浆，尚须加入切丝并稍炒煮过的萝卜丝。

红豆汤要煮得壳不脱落，却内部的沙又不流溢。

应吃酸涩

年纪越大，越喜欢柠檬皮、金桔、柳丁汁、陈皮这类味道。有时见摊子在榨柳丁汁，连忙贴近站着，像小孩子般闻嗅喷溢在空中的冲香汁气，顿感无比的兴奋。

墨西哥的现买现吃水果摊，你就是买一片西瓜，他也取一片柠檬，挤汁淋在西瓜上，便这么吃，除潮腻也。

年轻时不怎么爱吃柚子，觉得苦涩；如今每到秋天，总不放过。爱它的酸，是苦涩之酸，而非橘子的甜中酸，也爱它的穿肠透气所予人的讯息。广东广西盛产佳柚，菜肴中有"柚皮镶肉"，用的是柚子的白囊，把肉嵌入，吃起来，这白囊有冬瓜般的绵沙清爽。

（原载二〇〇四年十二月十一日《中国时报·人间》，曾收录于《穷中谈吃》，联合文学出版）

四家歇业小吃店

① 庙口十九号卤肉饭

台湾小吃中若说最本质的、最每日必吃、最全民的,大概是卤肉饭了。它几乎是台湾最具代表性的饭了,如同牛肉面是台湾最具代表性的面一般。

前些年有些黑道大哥走避大陆,后来回到台湾,言谈中总叹说:"没办法,那里吃东西不习惯,没有卤肉饭。"

有人问过我,全台湾卤肉饭哪一家最好?哇,好大一个问题!自北到南,卤肉饭我不知吃过多少摊,但真要说最好的一摊,不瞒看官您,我答得出来,便是"基隆庙口十九号摊"(晚上才开)。

庙口有多少名店，有人去吃天妇罗，有人吃色拉船，有人吃咖喱饭，有人吃豆签羹，有人吃冰；但我去，只是吃十九号摊。我必点卤肉饭（十五元）、高丽菜（二十元）、猪脚汤（四十元，我皆嘱"要中段的"），七十五元，正好吃饱，仁三路向里面的夜市也不逛了，往往转身沿着海港边散步至火车站，坐电联车回台北。

卤肉饭的肉必须切成小条，肥、瘦、皮皆在那一小条上，浇得白米饭顶，危颤颤抖动方成。切不可用绞肉，绞肉便尝不到肥肉的晶体，已被绞成油水；也尝不到瘦肉的弹劲，已被绞成柴渣。这店的卤肉饭，味最和正，很像我们小时候记忆中卤肉饭的那种风味，并且颜色也不太红，正好不致酱油兮兮的。这样的饭，配一碟清煮的高丽菜，水答答的，也极合。且别小觑这高丽菜，烧得不油、又微烂却不甚糊烂，台湾成千上万家小店，几家能够？而此店便做到我心中的火候。有时我甚至吃完一盘再叫一盘。猪脚汤亦是白煮，清淡却有嚼头，我常说即使这店的猪脚在整个庙口亦是最好的。腿肉汤（五十元），亦很好，腿肉切成块条状，上层是皮，再带薄薄肥肉，接着是长条的瘦肉，若请老板切好，带干的回去，亦是下酒良物。

卤肉饭必须吃小碗的，呼噜呼噜，几口吃完。若不够，再叫一碗。倘叫大碗，奇怪，味道便差了些。这种适宜亚热带胃纳的小碗风习（尚有台南担仔面等），分量如同点心，是台湾小吃之特色，亦是优良传统，想是自福建已然。

如此小小一家摊子，竟是台式猪肉料理淡白清隽之极好例子，我说不出有多喜欢。老板姓何，十多年来我仅在一两次短聊中得知。此店开业三十多年，只开晚上（白天的"光复肉羹"更是六十年老店），一径偏处幽隅，不甚受人注目，最是那种我殷勤探看的点。我希望他的味道始终保持高水平，也希望我的报道不致干扰他谦冲自处之风格。

地址：基隆市仁三路庙口十九号摊

时间：晚上七时至午夜二三时

休假：每月休二日，不定期

（原载二〇〇五年十一月七日《商业周刊》，曾收录于《台北小吃札记》，皇冠文化出版）

② 金华街烧饼油条

上世纪六十年代，留美华人返台，常聊到要吃烧饼油条。不错，它是当年乡愁的象征。近一二十年，飞机票不显得那么贵了，人们返台也频了，甚至美国吃烧饼油条的地方也多了，更甚至永和的烧饼油条豆浆根本已不堪再提了，这诸多理由，造成"烧饼油条"这一份昔年乡愁似乎可以抛开亦无所谓了；然则不可，以下这家您非得尝尝。

金华街上（杭州南路口向东走三四家），有一家小铺子，十年前称"杨记"，如今没竖招牌了，却一大早排满了等烧饼出炉的人群。

这家的烧饼是菱形的那种（有人索性叫"三角饼"），也即是面劲比较绵膨，不同于油酥（如"永和"）式的。以此饼夹油条，外柔内脆，自古早便是迷人吃法，如士林的"大饼包小饼"，如北京街头的"煎饼果子"等是。

老杨久不做烧饼了，偶尔炸炸油条。这一阵子，油条也不炸了，自别处批来，却丝毫不影响烧饼油条的佳味。如今做烧饼的年轻人姓李，做得一手好烧饼，应当说青出于蓝。面揉好，拉成长板，洒葱花，把面卷起，擀平。在洒芝麻前，会刷上一层薄薄的麦芽糖浆，故嚼起来咸中带甜，微有一丝所谓的"椒盐"味，一口咬下，唾液完全分泌，便一口一口将它吃完。这是我买了边走边吃、还没到中正纪念堂便把这套烧饼油条不配豆浆又不觉其干的吃完之个人经验谈。

烧饼油条一项，全台北这一家称第一。

杭州南路以东的这一小段金华街，是老式外省小吃的聚集地；有名的"中原馒头店"、"刘家饺子馆"（卖"炒草帽面"）、"廖家牛肉面"等在焉。然最有风格的，是这家烧饼油条小铺。何种样的风格呢？他开的时段很短，一早六点至八点半；有时九点来买，饼已卖光了。若问何不多卖些？唉，每片菱形烧饼须以手伸进热烘烘火炉去贴，辛苦之极。这位李师傅，本人便甚有风格，看来虽有一身手艺，但原先似乎志不在此，极可能从前务过别业，如今一大早挥汗做饼，莫非暂时砥砺心性，以备后日之远图？而老杨从炸油条到不炸，亦必是不令自己太累；再加上另请一助手，如此三人小店，一天只卖三数小时，烧饼只能出个几炉，却也服务不少老饕，而所赚实不多，仍一径开下去，如何不是最有风格的店？几乎已有武侠小说中所言"风尘中小店"的况味了。

地址：台北市金华街一一一之六号

时间：早上六点至八点半

休假：周日

（原载二〇〇五年十一月十九日《商业周刊》，曾收录于《台北小吃札记》，皇冠文化出版）

③ 永康街 Truffe One 手工巧克力

永康街近年成了台北最优雅却又最享乐的一块区域，主要是居民与店家自动将身边环境打理得优质。

今日最优雅的永康街，可由数个元素构成；先是路头的"鼎泰丰"。再则是"永康公园"，堪称台北的社区小公园中最佳范本。再则"回留"素菜馆，素馔精美。再则三十一巷的"冶堂"，售优质茶叶，也呈现最具文人气的茶文物空间。接着向南跨过金华街的"小隐私厨"，初开便每晚排队。再则七十七号的"发记古董"，室内摆设淡雅，院中盆栽妙手成春，文人与过客常在此喝茶歇脚。

终于，三个月前又多增了一个优雅元素，便是这家 Truffe One（或可译"松露一号"）手工巧克力店。此店一开，不惟令美食的永康街增加一个收嘴前甜食的完美性，也是我最常鼓倡小店应制最精最窄的食物之最佳楷模。

Truffe One 卖的是"松露巧克力"。指的是形状像松露，并非松露口味。形状像松露，其实隐隐有"自然成形"的不规则之意。意即：不是压模而出者也。

其口味，约保持十二种之多，随季节更换果馅种类。果馅，是我个人感到在此最享受的部分。尤其是店家正在熬炼芒果或奇异果成果馅时，单单嗅着那种热带（或称热情）感的强烈冲香并混着密浓之甜稠，便已是极好的芳香疗法了。更别说待会轻轻咬下一口这种口味的巧克力时，内中的浆果似的蜜馅，发出幽幽晶光，既涵着微酸，又有些酵香一如醇厚老酒，却终还是一味老少咸宜的甜物，怎不教人雀跃。

一个售三十五元，如同一杯便宜价格的咖啡，但我与店家聊后发现，何以前面说的"轻轻咬下一口"，乃在于这是善待小小甜食的最应当态度；一来太多人并不需要过多的甜点或糖分，细细的品尝较重要。二来巧克力是使人开心的撩拨物，三个两个亦是韵趣盎然，并非像吃饭要吃饱或吃冰淇淋要吃过瘾。

Truffe One 的口味中，我认为最特别的是"石卓茶"，乃它有高山茶的清香，又不会像日本抹茶无所不在的那种陈腔滥调。再就是"柑橘"，有一丝"九蒸九晒"似的多重熬糖工序；熬完，滤干，再置冷，如此五至七天，但就是有这样拗的人（如前几周我讲的熬冬瓜茶的人），喜欢如此制作自己深以为乐趣之事。这样的永康街，当然会愈发有意思了。台北就是需得如此，台湾就是需得如此。

地点：永康街四十五之一号

时间：下午三时全九时

休假：周日与周一

（原载二〇〇六年九月十一日《商业周刊》，曾收录于《台北小吃札记》，皇冠文化出版）

④ 忠孝东路清真黄牛肉面馆

外地客人来到台北，匆匆一停，若只能有三碗牛肉面的量，那我会说，其中一碗应是这里的"清炖牛肉面"。

若说一碗面中牛肉汤之香醇、仙腴、净清，不杂一丝其他作料味（如豆瓣、花椒、肉桂、沙茶、番茄、酱油）；又面条是手擀的家常面，大把大把抛入锅里，下至透亮滑抖，捞起；这样的面放入这样的汤，在纯粹鲜香上，全台北称第一。

但牛肉呢？差点忘了提。此店的牛肉是煮熟捞起放干，再切成薄片；面下好后，将牛肉片撒进碗里，一如你在兰州等西北地方所见的那种吃法。这不免令吃惯了"常态式"牛肉面的老吃家心生"太柴"之感受，的确也是；但倘细细品嚼，这几片瘦牛肉实颇有滋味，甚至有点三四十年前的台式"切仔面"上搁的三片瘦猪肉或三片炸红糟肉片那种风情。

这是一家清真馆，故它每天所进的牛肉，不惟是本地黄牛，且须专人宰杀，杀后放血，更有教门专人诵经，经此洁净过程，方可烹食。正因如此，其"清炖牛肉面"（一百二十元）的汤头会如此鲜，却又如此清，放血至彻底也。而牛肉如此瘦柴，却嚼来绝无浑腥味，亦因放血故。有的行家在吃面时欲极尽酣肆淋漓，特嘱牛肉另搁一盘，只全心大口呼噜噜吃面，肉仅偶夹一片两片，所剩肉片打包带走，回家夹入全麦面包内，洒橄榄油使腴润，搁番茄片与生菜令鲜脆，甚至煎一片半熟蛋皮填入令更丰盛，便成了一个绝佳的牛肉三明治。

亦有"过桥"吃法，即面、汤、肉三样分开，让客人按自己干吃或汤吃习惯来拌面夹肉，肉分量也较多，一客两百元。

牛肉饺子，十个六十元。牛肉馅蛮特别，饺子形状较扁。

再说小菜。共五样，小黄瓜、萝卜丝、凉拌高丽菜、凉拌海带丝、凉拌豆干片。其中豆干片很特别，是白的，与平常所见有五香肤色者不同，味亦较清。每碟三十元。

料理大台子上，明置一碗盐、一碗味精。若不要味精，说一声便成。

此店座落东区之正中心，少男少女络绎不绝，有时手上带着吃了一半的别种肉食便走了进来，面台后老伯见之，脸上便有莫大的委屈,怎么回事呢?噢,原来不洁净的肉食带进了门,与他之教门规戒大大相违也。

店亦售红烧牛肉面,亦有细粉、泡饼,皆一百二十元。然我吃来吃去,最偏嗜清炖牛肉面。有一次在友人家小坐,旁有一桌麻将,牌客提起吃点心,问我想吃什么,道:"就去买附近的清炖牛肉面吧。我的面就泡在汤里,别分开,拎回家时,面早将牛肉汤里的油气全吸进面里了,于我最是美味呢。"

地点:台北市忠孝东路四段二二三巷四十一号

时间:中午十一时半至二时、下午五时至七时半

休假:周日

(原载二〇〇六年二月十三日《商业周刊》,曾收录于《台北小吃札记》,皇冠文化出版)

养生与打拳

谈站桩

二十一世纪最重要的课题，是呼吸。

近日太多朋友皆在谈健康，谈养生，谈保持快乐心情，也谈气功。

气功的法门极多，但有没有一种最单调、最原始、最适合所有人或说 for dummies（给傻瓜）练的功法？

东想西想，想到有一种最不像练功的练功法或许可以合乎。这功法，叫做"站桩"，粗看只像是罚站，然据养生家指出，这是世间最了不起的发明。

谈站桩

有可能将来随处可见三个人、五个人的在树下罚站。而家庭中或许出现这样的对话："你要出去啊？""嗯，我到楼下公园里罚站。"

所有的内家拳皆强调站桩之重要。把桩站好了、站实了、站静站定了，再微微举步提手便即是打拳了。太极拳有几十个招式，但有人主张把起式好好地练好。起式便如同站桩之外加上将手缓缓抬起、再缓缓压下，手的动作极轻柔，以不干扰站着的桩。至于后来移步如猫行，转身如拧巾，皆为了离原本站成好好的桩不远。

那么，什么是站桩呢？以姿势讲，不过是两脚张开与肩同宽，膝微弯，两手在胸前抱成圆形，垂肩、松胯，总之，但求全身放松舒服。

以心念讲，最好啥念也无，只是站着。以呼吸讲，最好不去管它，它自然会呼会吸。

近代"意拳"（又名"大成拳"，算是脱胎于董海川、郭云深的"形意拳"）的创始人王芗斋（一八八五－一九六三）于站桩之阐述，最为精辟："练习桩法时，形虽不动，而浑身之筋肉气血与神经以及各种细胞，无不同时工作。""只要舒适、自然、轻松、无力、浑身像躺在水中或空气中睡觉，就大半成功。"

他又引王国维《人间词话》中所谓"衣带渐宽终不悔"，示习者以恒。他说："坚持百日即有感觉。坚持三四年，即觉四肢膨胀，手足发热，有灌铅之感。"

恒心极是要紧。但即使没站上百日、没站上三四年，已有太多人感到颇强的效果，如身上觉似有虫爬蚁走、肌肉跳动、肠鸣、放屁、打嗝等现象，这皆是人的内部在追求各器官、各管道之通畅的结果。

这其实也是呼吸一径追求之事。且看当吾人勉力将手向上高高抬起，一放下，便发现有一口大气要急急呼了出来；又当你按背后膏肓穴或腰部，亦有一口大气要深深地呼了出来，这种种便说明：我们身体某些没有通达或原本滞钝的经穴，造成呼吸不足；而当它被伸展开或被按压通了，气就忙着要往那儿去矣。故伸展筋骨（或如打拳、瑜伽）与按摩，常是练呼吸的前提。而呼吸，又常是逐渐自内部——汩汩地冲开经穴与打通筋骨的自然功法。

即此，可知呼吸是身体何等重要又何等幽微精妙的工作啊，吾人怎能不好好珍惜每一口的呼吸呢？

（原载二〇〇九年九月二十二日《联合报·名人堂》）

太极拳咏怀

四十年前我做高中生时,在学校的国术社里学了太极拳,也看似颇有兴味地打过几个月。然后就丢下了。但不知为何每十年八年总会兴起再打的念头。却也没真实践。

这几年想得更频了。并且经过这漫长的四十年,我发现它有更趋流行之势。甚至它一径是最有魅力、最具美感、最富心灵享受的一种运动。

所有的拳术皆迷人,但太极拳是其中最叫人会全神盯着看、似又不全看懂、却最没法不一直往下研看细探的一种"类舞蹈"。即使不谈内力、不谈气,有运动细胞的人打它,依然很美。动作钝愚或龙钟老态的人，打了几十年，亦有照样很不富美感者。然两者同样的，皆于身心极好。

或许它的这种深蕴之美，这种柔软又似波浪的飘摇招式，委实太不同于任何运动，也太不同于其他拳术，故有人在最着迷的当儿，即起床见窗外阳光清朗、花红鸟叫，早已忍不住立即要打。甚至已成了一种瘾头。

摇滚歌手 Lou Reed，上世纪六十年代创办"丝绒地下室"（Velvet Underground）乐团，前几年也迷上了太极拳，甚至在演唱会上找了他的中国师傅，自河南陈家沟学艺有成的任广义，也上场随着音乐演打拳式。事实上，摇滚乐还颇适合衬配太极拳呢。另就是，看老外打，常有叫你更眼睛一亮之惊艳。乃他们有属于所谓西洋肉体上的自然诠释，往往是另一番的异曲同工。且说一事，二十多年前在美国，驱车游经佛蒙特（Vermont）州的一个嬉皮小城 Brattleboro，当晚一小咖啡馆有音乐跳舞活动，我去参加，其间见一黑人随音乐弹动身体，此上彼下，煞是好看；再一细看，原来是他快速地在打"倒撵猴"招式，哇，怎能不好看呢？

便因这好看是有来由的，以是最耐咀嚼。所谓有来由，是它的手足在空气中游动，而这慢慢地游、慢慢地移，是在体内的气的引导下而去的；当气升时，手足往上往外；气呼出时，则手与足飘飘落下。

我看了几十年的这种飘飘落下，至今犹不腻，便因这种舞蹈是发自内里，发自人的体内之气流。也难怪，即使无法以气锻炼到贯串全身，我仍要说太极拳是最值得练的一项运动。打它的架式，便已是至高的美感、至高的心灵享受。每隔一段时间你想到打它一趟，便是最好的没有舞蹈编排（choreography）的自然随心所欲之舞蹈。有时这种招式演练，比练气更益于身心，乃它的美感之沁入深心，叫人更如同要歌赞天地大美一般怡情悦心。

有人打了多年，感到无啥气动效果，似乎兴致低落。其实应以"上瘾"的方法来求。如何上瘾？便是要不就为它的内气鼓荡上瘾，要不就索性为它的迷人极矣之舞蹈美感上瘾。两者皆让人受用无穷也。

（原载二〇〇九年十月十七日《联合报·名人堂》）

浅谈养生

养生第一要务是洗脚。要慢。要搓。要恬然无事、无所用心。要开始泡时水不甚热、随即加热、再慢慢转温、却又一直保持不冷。须知脚受热时，上半部的身体常常获得释放，尤其是脑部。

要做无谓之事。譬似洗脚。更无谓之事，是兀坐。打坐何难也，兀坐已足。然兀自呆坐，是为了心中无事萦绕，要获得此种放空状态，亦可外间闲走，边走边张望，此为了分神，也为了忘却自己。

养生要宣吐感情。观情感淋漓尽致、荡气回肠、热泪潜下的电影。这常赖经典老片。故家中不妨备些好的老片录像带，如《红菱艳》、如《北方的纳努克》、如《偷自行车的人》、《伟大的安巴逊》，如印度大师萨蒂亚吉特·雷伊的《大路之歌》等"阿普三部曲"。以及诺曼·威兹德姆（Norman Wisdom）的《晨鸟》或是 Walt Disney 出品的《飞天老爷车》（*The Absentminded Professoor, 1961*）这类令我小时笑到地上打滚的片子。

要谈笑终夜。需觅良伴，需天南地北旁征博引聊趣事，往往是古人事，如陶渊明事迹、如诸葛亮李白曹雪芹事迹。如伯牙庄周事迹、如拿破仑甘地事迹、如史怀哲（Albert Schweitzer）、Alexander Skutch 事迹。

总之多谈世界见闻、旅行趣事，而莫论眼下时政。一场美丽精彩的谈天，有时一年也碰不上几回。有些鲜与人交的族类，更不知谈天为何事。友直友谅友多闻，多闻之友易觅乎？

亦可谈玄说易论风水。探讨经方时方，补土泄火、河间派……谈些 Ann Wigmore、雷久南、庄淑旗。

要打麻将。然需得佳良搭子。须知人生三大乐，妻贤子孝牌又上张（将老谚"人生三大憾，妻不贤子不孝牌不上张"改成）。

要唱歌。且要唱到教自己酣畅的歌，如有的唱 *Muddy*

Waters，有的唱 The Doors，有的唱《教我如何不想她》《在那遥远的地方》，有的唱 Hey Hey Taxi。

或演奏乐器。最好有友伴一同 jam。不然也要聆乐，并不妨随之起舞。

然观影与听音乐，最美之境，是不期而遇，而不是自己选放出来，如此更有惊喜之效果。

要不接电话。一天中至少须有两三小时完全不理会电话。不理会，亦养生一大要务。

一天中摄取贮存的营养，应在一天的结束时，将之耗使至尽。这也是晚饭要吃得早的道理。

也就是说，既吃那么多，便用那么多。或，不用那么多，便不吃那么多。

倘不在外间用劳力，便不该吃太营养之物。

睡觉亦是，应是体力耗尽竭尽时，否则还不该睡觉。

（原载二〇〇九年五月十六日《联合报·名人堂》）

远方与近地

在台北应住哪里

我生在台北市。四十多年来这城市的变化不可谓不大，我今所住地方，不是小时候所住者；我的同学、朋友、邻居今日所住之房，也多半不是昔日之所。有时走在城里某区某街，指指点点，极多的今昔相去之慨。

台北变化虽大，但老台北仍不免用老年代的传统区段概念来看待它。像基隆路这条台北东界，曾是一条晦暗昏浊的灰沙滚荡之路，昔年的十九路公交车低沉地荒行其上。路以东，不太像是有朗院亮厅的住家，却今日昂贵的信义计划区坐落于此。以前说起虎林街，已是化外之地，如今它的东边竟还有一片又一片的街道及房屋。

南京东路以北、复兴北路以东的这一片东北区,一直有一点飞机场延伸的味道,于我很难凝结出人家的感觉。上世纪六十年代初"联合新村"(南京东路四段一百三十三巷)、"武昌新村"(南京东路五段一百二十三巷)与稍后的"民生小区"建成,也一度颇有整齐聚落气象,然往往几条巷子外的冷街,便有阴灰荒飒之感。即使今日人烟密布,这种气氛仍在。民生小区如今房价颇高,也颇受市民喜欢,规划方正,大小公园极多,富锦街的大树成荫,街道之相当富优雅角度的弯曲,四楼公寓间的距离,真是多好的一块住家区块;但此处是昔年的东北面偏远角落,离机场已近,也离基隆河滩、上下塔悠、滨江街这类疏水洲域甚近,感觉已在郊外水沼地带,人烟似显稀落,故我说的雅驯一节,它在先天的地气上犹是蕴积不出。

厦门街很好,但近旧货市场则不佳。近中正桥头亦不佳。

金门街很好,但太近堤防(或说,水源快速路)便不够好。

植物园附近不错,但三元街显然不宜住家。

像我这样以昔年地相的传统角度来选择台北住家,能选的区域非常之小。首先,我不会选郊外;什么汐止啦,东湖啦,新店木栅淡水啦,我未必看得上眼,虽然我还未必住得起。天母、阳明山我是绝对住不起;这还不是说买,是说租。然即使住得起，我多半不是会懂得享受天母、阳明山的那种台北人。

我那些小时候住在中山北路一段（像什么几条通的）、二段巷子里日本房子或西洋楼的同学们，后来当地生态商业化了（如俱乐部、居酒屋等满布），他们搬出去，搬至何地呢？有的住到新开发出来的敦化南路、仁爱路、安和路的大楼里，有的搬到了美国，亦有的更往北便搬到了天母。他们不太可能离开了中山北路反而搬到大龙峒或永吉路或内江街或万大路，不可能。

曾听说过有人在林森北路上找住家的吗？若非在左近工作，一般不会如此。

我也不会住在河边。台北的河，原先何其优良的地景，然人早放弃了它。除了清朝时大稻埕及万华这两处古老聚落依傍它而生而兴，其余的河畔皆因人惧怕它的泛滥而筑起堤防隔绝了它。而其他市内以瑠公圳为主的诸多密布渠道，也因为人与之争陆而填盖了它，致使台北四周天赋好水好流完全无法为台北人享受身临。

人在长沙街康定路圆环，或延平北路民生西路附近走走看看，也会觉得气与光尚属不错；然这是旧商区，有许多旧日行业集杂于此，若非此地老居民及打算在此做生意，外人亦不易选这里住家。西门町与万华，方圆几百米中，就有老松（六十年代，学生人数破万，为世界最大小学）、西门、福星、中兴等大型的小学，可知此区传统上人口便极度稠密。

传统的老住宅区仍旧维持大致的情境，虽然有些许截切。泰安街、铜山街、临沂街、永康街、青田街、潮州街等是何其佳美的住宅巷弄，倘金山街没有拓宽成金山南路并向北打通，会更看得出附近聚落的完整感。建国南路没建成高架前，两旁亦颇柔静。复兴南路没建成捷运前，两旁的住宅区早被打断。其打断早在填起河沟、将安东街改名为复兴南路与瑞安街那时已然。这当然也是不得已的都市扩张之举。

老派的台北住宅区，大约可用学者、公务员、官员的宿舍分布来得出一个颇称标准典型的概略。不妨随手举一些例子，像李国鼎住的泰安街二巷，马纪壮住的泰安街一巷，朱集禧住的泰安街六巷，孙运璇、纪弦住的济南路二段，薛光祖住的齐东街五十三巷，梁在平住的临沂街三巷。像周至柔住的延平南路，高玉树住的青岛西路，吴大猷住的广州街。像钱思亮、薛人仰住的福州街，方东美住的牯岭街，俞大维、罗家伦、张宝树、黄尊秋住的潮州街，萨孟武、虞君质住的罗斯福路一段一百一十九巷。像钟皎光住的青田街九巷、阎振兴住的青田街十一巷，黄君璧、戴粹伦住的温州街十六巷、台静农住的温州街十八巷、陈奇禄住的温州街五十二巷，萧而化住的泰顺街三十八巷，陈启天住的新生南路三段十九巷,洪炎秋住的和平东路一段一百八十三巷、刘先云住的和平东路二段十八巷,李辰冬、马白水、谢冰莹住的和平东路二段一百一十四巷。再如仲肇湘、王章清、温士源住的晋江街,程沧波、王常裕住的金门街,娄子匡、刘枋住的同安街。齐铁恨住的和平西路二段四十六巷,王寿康、何凡与林海音住的重庆路三段十二巷及十四巷。再如黄少谷、谢森中、关镛住的松江路八十五巷,张丰绪住的松江路一〇八巷。再如俞国华、毛松年住的信义路三段一百四十七巷。更别说如今辟为大安路、以前称仁爱路四段三十五巷所谓"名人巷"所住过的蒋彦士、陶声洋、刘阶平等人士。这些街街巷巷,实能廓指出颇多台北宜于人居的约略线条。

老台北习惯以日本房舍做为昔日优胜地貌之估测。复兴南路以东,不大有日本房舍(只有日据时不少仓库、场房),除了像"水晶大厦"前身等几处日式宅邸外。

今日的大安森林公园,昔年亦无日本房舍。它的北面(如新生南路一段一百六十五巷等)西面(如永康街二十三巷、金华街、青田街等)南面(如和平东路二段十八巷等)及东面(如瑞安街二百五十六巷等)全有排列俨然的日本房舍,何以这一大片土地上没有?何以它昔年只有零星几户闽式红砖红瓦杉木梁柱旧宅(如以前信义路三段十四巷、国际学舍的侧后方)及稍后建起的眷村(如建华新村、岳庐新村)及小规模圈起的军营并同凌乱迭成的违章建筑?

乃它原是所谓的"不堪地",也就是荒蔓地、杂堆地、泥泽地,致最后成了乱葬地。既有人葬,便因无人管。一葬再葬,逐渐由人建成"万善塔",可放焰口、广被众魂。今日林森北路南京东路的十四、十五号公园,昔年亦是葬地,故东边的那一片,在国府迁台后还借租给民间做为"极乐殡仪馆"之用。

昔日的双园区,也就是万华的南面淡水河转弯处,地势低,早年必然是冲积淤土而成的一片地,开发得比较晚,住民想是外地较晚迁来者。青年公园开始规划时,显然没想过把宝兴街、长泰街、东园街等巷弄中挤之又挤、乱之又乱的居住景观做一协调分配的动作。也就是,青年公园太大了,而万大路与环河南路三段之间的住家则公园绿地极度不够。倘若有人想买房子,顶多只会买在公园近处,也于是万大路与环南三段之间只会更恶质化。如果把果菜批发市场迁去青年公园一角,而将市场原址建成公园,如同交换;或将荣民印刷厂与青年公园一角互相换搬,或许也会好些。老实说,青年公园太大了,又太僻处,像我住在金门街的人,五年也未必去到一次。这个公园从无到有,到现在略有年岁,我怎么看,它都不是一个成功的台北市内公园。

观察骑楼,也可知原先之格局。以骑楼之宽窄,可测出此路之旧新。汀州路何以骑楼恁窄，乃原先不是马路，是"万新铁路"（万华至新店）的轨道，上世纪六十年代中期拆轨建路，外地劳工小商迁入营生，故略有三重街市景意。师大路的骑楼亦窄，乃原是龙泉街及曲折小巷，逐渐形成牛肉面蹄花面摊市，后才拓成此路，半宽不窄，往往一个红灯便塞车。济南路与信义路之间的金山南路亦是拓宽打通所成，骑楼焉能不窄？

延吉街的骑楼亦窄，乃它原本没有能力宽，昔年只是一条沿着小溪的乡野小径，村趣十足。原先是河渠的路，台北太多了，新生南北路是原先瑠公圳的主渠，大安路、安和路也皆是渠道，如今全到了地下。几百年前先人千辛万苦挖的，我们再把它填起来。以前内湖与大直交接处的西湖（"治盘新村"站向南跨过马路的村里），临着水岸，有渡船可通往大片的沙洲，也全变成陆地了，沙洲上的砖窑变成房屋了，明水路也进出来了。最可怕的是"截弯取直"，台湾能让宝贵的河水回转缓绕的机会原已不多，竟还有人像截短肠子一样地对待河流，只是为了多抢一点烂地，若建了房子，哪怕将之粉饰成所谓高级住宅区，对自然界稍有水土见识或微有疼惜之念的人，怎么忍心或放心住在那里？

（原载一九九九年九月十六日《中国时报·人间》，曾收录于《水城台北》，皇冠出版）

永 和

——无中生有之镇

在某一个特殊的年代（像是离乱刚歇、不兴不止），会结凝出某一袭特殊的气氛（像是波荡不定，却又安宁不见有动静），而将这种种呈现在一个特殊的边搭地方（像是仓皇划出，不城不乡）；这样的年代往往短暂，如同权宜，一个不注意，竟自逝去了，而这样的气氛与地方也顿时见不着了。

曾经有这样一个地方，我小时亲眼见过。它的时光永远都像是下午——安静缓慢、所有人都在睡午觉的下午。它的布局永远都是弯曲狭窄的一条条不知通往哪里的巷子；两旁的墙与墙后的房、树、与瓦都像是为了圈围成这些引领人至无觅处的长而弯仄的巷子。它的颜色，永远都是灰。它的人，永远只是零零落落，才出现又消失，并且动作很慢，不发出什么声音，总像是穿着睡衣、趿着拖鞋，没特要上哪儿去的模样。倘站在巷口，只像是目送偶一滑过的卖大饼馒头的自行车。

真有这样的一处天堂，在上世纪六十年代，叫"永和镇"。

马路上的公共汽车或公路局班车皆是旧旧的，扬起的灰尘飘落在尤加利树的苍旧叶子上。尤加利树，那个年代所习用暂时为街路形廓打上桩子之象征，透露出这里实是新划区。而灰尘，与此镇的本质色根——灰色，来自河边无尽的沙洲。

这里见不到根深柢固的大树（台北市其实也极少），及树后的庄严古庙宏殿（如台北龙山寺，大甲镇澜宫），见不到旧家园林（如板桥林家花园，新竹郑用锡北郭园），见不到豪门巨贾（如迪化街，贵德街那种西洋楼），甚至没有颇具规模的眷村（如台北的成功新村，四四东、南、西村）。这里也没有良田万顷、阡陌处处，没有茶山层层、水牛徜徉林野。没有。有的只是野竹丛，此一撮，彼一撮；只是番薯地，零散的菜畦，疏落的葡萄园，水沟边的丝瓜棚而已。当然，还有人家，在遗忘的年代间杂建于那些凌乱的角落、用的只是粗简材料的人家；以是在这里看不到工整成形的日式宿舍。

是的，人家。便因这些乍然出现的一户又一户人家，使永和之所以成形为永和。上世纪六十年代，在台北，任何人都有几个朋友住在永和，每个小孩都有一二同学家住在那里。太多的北部人都知悉它的一二名声，说什么永和出豆浆、出皮鞋、出美女，甚至说出弹子房、出竹联帮。

　　它像是演员金永祥慢推着二十八英寸脚踏车在永安市场买菜的那种小镇。像是江明、冯海这种不算大红而又朴素自持的六十年代小生可以卜居的小镇。像是武侠小说家高庸构思奇情打斗聊寄闲愁的荒涩小地方。也像是电台主持人包国良穿着汗衫站在安乐路家巷口的家居闲景。作家侯榕生在文化路，陈纪滢、王蓝在竹林路，皆能幽幽地享受收音机传出的京戏声。这里太过粗简平淡，以是即使有将军（抗日名将吉星文住在潭墘里）、国大代表等卜居，却看不见官宅大院的霸严气象。这里太零散，墙面太斑驳，墙角太生杂草，以是最没有阶级，最小民化。

　　这里又最荒疏，矮墙瓦房后零碎的麻将声，只更显得不知岁月，更悠慢远离世事之中心。倘一个人经过了抗战的颠沛，经过了一九四九年的迢迢迁徙，顿时觉得老了，只想颓唐地打发衰年岁月，歪躺在藤椅，跷起二郎腿看看晚报，泡上一杯香片，哼两句戏，吐他一口酽痰，打个四圈麻将，那世界上没有一个地方比得上这里，永和。倘有小孩想逃家，逃离父亲的鞭打，或是在学校被同学殴了，心中有无限的怨苦，想到一处荒凉所在找寻自己海阔天空的梦境，那他能够找到最好的地方，在那年代，是这里，永和。

假如在台北开不成象样的馆子，这里正是烤烤烧饼、磨磨豆浆以之营生的小地方。甚至只是在湫隘家里蒸好馒头装好木箱盖好棉被骑上单车沿街叫卖的流动生计之适当小镇。这里也是在台北无法开成诊所，只能白天在台北大医院应诊、晚上在家看看小儿感冒的西医之小镇。并且也是未必有中医执照却又医术精湛能够悬壶济人的中医之小镇。

比之于其他的台北县小镇，永和最晚熟。它不比士林镇（上世纪六十年代士林当然还只是"镇"）古风文雅，倚山襟水；也不比三重、新庄之小型工商业蓬勃，人烟稠密；更不比板桥的幅员开展，基业雄厚，颇有县治气派。端看通往这三地的桥梁——中山桥、台北桥、光复桥便——都比永和的中正桥要壮丽得多。

中正桥与它们比，只像是一座便桥，难怪徐钟佩四十年代的文章《发现了川端桥》（中正桥的原名），必须因它小而偏僻的去"发现"。

它甚至不通铁路，固然没有士林、板桥古典通衢之重要。

也比不上景美、新店因有短程铁路而显现都市延伸之意指。更别说永和之无铁轨显然是不具产业的表示。

永和便因太多的先天不足，使它得以成为上世纪五十年代中期以后的一处奇特天堂。当然，这天堂只维持了近二十年，可以说，到了七十年代中期，原先的永和便丢失了。

永和原来和台北没有什么关系。它原是北行的新店溪打一大弯而廓成的溪旁大洲，溪以东、以北是台北市。一九三八年川端桥（今中正桥）未建前，溪以南极少人烟，乃它是无垠沙洲，随时与水争陆、随水沉浮。前几年台北市水源路、同安街口那一大幢日式木造二层楼房未遭火毁前，可以想象六七十年前自那楼台南眺河景与河后远处平阔无尽的树草荒景应是何种情味（当然水源路的堤基那时没有如此高）。倘有所谓的"北部八景"，而又硬要赋予永和一项"网溪泛月"，则自这处日式木造楼台上当是最可体会。虽然"网溪泛月"之品题多半来自网溪老人杨仲佐（画家杨三郎之父）二十世纪十年代建其别业于今永和博爱街七号地址后养兰作诗、时与文士酬唱而致。

永和原是中和的北面边郊。中和是中心，向外向北延伸，遂有荒芜处的永和。且看主干永和路、安乐路、中正路等，其门牌皆是由南向北、由小向大。三十年代末建川端桥，先是与台北之陆地衔接上了,继而上世纪五十年代初又成了台北市最先考虑又最邻近的疏散区,(博爱街的"金瓯女中"永和分校便是昔年疏散设施之例)遂一变而成台北市的南边后院。住永和文化路的人骑自行车到厦门街买一块草绳扎起的冰块,路程短到溶不出几滴水来。一九五八年永和自中和乡析出,自成为一镇,又因与台北市仅一桥之隔,其生态趋向及聚落形态顿时改观,重要的住家房子与商店快速地分布在近河桥原本淹水不定时的沙洲边,而不是近中和枋寮左近的原先心脏(且看中和尚有小段的铁路可知)。于是竹林路、中兴街、文化路、励行街、豫溪街等的黑瓦砖墙平房东一撮西一块地兴建起来,而近中正桥的"溪洲"戏院(永和最老的戏院,已拆,约当今永和中正路交口之址)、"永和"戏院也瓜分了"枋寮""中和"两戏院的观众。而桥头的豆浆店、皮鞋店、银行、诊所,甚至私立的幼儿园("培元""竹林")、小学("竹林""及人")、中学("励行""复兴美工")等皆蔚然成立,俨然是一繁华的文教小镇。

而这小镇,若以永和路为树干,以忠孝街、文化路、仁爱路、信义路、保福路为西枝,以博爱街、竹林路、中兴街、豫溪街、大新街为东枝,如此像叶脉一般的张开来看,它有一种新市镇的简略与单色,而没有占旧行业如棺材店、收惊神坛等的诡秘烟香及浓黑暗红之色。何也?乃永和不是年深月久自然蕴积成形的镇市,而是人为快速的移住之地。

并且它不是南部人迢迢北徙的劳工打拼之镇，而是台北市小民向郊外搬移以求撙节用度的居家之镇。

这或许也造成永和在上世纪五六十年代是一个颇具外省氛围的聚落。

自民国四十七（一九五八）年设镇以来，户口统计即显示，外省籍人口为最高，占百分之六十二，当时有一万八千余人，而本省籍人口不过一万一千人。到了民国五十三年，外省籍人口多达三万六千余人，本省籍人口则二万人而已。

它虽也间有闽南式红瓦土墙的房舍，如保福路一段三五巷四号的"永福居"等，然委实太少，比任何的台湾农村小镇显得最不闽南感，因为错综交融掩盖了。它又最不日本感，乃它的日本房舍极少、极不成排成列（须知当年台湾太多城镇的日式宿舍群、糖厂小区等，入夜晚行于巷弄，完全如行于《荒城之月》笛声气氛下日本），可见它在日据时代是何其荒凉、何其不受到建设。而它又不全然像一浑然自足的完满市镇，倒比较像一个稍大的住宅区，它像是台北某一页外省生活的小脚注。

是的，它是台北瓦房生活的延长。只是它的巷子更小更弯更没章法,墙更粗简、墙头的树更灰涩、墙后的人声更沙哑,巷子里走经的人更显无精打采、更多的睡衣与拖鞋。它是这么一个人人以随便而获致平等的荒澹村落。

虽是小镇,它的面粉用量在传统的年代往往多过云林的一个老镇,譬如说,北港。它的辣椒用量,也可能多于台南的盐水。何也?外省人的比例多。

另一特殊现象,是弹子房数量为北县各镇最多者 [据一九六七年的《台北县年鉴》统计,永和有撞球(台球,台湾的叫法)店十六家,而士林镇仅四家,三芝乡二家,中和乡三家,板桥、三峡、三重等全无著录],不知与外省人多有关系否?

现下回想起来,打弹子,原本未必是外省少年多于本省少年;然而永和的确比其他市镇的弹子房多上好几倍,这一来或许与在外省聚落上开设弹子房较易招致生意确实有关,二来与永和是一新开发区、地价便宜、生意新萌亦有关,三来永和原自空无中来,较为散漫多缝隙亦是一因。

弹子房最初多设于中兴街。一九六三年,原本大批移居于成功里(今成功路附近)的大陈义胞因建堤防之需,整批迁往西北角的永成里,即大伙惯称的"新生地",逐渐开成了一家

永和

又一家的价格更廉宜的弹子房。由于它先天的偏僻优势，在当年学生打弹子犹被严禁的岁月，毋宁是更佳的一处巢穴，终使上世纪六十年代的新生地成为全台湾最密集的弹子房"首都"。

另有一特殊现象，说永和出"竹联帮"云云，亦可一谈。

竹联帮固然与永和的竹林路有关，然若说永和出太保，则是不正确的。前说的永和原自空无中来，散漫多缝隙，竹林路路底近堤防处，不自禁成为台北孩子过桥到幽荒罕人之河滩远郊寻觅心中绿林之假想地也。陈启礼从来都住在台北市（金华街）。那时的孩子，行踪颇远；坐上公交车，转个两三趟到郊外，寻常之极。一来大人没那么盯管，小孩个个奔来蹦去地玩；二来小孩没啥玩具没啥运动设备，只能在外间野地寻奇探胜，消散精力。昔年的竹联帮，实种种因缘际会逐渐称叫出来的，虽也有住居永和的一二少年参与，然太多的台北孩子爱往郊外荒滩厮混；东混西混，日子久了，原本在别处受到当地少年殴打的怨恨终于想自此集结几个同伴来报复回去。"竹联帮"便是这么说着说着、混着混着地成立起来的，一如太多太多在各个地缘区域所立起来的帮派一样。须知"太保"之来由，常是"战后症候群"；在战时心中满是愤与仇的父亲，其所生下的孩子，往往还袭着犹未消散的悍劲蛮意；台湾的五六十年代，街巷里、校门口、火车上，全见得着眼露凶光、蓄势待发、随时准备打架的多之又多少年。老实说,永和的太保并不比台北多。这有一原因,永和没有成规模的眷村。既无一个接一个得以滋生"兄弟"义气的"角头"式(如本省式村庄角头、庙坛角头)的眷村生态,一如台北、高雄、新竹,故永和本身的太保并没法太繁多。加以永和的外省族群与本省原居民以及外地移入者,互成穿插平衡,毫无剑拔弩张之势。算是既最没有明显外省川湘鲁皖之辣悍眷村风味又最没有本省云嘉盐土粗猛之田庄气息的兼容台外、极其平淡疏静的居家小镇。永和有一条豫溪街,便取河南(豫)与溪洲(溪)二义合成,乃河南开封人段剑岷与网溪老人杨仲佐合力鼓舞倡建之镇。

永和先天上又不能是一个工业与农业之镇,故吸引移居此地者多是住家之民,也相对令永和颇显公教或甚至文化色彩,像作家便曾有不少:竹林路住的王蓝、陈纪滢(昔年的二十五巷,当是今日的三十九巷),文化路住的呼啸(胡秀),仁爱路住的屠义方,豫溪街的彭品光、穆中南、唐绍华,安乐路的魏希文、亚汀(汪珩生),保福路的夏菁。而画家也有不少,刘其伟(和平街)、邓雪峰(竹林路)、杨震夷(竹林路)、李灵伽(光复街)。

住家的小镇,最是长日长夜寂寂,很像是看长篇小说的最佳家园。我一直有一种感觉,杨念慈的《废园旧事》、郭良蕙的《遥远的路》、尼洛的《近乡情怯》、潘人木的《莲漪表妹》、甚至琼瑶的《烟雨蒙蒙》这些名字，便像是应该在永和这样的小镇来窝在棉被里读似的。

永和，这睡眼惺忪的天堂；无所谓日，无所谓夜；大河在家后头不远处悠悠地流，无日无夜地流；河岸的鹅卵石一动不动，与石间的芦苇随风摇曳。

造成它这睡眼惺忪天堂的原因，除了其沙洲地形，主要是——时代。永和是典型的上世纪五十年代的小镇。永和的来由，是战后。战争完了，许多人皆累了，想啥事皆不做地歇上一歇、懒上一懒。上一代的人倘想懒上一懒，下一代便有较多的空隙在这无垠荒院奔放其太保式的精力；"新生地""竹林路"只是最具象征力的地名而已。

永和的巷子太过安静，似乎只有脚踏车的刹车声会是唯一的声响。永和太过平淡无事，以是一九六二年励行中学体育教员崔荫枪杀校长案成为震惊全镇的大新闻。

有些当年还是小学生的人回忆起那天早上，竹林路上吵吵闹闹的，路也不通了，正要上学的学生许多都被堵住了。这也是一桩外省人离乡背井、同乡相依、其后又至积隙成怨、积怨成仇而终演成杀人的可悲例子。

据崔荫向刑警大队供称,杀人后先雇出租车至景美,曾在河边洗脸,休息至中午,再到公馆找到一当铺,把毛衣当了,购包子、橘子及香烟至台大操场吃后休息。终在傍晚回返他所寄居的建国南路二四九巷的友人家。

这河边洗脸、当铺、买包子到操场吃、寄居友人家……种种意象,噫,何等荒凉的年代。

寂寞的人永远都到河边。

小孩子也爱往河边去。乃那里辽阔,那里可以放浪,那里最自由不受人管。

永和便是一个沙洲建成之镇。为了不感受到大河就在近处之威胁,建起了一堵又一堵曲曲回回的墙,予人雅驯安定的居家之感。这些无尽的巷子,使永和像是睡着了,上世纪五十年代及六十年代。到了七十年代中期,它醒了,从此一切都改观了。

七十年代中期以后,台北县各乡镇加速繁荣,永和也成了新式的移民中心,中南部人亦驻扎了进来,使永和开始像三重、新庄、甚至土城、芦洲式的移民版本了；甚至韩国华侨、泰缅华侨也聚居来此，楼房急速盖起。二十多年来，商店摊贩密集，终成了今日堪称极其恶质化的永和。上世纪六十年代，全世界学生最多的小学是台北市"老松国校"；彼时的永和犹是好镇。及永和的"秀朗国小"一跃而升为举世"最大"的小学，学生有一万多人，其时，永和已不堪矣。

对永和不熟的人，以为永和只是闹烘烘的几条大街及街上的热闹商店，全没想到永和原是小巷王国。像忠孝街、和平街根本就像小巷子。街道太细、巷弄太弯曲，我不相信坊间卖的地图会有哪一张能将永和绘得完全的。新的《中和市永和市街道图》连大新街、自强街这样重要的街道也不标示。

今日这些细小的巷子街道，像是藏起来不要让人找到似的；人走进竹林路三九巷，进去后又碰到七五巷，又碰到九一巷，接着又碰到博爱街三二巷，这些窄而密、深又弯的巷弄，便是永和昔日的庶民所在空间。至若走到光复街二巷二一、二三、二五、二七、二九号那一排两层楼排屋，我几乎要说，这是很"永和的"。没错，两层楼排屋，像中正路六六六巷，像永和路二段四〇五巷，的确是永和极显明之景。至若老公寓，光复街二号四弄那一圈自成一围的公寓聚落，是颇六十年代感的。若看四弄十号一楼的小院与栏杆，可想当年倚河生活之雅美。事实上杨仲佐的房子就在旁边，如今仍留有空门在光复街上。永和路二段二三一巷十八号的那家无招牌烧饼店，倘不是附近邻居或是我这种外地的无聊瞎闯者，有谁会晃到那里？而当地人或还未必自永和路这条大马路向西进入；他可能自文化路六七巷（安和宫）向南进入，可能自信义路一〇四号旁的巷子向东进入，可能自仁爱路四〇巷向北进入。并且每一条皆狭窄到不便走汽车，必须步行或骑车。

事实上，汽车的年代来临后，永和各处蛛网般小巷子布满的地理生态早显得极为困扰。也就是说，倘欢迎汽车年代之来临，势必要向昔日的永和结构说再见。

今日的永和，人若走进豫溪街五十七巷八弄，看见尤加利树及斑驳的矮墙；走到竹林路一一九巷，看见十八弄一号或是二十四号这种巷道绕着平房打一个转；看见中兴街五十二巷一弄与六十八巷交口的那棵大树；看见安乐路一五七号的闽南式老厝；甚至保福路二段一六五号的"树德居"及近处仁爱路二〇二巷七号的"怀德居"这两座可能永和最古的闽南老厝，当会感到一袭很不一样的永和。

直到今天，永和还是很像烧饼应该烤得很好、豆浆煮得很香、牛杂炖得很浓的一块小镇，虽它早已不是。但它的模样仍很像。我说它是睡眼惺忪之镇，乃曾经有多少个星期天、多少个寒假

永和

暑假，人人像是昨晚都看了五百页小说然后睡到今天中午起床并不约而同来到巷口找烧饼油条的一个小镇。真有这样的天堂，在上世纪六十年代，叫永和镇，只是早已一去不复返了。

我说不出对老永和的无色无事气氛之怀念，虽然我从来没住过永和。我对永和的熟悉，源自于小学时便常从台北转两趟公交车到朋友家玩，一直玩到高中毕业。我的麻将在永和学的，我的撞球也在永和学的。甚至夏天时的游泳，也多是在永和那一面的新店溪里游，即使口口声声称说"水源地"。高中时，"乐华"戏院常两片同映地放二轮洋片，我不知看过多少。看完有时吃一碗"远香"的牛杂，好不过瘾。七十年代初，"国华"戏院跨过中正路对面的空场上，夜晚摊贩林立，有一家卖"天津肉饼、粥"，真是好吃。肉饼做成扁的长方形，油煎；粥是白菜碎猪肉粥，老板是个和气的胖子。噫，俱往矣。近二十五年来，我很少有机会再去永和，每次经过，匆匆寓目的街景皆很不悦。捷运通车后，今年开春去了几次，特别在几处旧日老巷逛来看去，不胜感慨，拉杂写下这些。

（原载二〇〇〇年五月《联合文学》，曾收录于《水城台北》，皇冠出版）

最美的家园
——美浓

心目中台湾最美的地方？好难的一个问题。

若说景致最震撼人心、最富台湾高山险峻奇绝难抵而又美极，我能想到的，便是花莲太鲁阁。

太鲁阁自中横牌坊进入，向西走，先远望长春祠，不久进入燕子口，最好步行一段，再至九曲洞，最终至天祥。这样一段风光，堪称全台湾最叫人惊叹鬼斧神工的绝景，确实不错，但那是游经，不是停止；你不能每日如此，不能每个早晨在此散步，每个黄昏在此仰望夕阳。

若说最教我印象深刻,却又是四时皆在身畔不远的"桃源家乡"(注意,不是世外桃源),台湾何难寻也!倘有,只是一处,高雄的美浓是也。美浓是台湾少有犹自保持住山村田家最典型旧日版本的一处地方。

美浓便是看景。景,是美浓最足傲人之处;景,亦是我每次一抵美浓便感到心底涌动不能自已的那样东西。

美浓最美者,一、山如屏风,永在眼帘,不远不近;二、田如平镜,永在脚边,绿葱葱的、水汪汪的,一大片布撒开来。远山与平田,是美浓最完美的组合;山不甚高,亦不甚矮,北面的人头山(390米)、月光山(649米)、人字石(400米),东北面的尖山(庙后山,401米),至若东面,先有东门城楼后方的竹山口(156米),再有更东的龙肚里以东的月眉山(295米),如此一座座远远近近的山,甚是亲切依人,却又不那么即不那么离,尺寸最称完美。人要是沿着中山路(184甲)或是中兴路(184)自西向东而来,眼中全是山景,却绝不逼人;山的前面,躺着平平的绿田,因为有田,这样的山也顿时驯雅了。既有田,田中的庄宅便成了最佳的点景。又美浓的庄宅屋舍,是美浓除了山与田之外,第三样最叫我心动的物事。宅院为红砖红瓦,与远山、水田的油绿恰成对比,亦多了几分人烟气,不致太过青涩荒蔓。又美浓的宅屋,并非建筑古,而是形制美;

且看家家有堂号，煞是好景观；又每家每户多是依天成地势而建，院落常自然形成斜曲的角度，我们自外游经，流目过去，总感变化无穷，特别是院子前再多一层门阙，更是丰富好看。若是在乡下小路隔着水田望去，先有门阙，再有庭，再隐约见到庭后的堂屋，如此田园，如此人家，莫不是人生最向往的住居境界？

这便是美浓先天之至美，故我谓：美浓便只是看景。景以外，再不可更添杂项，如美浓粄条，如美浓油纸伞，如擂茶，如蓝布衫等等，方不致辜负了体会美景之原旨。

的确，台湾太多自然极美的地方，皆因人加上某些设施，便不堪起来；美浓街上的庶民享受，如餐店、百货店，我大致浏览一番，不敢多停，看来是乏善可陈。然要细细赏景，却又是非得住下来不可。住，最好是住在田间的农家改成之旅店，但不知有否？近年全台湾"民宿"蔚成风潮，据说恶俗如样品屋者不乏，深愿美浓不致如此。老实说，美浓极适经营民宿；若有那种离镇中心三五公里的小村小里，将自家宅院改建成干净房间数间的小旅馆，人能下榻两三晚上，白天骑自行车四处遨游，中午返回旅店吃主人自烹的午饭（乃外间吃饭太有问题），略睡一个午觉（南部炎热，饭后常困），再登上自行车往深村幽里继续去探，有时遇上人家，攀谈投机，坐下喝茶，话话桑麻，更是美事。

美浓最美是郊外,龙肚里、狮山里、中正湖、广德里……太多太多小角落,往往柳暗花明。外地的游客多因美浓的数项名气(如油纸伞等)忽略了美浓的天成之佳美,而这佳美最宜在各个偏僻的不知名角落被你霎的一下不经意发现,尤其是窄窄巷道一转,巷后藏有三两家堂屋,堂屋后还有田,田后竟更有山,豁然开朗,叫人几不相信自己眼睛,不相信全台湾有这样一块家园。

当然,台湾的乡下不免有颇多陋习,如楼房乱建、铁窗满布、养鸽处处等,美浓也不例外。然赏看美浓,便是要以眼穿透这些人为硬件而看往它的平畴、看往它的远山、看向它的东门城楼、看向参差起伏的小小烟楼,便这么眼如垂帘地看,不特别盯着细节,有时更要把握暮霭苍茫那短暂时刻,看夜幕之前的隐约美浓。

人口,是台湾城乡破坏的最大根源。美浓自上世纪七十年代一直维持五万的人口数,二十一世纪开始,更降低至四万多人;算是破坏较小的。但"没落"或"萧条"的意象,却在镇上随处可见,这亦是台湾各地皆有的通景。镇上的"第一戏院"固已不映电影,但能有什么积极的用途吗?

开车自杉林乡南下，由"月光山隧道"出来，如此进入美浓，算是一条新路。平时多采的由旗山进出之路，早已景物熟极。自东南方由屏东高树乡跨荖浓溪进入，另有一派风意。若由六龟而来，最得车窗佳景，西有火炎山，东有荖浓溪，顾盼神驰。走着走着，进入新威村，公路在村中弯弯而行，村上街屋随公路而廓出的弧形线条，是透过车窗最美的眼睛享受。美浓近郊开车，常常有丰富感受；我已多年不开车，几乎想要有冲动为移居美浓而弄上一部车什么的。

（写于二〇〇七年十一月，曾收录于《台湾重游》，大块文化出版）

东 部

东部，被视为台湾最后一块净土。乃它人烟稀少、污染也少，栽植在净土上的"池上米"使得全岛短时间内开张了千百家"池上饭包"。它的空气清爽，而阳光强烈，强烈到近乎灼人，使游人很想待在车中去远眺那绵延不尽的海岸及山脉，使居民很想待在屋内去遐想那延绵不尽的海岸及山脉。

这份外方人的远眺与本地人的遐想，在某些年月里，助长了一种叫"东部意识"的东西。

这"东部意识"，朦胧存在于数未必多的长年根生本地的人，发想于应当不少的有意自外地迁去却还未成行（不论是垦拓、是出家、是奉献个才、是退休安居、是做嬉皮悠游、或是逃离原先尘嚣）的人，实践于一些为数仍然不多的近年才迁去的有志之士。

多半安居本乡本土的东部人,只是每天过日子,没有什么东部意识。他们吃的蔬菜水果,未必在乎是有机者。他们送小孩上的学校,不怎么考虑有否森林小学森林中学的优势。

东部由于过度狭长,造成人的行,先天上就不能是圆圈式而必须是直线延长式。这造成它一来聚落不易凝聚及资源不易发扬,二来它的人民常在行旅中。

外地客自花莲市过了寿丰、光复、再过了富里、台东,到了太麻里,这一路行去,是为当然,乃在他是游览。然东部人的行程也依然是如此,直线拉长,到了定点后,回程仍是直线拉长,一边是山一边是海的一路看回去。外地人一边看山一边看海,一趟旅程将东部的佳好整个收得。而本地人若翻来覆去只能看这些似乎有点划不来。

一边是山一边是海的固成眼界,老实说不知会不会不自禁造成常年居停此地之人美则美矣却又单一的风光心思。

(曾收录于《台湾重游》,大块文化出版)

冷冷幽景，寂寂魂灵
——瑞典闻见记

有一种地方，或是有一种人，你离开它后，过了些时间，开始想着它，并且觉得它的好；然你在面对它的当下，不曾感觉它有什么出众之处。这是很奇怪的。

斯德哥尔摩（Stockholm），我想，是这样的一个地方。

北方的威尼斯？

很多年前，不知什么人称它为"北方的威尼斯"，经过岁月，如今已然成为定谓了。而到过威尼斯并惊叹其水道密匝的旅行者这会儿来到斯德哥尔摩，一见之下，会对"北方威尼斯"此一名号不禁感到失望，心想："这算是哪一门子的威尼斯，开什么玩笑?"乃他所乍见的斯城,平平泛泛,横向打开;虽也有水,却是平板布撒,水色浅淡,不若威尼斯水道受两岸宅墙窄窄夹起,水色深酽、水情荡漾,甚而水味浑腥,袭人却醉。确然,斯德哥尔摩没有这份曲径通幽之美、风情浓郁之馥、低回凄楚之致。人不会老远从德国跑来这里写它一本《魂断斯德哥尔摩》。

它的水道上,也不会有"刚朵拉"(gondola),不会欸乃一声,钻过拱桥。这点连江南的苏州、甪直、周庄所轻易有的,斯德哥尔摩也献不出来。

然而斯德哥尔摩究竟是什么样一个水城呢?

它的水,是无远弗届的水;不同于威尼斯之尽在城里打圈圈的水。斯城的船是"去"的,威城的船是"绕"的。到底瑞典人自古以来是航行的民族,直到今日,要去某地,总先想,是否用水路。譬如北边的乌普萨拉(Uppsala)、锡格蒂纳(Sigtuna)、西边的"皇后宫"(Drottningholm palace,所谓"北方的凡尔赛")及东南边的达拉勒岛(Dalaro),全可以个把钟点的车程抵达,然旅行指南仍然特别标明"可乘船。夏季"。

这些宽阔的水,西有梅拉伦湖(Malaren),东有波罗的海(Baltic sea),把城放远了,把景拉疏了,把桥也搁置平了。故而斯德哥尔摩是个平铺直叙、水天一色的城。它既不是攀高爬低如重庆、旧金山那样的天成山城，也不是摩天大楼耸立如纽约、香港如此人为的登峰造极。它其实是最佳的自行车水平滑行看景的城市。

正因这份平、这份疏远，使这城市怎么样也不像能表达出幽怨或激昂，一如威尼斯。在威尼斯，船夫的歌声飘荡在此一渠彼一沟的这份放情，它不会有。两百年前卡尔·贝尔曼（Carl Bellman，1740–1795）作的歌曲，多么受人喜欢，但人们不会在斯城的水上唱；而不过几十年历史的《归来吧，苏莲托》（*Torna a Surriento*），威尼斯随时还听到。

无声无臭之清净

别说歌声了，斯德哥尔摩压根没什么人声。在城中闹区，不论是Ostermalm Hall，或是Stortorget，或是"国王公园"（kungstradgarden），或是"皇后街"（Drottninggatan），或是Stureplan，只要见人在路上打移动电话（这里是"爱立信"的家乡），从来听不到他们的声音。他们是如此的轻声低语，令人觉得他们是在演练嘴形。瑞典难不成是最适宜的默片之乡？葛丽泰·嘉宝（Greta Garbo，1905–1990）在声片来临前，似乎更让我们惊艳些。

并且，斯德哥尔摩也没有气味。那条东西走向、在世纪交替时国王奥斯卡二世（Oscar II）决定建成的可供仪仗游行的"海滨大道"（Strandvagen），十几天的游访中我每天会来来回回走个十几次，从没嗅过什么"海风野味"。

渡海去到斯特林堡（August Strindberg，1849–1912）百年前静心写作的奇门岛（Kymendo），原始巨松千章，满地落叶如缛绣；岩间青苔、树脚野菇、丛际黄花，却嗅不到一丝叶腐花香。这是十分奇特的，奇特到令人怀疑瑞典水龙头里流出的水是否都像蒸馏水。

名演员厄兰·约瑟夫森（Erland Josephson，曾演出伯格曼的《面孔》*The Face*、《生命的门槛》*The Brink of Life*、《婚姻生活》*Scenes from a Marriage* 以及俄国导演塔可夫斯基的《牺牲》）的脸也是；七十许的老人，白到像是瑞典桦木，我们面面相对而谈，相距二三十公分，只见这张脸也完全是不提出一丝气味的至清至净。

小而集中的市中心

大多因公来到这里的人，下榻好旅馆后，在路上走一圈，只见行人稀疏，似是世事寥隔。马路上滑过的汽车也不那么急慌，很多是 Volvo。大灯始终亮着，即使是白天。楼房平平切齐，看起来不高；乃因他看着它，往往隔着水面。马路其实也不宽，由于路人少，倒显得宏敞了。从他的旅馆到"皇家话剧院"（Dramaten），到 Forex 换钱店，到"国王公园"，到"国家美术馆",再跨桥到旧城的"皇宫"(Kungligaslottet),如此走马看花一圈,不过二十来分钟。而斯德哥尔摩的大致也差几掌握了。

接下来他每天的洽公,也不时要经过这类定点,他愈来愈觉得斯城非常集中(其实他心中想的是"小"这个字),集中到根本可以安步当车了。连地下铁也不是那么需要;这或也在于地名字母太长,像 Ostermalmstorg,或 Midsommarkransen,一个不小心,可能误了站。

安步当车往往闲看到不少事态;例如 Nybrogatan 这条街上的麦当劳,居然有一大面的书架,颇令人称奇。麦当劳,此地不算多,城中心(Norrmalm 及 Ostermalm)有六家,稍北的斯德哥尔摩大学的北角上有一家,南城(Sadermalm)也不过三家。旧城(Gamla Stan),当然,一家也不会有,一如我们会期望的。再就是闹街上很多热狗摊子,最起码的一种只费十克朗,味道嘛,当然很平庸。还有,城中心也设"公共厕所",要收费,据说是五克朗。

喜爱步行的旅行者,由西边的"市政厅"(Stadshuset),到东边的"斯坎森"民俗陈迹开放博物园;再由北边的"斯特林堡纪念馆",到南边旧城几乎可称为"摸乳巷"的 Marten Trotzigs(狭窄处只得九十厘米),这些全可以步行来完成。

市政厅,位于国王岛(Kungsholmn)的东端尖角上,由建筑师 Ragnar Osberg(1866–1945)设计,自一九二三年开幕以来,一直是斯德哥尔摩最重要的地标。既是建于水滨，它不但有所谓的威尼斯式之壮丽，还做到冷凝、典雅，兼具直线条美感的"北欧复兴式"（Nordic Renaissance）。它的厅堂宏阔，每年诺贝尔奖大宴便设在这里；当此时也，瑞典的光华闪耀至最高点。其中有一个厅，整个墙面由一千九百万块金片编成的马赛克，金光闪烁，目为之迷；足可令人叹奇，然你不能事后多想，多想则顿感俗伧之极。

"斯坎森"（Skansen，康有为译成"思间慎"）位于东郊的动物园岛（Djurgarden）上，是一辽阔的露天民俗博物园，起设自一八九一年，将一百多个瑞典各地的历史民间的建筑物移建于此，依天成坡岗地形掩映布开，供人实物游赏。它的优处更在于建筑体与建筑体之间的园林之美。

"瓦萨"（Vasa）战舰博物馆，在"斯坎森"的西侧，是航海大国——瑞典——在一六二八年处女启航时没根没由地沉入海底再在三百三十三年后打捞起来供现代人指手划脚又谈又叹的一则传奇故事。它绝对是全斯德哥尔摩最热门的旅游大点。这个博物馆透露瑞典真谛：新式博物馆的绝佳概念。海洋考古与古物存新的一丝不苟之精密工程。益智教学与古代传奇兼熔一炉的商业叫座。

斯特林堡纪念馆，对于不涉文学的游客，或不致有兴一探，然它所在的"皇后街"，却是很值观光，尤以它竟然集中了三五家旧书店，这在斯城颇为难得。

旧城，是斯德哥尔摩几百年前的模样。它的外观楼宇，为十八世纪形景，而其房基及地窖则为中世纪时筑成。两条平行的古街，Prastgatan 与 Vasterlanggatan，是游人必经、雅趣小店散布的中心通道。那家所谓开业于一七二二年的老餐馆"金色和平"（Den Gyldene Freden），属于瑞典皇家学院的的产业，楼上的"贝尔曼室"（Bellman Room），据说只提供给皇家学院有重要宴会时使用。诗人歌咏家 Evert Taube 说得好："数以万计的大小列岛，全部起自于'金色和平'饭馆最靠里面的那张桌子。"

大村庄备而不用

斯德哥尔摩的这分集中、这分小，难怪上世纪六十年代初的导演英格玛·伯格曼（Ingmar Bergman）在接受美国作家詹姆斯·鲍德温（James Baldwin）访问时说："那压根儿不是一个都市，那只是一个大点儿的村庄。"

在城中心的几家有名馆子，如 Prinsen，或"歌剧院小馆"（Cafe Opera），或是旧城的两百年老店"金色和平"，斯城居民若是在此与熟人相遇，必定寻常之极。

它的人，互相隔着的距离可以很近，却又未必同在一处。譬似街上行人，的确有一些，却走着走着，便不见了。你记不住适才走了些什么人。

于是它的街道总是很空宽,人行道亦是,桥也是。通往旧城的桥 Strombrom,我跨过十几次,每次同在桥上的路人,很少超过三个。

这样子,当然斯德哥尔摩也就没什么特受称颂的大街,像巴黎的香榭丽舍、纽约的百老汇、柏林的菩提树下,或北京的东西长安街。又斯德哥尔摩虽也有一些广场,如北城的 Hotorget、Sergel storg、Ostermalmstorg,南城的 Medborgarplatsen,或旧城的 Stortorget,但皆如聊备一格,没有人提起它们,像提威尼斯的圣马可广场、罗马的西班牙广场或巴黎的协和广场那么顺乎习常。

的确,斯德哥尔摩是一个最先进文明、最设备齐全的"大村庄"。而它的先进,在于备而不用。它的自行车道,又长又好,所经过的风景亦极佳,然滑行其上的自行车总是稀稀疏疏。

它的阳台,可以是虚设。这是北国,你其实不怎么有机会伫立阳台来消受岁月。这里太冷。这里不是维罗纳(Verona)。

言及村庄,又及一件。外方人一想到瑞典,常想到几个瑞典的名声。言汽车,则 Volvo 及 SAAB;言移动电话,则爱立信(Ericsson);网球,则博格(Bjorn Borg);电影,则英格玛·伯格曼,葛丽泰·嘉宝及英格丽·褒曼(Ingrid Bergman, 1915–1982)。玩照相的,会提 Hasselblad;买简易家具的,会提IKEA；言食品包装，则"利乐"（Tetra Pak）的铝箔包；等等这类极为突显的名人或名物，作为对模糊遥远的瑞典之试图接近，然这仍只是概念。须知瑞典的幅员为欧洲第四大，其多样性当然不只是这几个名字所能概括；然外人没法繁富琐细地了解它，至于这一节，它又真像是一个大村庄了。

很可能一直到二十一世纪结束前，它的电话仍可维持七码。

一空依傍的设计风格

斯德哥尔摩这一都市，是二十世纪感的都市。是将二十世纪初Jugend（新艺术、青春艺术）风格添加在十九世纪楼宇边而共同维持规则保守的外观。它不特作grandeur（壮丽），一如威尼斯。比较甘于平齐，甚至平板。它多半很谦逊地围住空间，像它的老电梯（铁栅拉门式那种）常设在中间，而步梯则绕着它转，呈螺旋式，步梯的近核心处甚至容不下你的脚板，全为了省空间也。

坐落于北郊Vasastan（说是北郊，其实也只是几步路远）边上的"市立图书馆"（Stadsbiblioteket），是建筑史上的有名例子，其造形是一个方盒子上顶着一个圆筒子，由Gunnar Asplund（1885–1940）在上世纪二十年代设计完成，是为"功能主义"

在北欧的先河作品。

不知怎的,这种功能主义的概念,似乎很合瑞典人的美感脾胃,几十年来,直到今天,瑞典的设计总袭着这一股风意。尤其是用品,一来简净,再则有点 funny,卡通味,统成其此一世纪它之美感大致。像一九四二年设计的 Miranda 躺椅,像一九五二年设计的"眼镜蛇"(Cobra)站立型电话机等,这类例子多得不得了。即使拼装家具用品也多能见出这种风格习念。

倘若一个朋友说他"添购了一套瑞典家具",你会很快地在脑中呈现某种近乎荒诞却又很合于工学的净冷孤特式样。

若是一套瑞典咖啡杯,我马上会猜想它不同于英国式,也不同于日本式。乃在瑞典并没有一段维多利亚时代的洗礼,故杯器不会那么雕琢。又瑞典也不似日本的凡事太过重视,如同小题大作,杯器当不会弄得精巧绝伦。果然,一九八六年有一套名称就叫"斯德哥尔摩"的白瓷咖啡杯被 Karin Bjorkquist 设计出来,它既有北国的细高及雅白,还兼有一分力学上的韧性。

他们崇尚白色,家具固是,原木色的材质不介意裸呈。餐桌上的蜡烛,几全是白色的,不只是"露西亚节"时家中女儿头冠上戴着的那几株白蜡烛而已。

稍稍凝视 Absolut 牌伏特加酒的酒瓶设计(其形有点像点滴瓶,有趣)便知道瑞典设计之求净求简求透明之一空依傍、不惜荒诞的种种内蕴。

家庭感的电影工业

在斯德哥尔摩这个"大村庄"上，有一所"皇家话剧院"，多年来培养了太多的戏剧人才，Ingrid Thulin，Max Von Sydow，Bibi Andersson，Liv Ullmann，Erland Josephson，Gunnar Bjorstrand 等只是其中几个我们熟知的演员罢了。而大导演英格玛·伯格曼更和皇家话剧院有深厚渊源，甚至在一九六三至一九六六年间担任首脑。自上世纪五十年代以来，他一直产量丰富、摄制快速，并且耗费廉宜。须知他身处小国寡民（全国才八百万人）、地广人稀的瑞典，又拍的是艺术片，在市场上照说是很难维续的，然而他做到了。乃在于瑞典始终有一种"家庭式"制造业之互援同济优良环境传承。也于是女演员 Bibi Andersson 在五十年代拍的第一部售卖肥皂的电视广告片，便是由伯格曼所导。

伯格曼反复地使用这些演员，并且让这些面孔在全世界被人记住。所有这些戏剧工作人员，其工作与社交，他们吃饭的馆子、聊的剧本、度假的小岛等等，全构成如一小家庭。

在聊天中，演员 Erland Josephson 说起伯格曼从不旅行。我说他是一个 chamber director（室内导演）。他像是永远住在布置典雅、窗明地滑的房子里，又总是在备受呵护的温暖气氛中，同时不停地工作。他以工作来对抗室外的风雪严寒。

这是又一个寂冷北国的人与天争之绝佳例子。

伯格曼本人结婚六次，并与名演员 Liv Ullmann 育有一个小孩。可知他的家庭族落自成一个小而丰大的人群集聚。且不说在他出生的乌普萨拉小城（那里将要成立他的纪念馆），在大教堂左近，几乎人人是他的邻居。而斯德哥尔摩的"蓝鸟"（Fagel Bla）影院（位于 Skeppargatan 六十号）是他童年的观影所在。他那时住在 Valhallavagen 街，现在住在 Karlaplan。这一切全离皇家话剧院只有五分钟脚程。

除伯格曼外，我们在台湾尚知的导演，有 Jan Troell（拍过 *The Emigrants*）、Bo Widerberg（拍过《鸳鸯恋》*Elvira Madigan*），还有 Vilgot Sjoman[拍过 *I'm Curious（Blue）*]。

另有一人，或可称为瑞典电影之父的，是维克多·斯约斯特洛姆（Victor Sjostrom，1879–1960）。他在一九一七年所导的《罪犯与他的妻子》（*Berg-Ejvind och hans hustru*），在二十世纪初年独领世界电影史的风骚。一来由于影片的艺术光芒，二来也占了瑞典在一次欧战时中立的天时之利。

《罪犯与他的妻子》不易在台湾看到，倒是他在一九二八年所导、由美国女明星丽莲·吉许（Lillian Gish）演的《风》（*The Wind*），被翻制成无数的录像带。

然斯约斯特洛姆的脸，才是最令电影学子所熟悉者；

几乎所有的电影史书,皆有他的老年照片,因他演了伯格曼一九五七年的名作《野草莓》。

自怜幽独

电影的市场小,也就罢了,但它还能销往国外。书的市场更是窄小。瑞典文的书,出的册数很少,于是每本售价只好奇高。小小一本书,动辄二三百克朗,合台币上千元。汉学家马悦然（Goran Malmqvist）近期译出的巨著《西游记》,洋洋五大册,也只能一册一册地推出。每一册的售价约五百克朗,几近二千台币。

它也不像美国英国,有那么多的地下型刊物、小书、杂册。它的大学——不论是斯德哥尔摩大学、伦德大学、哥特堡大学或是乌普萨拉大学——及其近处咖啡馆的墙面,也不及美国人那么有密密麻麻的各式招贴。甚至人们在咖啡馆的杂聊（small talk,瑞典人所谓的smaprat）也不那么琐碎、不那么旁征侧引、不那么表情夸张,一如美国、法国或意大利。瑞典人偶尔有的,是"冷聊"（kallprat）,是"死聊"（dodprat）。

谈论事情,不那么故作挑剔来表示自己高明;知识分子不会一提到ABBA合唱团便脸上挤起眉头表示不屑,这和法国人、美国人不同。这也道出了他们的村居性而非市井的街谈巷议习俗之一斑。同时也合于前面提到的"备而不用"。我们问瑞典友人，城中有何处好玩；他们只随口提二三处，总不会特别一一强调各处是怎么个好。备而不用。

看来瑞典人也不大有呼朋友伴、攀肩搭背的习惯（如法国人的沙龙性，或爱尔兰、希腊的酒馆、码头凑伴性）。他们与朋友稍聚一阵，又各自回到自己独处的境地。

我常怀疑，北国的人与其环境的相应关系是否呈现两极化：不是大量的在室内，便是大量的在野外。当在室内时，尽其能地看书、工作、织毛衣。当在室外时，尽其能地滑雪、海上航舟、小岛上倘佯、森林中打猎。这对于极其市井化的老台北或老北京那种日夕会进出坊巷胡同多次而一辈子可以完全没有野外活动是何其的不同啊。

瑞典人也喝酒。典型的瑞典酒叫 Schnapps，酿自于马铃薯，颇强烈，可算是伏特加的一种。当两人举杯互敬，口称 Skoll；如同英文的 Cheers，法文的 Á votre santé 或中文的"干杯"，只是并不需一口饮尽。

瑞典的国土太净了，太素了，太萧索清芜，故你连愁怀也不准有，你不能有小悲小伤随时抒唱排遣，一如人在威尼斯可以随做的。于是瑞典人何妨寄情于酒？但奇怪的，他们的酒之消耗量竟然很低；法国人与德国人的消耗量是瑞典人的两倍。

而美国人与英国人则比瑞典人多上百分之五十。

或许瑞典人从小被熏育以像松像枞像桦一样地成长，不似上海人遇逆境时在黄浦江头可以叹息。瑞典人有某种与天地自开始就共存的孤高，他们没有咸亨酒店那份自吟自醉消日度时，没有新宿街头的醉汉倚墙撒尿。

在各处公园、车站角落，也见不着兜售毒品的可疑分子。吸毒一事，询之于年轻人，他们说瑞典极少。

再说到抽烟。这几年，各国的禁烟风潮很盛；我们一行中一二烟客在将抵瑞典这北欧先进国之前，已然开始紧张。甚至在阿姆斯特丹的史基浦机场转机的久候中，不知是否该买些免税香烟，抑是索性断了这在北国吸烟之念。

抽烟，它虽不像美国那么制约森严，但也不似中欧南欧那么随放。外地人很快注意到一特点，便是餐馆、咖啡店、旅馆厅堂等处并不在墙上树"禁烟"牌以为示警，却又不见有人在抽。于是你也不敢抽。及见有人取烟起吸，再见侍者取来烟灰缸，你方知其实准许。

人们之不抽，实在于一者对公共范围之尽不侵犯，再者自我约束本就习守。

又瑞典的餐馆，也多有置烟灰缸者；这烟灰缸的摆法，也有趣,是那种六角形玻璃制、极浅极浅的锅,完全老派式样;总是一桌上摆两个,两个迭起。这样的餐馆我看见很多。

有一回在哥特堡大学(Goteborg University)承飨晚宴,前段吃着喝着,也聊着,皆没人取出烟来。酒饭几巡之后,气氛愈来愈热络,终于有人提问,可否吸烟?主人谓可。这一当儿,先是台湾一方的烟客取出烟来,随而瑞典一方的好几位(竟不是一二人而已)同好此起彼继地个个自衣袋深处掏找出原本妥藏并少有取用的皱皱烟盒。至此,人人大吸狂喷起来,如释重负。瑞典人,这厢看来,是那种冷凝自持、却实则颇欢迎你豪情热浪袭扫过来,他也不介意与你共熔一炉者。

大约上世纪五十年代以后,外人对瑞典的印象,有所谓的"四个S",也就是 Socialism(社会主义)、Suicide(自杀)、Spirits(酗酒)、以及 Sex(性)。

这其实是外人对这遥远北国不禁产生的神秘归结。社会主义,没错;它的社会福利做得细密,人民的赋税及国家的担子皆极重。自杀,的确比率也颇高(奇怪,许多天高水深、巨树密林的佳美清境皆恰是自杀最多之乡,美国的西雅图亦是)。饮酒,前面讲过了。至于性,固然北欧不止一国崇尚天体开放,而北欧人原本对身体各部分看待之透明化,原是它简净文化中很显然的特色,瑞典在百年来的急速富强,加以两次欧战的与炮火无涉,更助长了它极其单一心灵的现代工业先进化。也于是它的裸露身体、它的性爱开放同样可以一空依傍。注意,它是"单一心灵的"(Single-minded)。而不是情结纠葛的。正因为这种单一心灵之天真,伯格曼在上世纪五十年代拍的《夏夜的微笑》(*Sommarnattens leende*)要反其道地来嘲讽男女关系。

孤立于天地,人与天争

在旅馆中无聊,打开电话簿,发现瑞典人的姓名,多沿用山、石、树、草,像 Bergstrom(山溪)、Bjork(桦)、Ek(橡)、Asplund(白杨树林)、Alm(榆)、Liljeblad(百合叶子)。而瑞典人,事实上,即是山石树草,在天地中孤立求生。

他们的身骨高拔,立在那里,幽独隔远。外地人一抵 Arlanda 机场,自小便斗的高高悬起,便可感觉瑞典人的高昂,甚至还加上一股瑞典人的泥于原则。

泥于原则,也呈现于开车。车一发动,大灯必须自动亮起,白天黑夜皆然。又连车灯上也装置雨刷,乃北地多昏暗光景,索性全国订定法则共同严守。

瑞典的汽车原是靠左行驶,一如英国、日本。《野草莓》电影中仍见如此。直到一九七一年某日,全国同时改成右行,当下全民一起改了过来。

他们的身材虽与美国人高拔相似，却不像美国人那么肿，而小女孩也还内敛自立，没有美国那么多的 nymphet（小娇女）。小女孩长成后，也没有美国那么多 bimbo（慵懒美人）。瑞典女人比较自甘寒寂，不作兴弄出一番撩人样。英国小说家伊夫林·沃（Evelyn Waugh，1903–1966，曾著 *Brideshed Revisited* 等书）在二十世纪四十年代说过："她们在社会上以及在性欲上皆能满足。"典型的瑞典美女英格丽·图林（Ingrid Thulin），她的美，令人记不住。她的美，是一种不可名状。

瑞典人的英文真好。并且几乎人人都好。同时难得的是，没有什么本乡的浓腔。这固然是因为小国之故，人先天上就被赋予要频于与外相接，不得躲起身体自守荒僻乡土，一如美国的南方人。

于是任何一个瑞典人皆像是必须透明，他不能不被外界时时看见。他受的教育是如此。而他倘又自恃孤高，日子其实是很累的。

诺贝尔一生已经够传奇了，而他一辈子没有结婚。葛丽泰·嘉宝亦是，甚至更神秘。探险家斯文·赫定（Sven Hedin，1865–1952），一辈子里有太长时光暴露在异国的荒凉漠野上。

汉学家高本汉（Bernhard Karlgren，著有《中国音韵学研究》）潜心所攻之学竟是枯冷的汉语语言学。斯特林堡孤僻自雄，丹麦诗人特拉契曼称他"暴风雨之王"。

它的外间幽景是如此静谧，会不会人的内心时时要涌动出一番风暴呢？

他们受拂着海风，脚间被扫着落叶，头顶上始终罩着瞬息变幻的白云、黑云、灰云。

他们与小岛抗争、与海逆航、与冰雪搏斗、与漫长黑夜熬度、与无人之境来自我遣怀，与随时推移之如洗碧落来频于接目而致太过绝美终至只能反求诸己而索性了断自生与那地老天荒同归于尽。

世界上很少有市民活在像斯德哥尔摩那样有如此贴近身边的瑰丽美景的大城市中；台北市民看见雨后隔墙的扶桑在滴着一两点清泪便已欣喜若狂，不去记恨那遍布身周、永除不尽的水泥丛林。东京、北京、加尔各答也是。伦敦、柏林、纽约、罗马，整日价轰轰隆隆，又何尝不是？而斯德哥尔摩你只要信步荡去，十分钟后，进入 Djurgarden，哪怕只驻足在边上的 Kaptensudden，北望对岸的 Nobelparken 及远处的 Ladugards-Gardet，这景色已是世界绝胜。这卑微公园未必受人咏题，游人亦鲜至，却让我想到 Bo Widerberg 在上世纪六十年代拍的《鸳鸯恋》中的大树如盖、黄草无垠。那一对十九世纪的恋人实在不必逃到丹麦，根本就在 Kaptensudden 中自尽，亦足以凄美绝伦了。

若向东，在动物园岛东端的 Thielska 私人美术馆，登楼，自小窗去望，恰好是一天然的构图，框中的斯城一角，包含着大小几块零星岛屿，远远近近，令人觉得像是自西泠印社望出去的西湖。却又比西湖更显清美寂遥。

京都的园林亦很美，杭州的水山小景也是，然皆是悠悠地涵盈着人烟韵味，要不就有一缕道情。而瑞典的园林则呈现全然不同的气质，它至清至净，有的，是一份天意。

无怪乎二十世纪初康有为流亡至此也要频频叹其至美，"瑞典百千万亿岛，楼台无数月明中"，"岛外有湖湖外岛，山中为市市中山"。又谓"瑞典京士多贡（即斯德哥尔摩）据海岛为之，天下所无"，及"爱瑞京士多贡之胜，欲徙宅居之。"

波罗的海上散列的成千岛屿，将斯德哥尔摩附近的水面全匀摆得波平如镜，如同无限延伸的大湖，大多时候，津浦无人，桅樯参差，云接寒野，澹烟微茫，间有一阵啼鸦。岛上的村落，霜浓路滑，偶见稀疏的 Volvo 车灯蜿蜒游过。

船声马达，蓬蓬进浦，惊起沙禽。有的声音，只是这些。没有人声，即使远远见有鲜黄色的夹克晃动。耳中的船声、水拍岸声、飞雁声，意更清绝，目极伤心。

我现下的心境，居然最乐于赏看这种风景，觉得是世上第一等的眼界。甚至《鸳鸯恋》一片用做配乐的莫扎特二十一号钢琴协奏曲，也觉得是搭配瑞典瑰丽美景的最好天籁。

（原载一九九五年十二月十九至二十一日《中国时报·人间》，曾收录于《理想的下午》，远流出版）

推理读者的牛津一瞥

一

英国的全境，只得萧简一字。而古往今来英国人无不以之为美，以之为德；安于其中，乐在其中。

即牛津如此雅驯古城，离开人群商店几十米，便见墙海冷冽，长巷幽寂。北京传统上亦是墙海之城，墙与墙之间是为人穿梭之径，是为胡同；然北京之墙，是矮墙，墙上有石榴花果含愁带笑，墙内时有坎烟人声，浑然安居气象；牛津这墙海，墙高如城，墙内声响隔绝，森严如禁，人步经此处，不是穿过家园。老舍的《我这一辈子》小说中警察所时时巡走的北京胡同，与同样中年苍凉的摩斯探长（Inspector Morse）——推理小说家柯林·德克斯特（Colin Dexter）笔下主人翁——所时时开车经过的牛津石路，风味迥然不同。老舍的警察时时探看寻常人家的户口家居，颇具柴米油盐人情之常；德克斯特的探长时时探看的，倒像是神与法理这种谋求持平的科学哲学之实证业作。

牛津的墙，围的是教堂般的学院，墙内种种，外人只能猜度是庄严肃穆。若自半掩的古旧木门窥探，只见片面的绿地方场，及方场后的楼墙。这样的门景，东一处西一处，几十处，游人窥之探之，一两小时下来，便约略得到一抹牛津的初始印象——沉静分隔。

这毋宁是十分有趣的。而这抹印象实也是牛津的本色。

当外人推门进入，不管是 Balliol 学院、是 Magdalen 学院、是 Corpus Christi 学院，或是 The Queen's 学院，眼前马上一亮，不觉一步步巡走于雕壁拱廊与如茵方场之间，不觉时间之静悄流逝，只是备感这修学境地沁浸人心，一进又一进。

若是不经意走进了 Worcester 学院，一两个穿梭，竟来到一片林子，古树参天。再往深处，潭水碧绿，有雁鸭栖息。绕着潭水行去，绿野开阔，又是一片洞天。人在墙外，何曾料到这样一场见识？

至于从最热闹的主街 High Street 走进"植物园"（Botanic Garden——全英最早的植物园），形制古朴，格局严正，有一袭荒疏却端雅的迷人气质，令人不愿须臾离去。它也临着一条河，查韦尔河（Cherwell River），河旁树影迷离，沿河向南，走没多远，竟见一条宽阔砂石步道伸往远处，便是有名的"宽路"（Broad Walk）。行于"宽路"上，教人不愿快走，深怕把它走完，乃路两旁的辽瀚"草原"太美了。它的美，正是英国特有的萧简，无怪 Max Beerbohm 在 *Zuleika Dobson*（一九一一）一书中要说："这些草原湿润的香气，便即牛津的香气……即是牛津的灵气所在。"他还说他宁愿让英国的其他山川沉到底，也不愿令牛津离异这片蒙蒙佳气之福地。

诚然不错，牛津便有这蒙蒙佳气，它的草、它的露，熏陶了众多佳士。

二

然而多半时候，人还是走在墙外的牛津街道上。这些古朴斜曲的街道，在大片的学院用地区隔下显得狭小不够用，令人总觉得汽车太多，并且觉得开得太快（每等完一个红灯，必须迅速开讨）。

也因此走在牛津长墙紧夹的街道，总不自禁行色匆匆，譬似行于雨中。简·默里斯（Jan Morris）在一九六五年的 Oxford 一书就引过某人说的一句话："牛津这城市，那儿总是有太多钟声在雨中敲得当当响。"

人不用看到钟、不用看到学院内室，只需在街上听到钟声看到院墙，便知道这是个什么样的一个城。牛津本色，沉静分隔。而牛津的雨，更增添这份沉静分隔。人在这个大型街巷迷宫中走路，三年或是三十年，必然很受袭染这特殊气氛；一旦沾上了，搞不好倚恋它一辈子。

钟声，永远制造一股氛围，如同雨。牛津的城中心，叫 Carfax，有人说来自法文的 quatrevoies，意谓"四条路"，即由 High St、Queen St、Cornmarket St、及 St.Aldate's 交汇构成，四条道路簇拥的高塔称 Carfax Tower，塔上有钟，钟上有两个机械小人，每十五分钟（quarter）敲一次钟，故被称为"Quarter Boys"。若摩斯探长恰在近处经过，听到钟声，或许会低头看一下表，对一对时。推理小说，先天上便和时间极有关系，不但要究 whodunit（谁杀的），也要究 whendunit（何时杀的）。自古以来，推理小说便不能排除时间这个道具或甚至这个主角。

每天晚上 Christ Church 正门的 Tom Tower 上的钟，七吨重的"大汤姆"（Great tom）会在九点零五分敲一百零一下。

一百零一下是为了唤回一百零一个创校最初学生的数字,而之所以是九点零五分,乃为了牛津比格林威治稍西,于是将宵禁的九点,多移后那稍差的五分钟。

三

牛津的城市格局虽然冷峻,人烟并不稀疏,甚至它的近郊颇有工业气象,摩里斯汽车厂(Morris Motors)便在此。当然城中心仍然文化氛围很重,美术馆、剧院、电影院丰富,书店更是多,位于 Bodleian 图书馆与 Sheldonian 剧院对面的 Blackwell's 书店,成立于一八七九年,据称有十七万册存量,亦是外地客的游逛重点。近年来,牛津的旧书店看来已渐低落,也就是,若你千里迢迢来此以为可以买到选择丰藏的旧书,失望之情可能不免。单 Blackwell's 这种名闻遐迩的老字号的旧书部已然缩小,除了"凡人文库"(Everyman's Library)所藏尚丰外,其余较之寻常小镇的旧书店未必稍胜。

所有英国城镇的通景,是酒馆(pub),牛津这学术重镇,也不能免。观察英国人不能只在马路上及公园里,这类地方英国人比较不易呈现多重表情。酒馆才是英国人共同的放情客厅。学生去,教授去,三教九流的人去,于是警察办案也必得去。德克斯特笔下的摩斯探长不时要在酒馆里稍停,不论是约人、打探情报、观察过往人客,或是思考线索,但看来最主要的,是他自己爱喝个两杯。

于是他活在英国这种酒馆处处的北国正是适得其所,并且活在教堂尖塔处处、学院壁垒严阵密布这种神圣庄正外表却人类心灵随时可能腐化的牛津老城更是适得其所。条顿式的(Teutonic)人性压抑与爆发,何等确切的场景牛津其是。

The Silent World of Nicholas Quinn(《尼古拉斯·昆恩的无声世界》)写成于二十世纪七十年代后期,正是牛津这古城开始鄙俗化之时,路上汽车声愈来愈大,酒馆里已渐少酒客喧唱 Come All Ye Tender Ladies 或 House Carpenter 这类苏格兰民谣而代之以扩音机传出的嚣闹的美国摇滚乐,尼克拉斯·昆恩(这名字正巧显示他的古板)当然不想听见。他的半聋才得勉强保持一个古远平静的牛津,就像我们用摄影机不收音的拍摄下的牛津。

英国传统强调的"公平竞赛"(fair play)既在鄙俗化的七十年代来愈见其消落,生长于林肯郡斯坦福(Stamford——伦敦以北二小时车程)清苦家庭的柯林·德克斯特,父亲开出租车营生将他们三个小孩拉拔向上,柯林总算考上 Stamford School for Boys 的奖学金,在少年时有幸被授以拉丁文、希腊文及古典这种贫家孩子不易获得之素养,遂造成他日后小说中于世道不公(如特权、贿赂)之独特描写,并且将他的英雄——

摩斯探长——设置得不仅极其平民阶级,甚而有些中低阶级的颓唐陋习了。

四

英国原是善于规范的民族,如今举世所有服务业(如侍者等)所穿的西装西裤之标准黑色,便是由英国人在十九世纪三十年代后制定形成并传播于世界各地的准则。

哪国人不骑马用马?但马帽马裤之制,亦只有英国人方能令其严律成模样。

英国的各种制服,恁是能长久袭用。如今太多的女校仍多戴着端方直硬的西班牙草帽。

这种规范之习,也见于伦敦地铁靠站时车掌频频拉慢声调所唱的 "Mind the Gap!"("留心站台隙缝");巴黎地铁也有隙缝,但极少播音提警。又伦敦地铁上处处是扶手、吊环,防人晃动跌倒;巴黎地铁里少有扶手,且完全不设吊环。民族性好规范不好规范于此立判。

然近年来英国的规范也乱了。公共场所的大门,由外入内究竟是拉抑是推,完全没有准则(这点美国全国一致,由外入内必拉，由内出外必推），倒是颇令外人惊讶。再就是水龙头究竟是左热水右冷水或是右热水左冷水（台湾一致是左热右冷），居然也极混乱，我几乎不敢相信。

这种规范的逐渐丢失，看在童年严受学校规范（体罚当时是自然不过的事）并总是名列前茅的穷家孩子德克斯特眼中，当然不免会投射在其侦探小说中。尼克拉斯·昆恩看来不是富家出身，应该也是苦学有成，以真才实学谋得工作，并且如德克斯特述说自己求学时一样，是一个"书呆子"（swot）。

德克斯特小说中的"马与喇叭"（Horse and Trumpet）酒馆，看来充满各式人等，并多的是中下阶层（传统上，上层社会及矜持淑女仍以上大饭店的酒吧为宜），然踏遍牛津，不见这个名字；有的只是 King's Arms，只是 Nag's Head，或是那家始于十七世纪的 Turf Tavern。与"马与喇叭"起名意趣相近的还有 Eagle & Child "老鹰与小孩"，Lamb & Flag（"羊与旗"）。酒馆中坐的人形形色色，点 Morrell's Bitter 啤酒的也多的是，却看不出哪个是摩斯。

牛津依然是个清丽的地方，即它的"有顶市场"（Covered Market），货色铺摆极有品味，也令人逛看怡然，非荒陋市镇堪有。

虽然观光客极多，然它的旅馆并不狂野地飙增，城中心的老旅馆 The Radolph Hotel，建于一八六四年，属"哥特复兴式"，当年颇受文人约翰·罗斯金（John Ruskin）的赞赏，如今其外观与内部仍保持简净形样，不愧是老派风格。

牛津大致看去，餐馆也不怎么见有奢华者，这点也看出它的好教养，英国教养。然并不意味此地没有好菜，据行家评说，全英国最好之一的法国馆子竟是在东南郊 Great Milton 村的 Manoir aux Quat Saisons，可惜在牛津盘桓的时日太短，只好待以来日了。

（原载一九九八年十月二十九至三十日《中国时报·人间》，曾收录于《理想的下午》，远流出版）

花莲一瞥

花莲,对太多人而言,是一块心中的后院。那块地方遥远,不紧贴你的呼吸;那块地方缓慢,不催赶你的效率;但最主要的,那块地方空淡。

花莲是全台湾各县各乡里最不显地方色彩、最没有本乡浓浊气味的一块天纵之地。所以说它空淡。

且看它的节庆庙会没有南部或西海岸的繁文缛节,甚至还没有北邻的宜兰那么的讲求计较。且看它街上的房子建筑形式没有盖得那么传统板眼严整森然,人们的住,不太受老形制之约束;也于是六七十年下来,花莲人对生活之摆布、对家园及周遭设施也就颇轻松淡然，绝不会有台中人那份成熟的美感中之精益求精。

即使花莲吃景也很随和；曾有所谓"花莲小吃"吗？可说没有。花莲人随和到连吃也不强求一种花莲之特殊坚持。它顶多学一个形似便好，既不想开创发明，也不想改良或发扬光大。你去看它的几十家泡沫红茶店、看它的咖啡店，其口味总弄得寻常便好，没特别去骚包变花样。且看它的牛肉面（或筒仔米糕、肉圆），绝对弄得不像地道的牛肉面（因无坚实的传统板眼），也不像经过巧思改良后的新派牛肉面（因无挑剔的行家老饕群天天等着店家挖空心思）。

它的吃，也是外地传来的吃，并打着什么"台南阿忠虱目鱼粥"（信义街七十三号）、"兰阳米粉羹"（中正路二八四号，大同市场对面）之类的外地字号。而花莲人不介意。花莲人自己到了台北、台中、高雄等通都大邑，也不特别设立店号叫花莲这个、花莲那个。花莲仍是很粗疏、很草莱的心胸，不会把事物弄成很专究蕴底的完完善善之设施。花莲人不会。

花莲原本应是一处天堂；阳光如火，人们在午后二时的强光下自马路上不约而同地突然消失，令一座城顿时像是空城，令一条条柏油马路只是空荡荡地闪着亮光，就像是打好了光准备要拍电影。大马路上的加油站没啥车子进来加油，站里的小弟小妹在那里打闹嬉戏，怎不闲得教人发慌，有的熬不住了，打起瞌睡，无忧无事。到了四点半、五点，人们又开始热络地在马路上涌了出来，享受和风醇畅的黄昏。

它的山海天然是如此的显明，而它的人文风化又是如此的不着深痕，令其民完全活在没有包袱的一块新地上，何等轻爽自在！

随处见得到一缕边塞风情，予人颇有不受拘管的某一份海天自由。泥衣垢面的原住民劳力者坐在豆浆店里吃着北方面食。白发老荣民骑着满载磨刀磨锄头机具的摩托车，在城乡之交缓缓经过。马路上躺着零散的榄仁树大叶。

火车站与飞机场，往往可见有身孕的少女，服役的军人，信心满满的尼姑，盛装要出远门的原住民女子，文化中心请来的文学传播者等等。

两个女人相恋，来到这里，应就是来到天堂。在这里，社会的约束比较不显，宗法礼教虽有，但疏空处也颇有。

花莲的妈妈们有一袭说不出的自由天真，乃她们不似台南媳妇、宜兰媳妇那样旧家规循起来的。她们摩托车骑得比别处多，也比别处怡然。她们潇洒地打扮自己，却又不像台中妈妈那么刻意饰丽。她们自由地学跳舞、学吃素，或只是把话说得很有新意。

虽同处东海岸，花莲和宜兰，先天上极为不同。

宜兰，在生态上与精神上，实属人与天争的北部，一如瑞芳、九份、菁桐、双溪、基隆。

花莲，生态及精神上，则是与天浮沉的南部，一如台东、恒春、四重溪、枋寮、三地门或六龟。

宜兰总予人"惨淡经营"之感。花莲则非是。它不特别经营。花莲只像是寄寓在山海间，这多年来对田野的奈何总是有限。它的家园也马虎，譬如阳光灼人，应有极多华南式厚墙小窗阴暗房宅，然它未必有。

花莲人固也爱他们的乡土，但绝不据乡排外，他们不介意把自己也弄得像外人。且泛看花莲一眼，处处充满外地景、外地人、外地感。譬似人来到这里，是调派来的，役期到了，便要回去。不管是电力公司，不管是林务局，不管是港务局，不管是水泥厂，或不管是教师、出家人、老荣民、军人、原住民、逃家的少年少女、私奔的情侣等。

故而那些书店,像是给出差人买些地图信纸的;那些刻印店,像是给外地人印些名片的;

"德利"的豆干、白梅,与"曾记"的麻糬像是给匆匆过客买了上火车的。

于是,花莲的设施,总显得不永恒。它的桥,随时等着再建。它的木屋,随时找寻改建的时机而不是不停地刻意整修或拉皮美容。

花莲,还是那句话,空淡。我每次只能淡淡地看它一眼,竟然从不厌烦。

(写于一九九九年十月十四日,曾收录于《台湾重游》,大块文化出版)

京都的水

这个城市让我最佩服的同时也最羡慕的,是它的所有水流皆有来历,也皆有下落。这见出人类最崇高的宽容心。

也是人类对于自然界尊敬之显现。

事情是这样的。某次在上贺茂神社,见山坡下一泓小水,只是土泥之间撮起的一条凹槽,像是山上树林间蒸出的一股湿润,却也涓涓而流,附近是曲水流觞的演习地,心想:这撮小涧怎么也留着它?后来出了神社,往南看迸明神川左近社家,再一想,搞不好适才所见的小水,最终亦流入这条漂亮的川里。接着在上贺茂小学附近人家胡走,发现小河一忽儿在巷道中走,一忽儿又窜入人家院子中，不久又窜出来。这要是在台湾，人们为了自家少沾因水而来的麻烦或许早就把它截掉或者压根儿就不令之进家院来。但日本人不会。这是何等讲理的地方啊。不禁忆起黑泽明的《椿三十郎》片中便有一溪穿过两家的画面，上一家的落花，下一家可在溪中见到。

另就是，在三条通、四条通近木屋町通，有一条高濑川，它离东面的平行大河鸭川，相隔没几步路，若是在台北，我们早把它覆盖了，或填了，只留鸭川这条主河，如此高濑川上的水泥便平白多出了许多陆面。但这是台湾人的便宜算盘，京都人硬是不如此。

乃我来自一个将水胡意遮盖、胡意斩断、胡意填埋、胡意截弯取直的城市，来抵京都，见此流水的自然天堂，深有感触也。

修学院离宫南面有音羽川。曼殊院与诗仙堂之间有一乘寺川。下鸭神社东面有一条泉川。化野念佛寺东面的濑户川，向下汇入桂川。

南禅寺旁的"水路阁"，及琵琶湖疏水道，这条水渠大约向西便是沿着冈崎公园南缘那条，甚至也是向南成了白川往祇园而去。

由于河流多,京都的地势之稍显起伏,便自看出来了。甚至太多的佳景也因之产生,像祇园的白川,特别是流经白川南通在新桥与巽桥附近,无论日景、夜景,甚至雨景、雪景皆是无与伦比之美。

哲学之道所沿之水渠亦美。那么多的让水经过之路径,于是有那么多的水畔、那么多依水畔而栽的花树、那么多依水畔而行的恋人与沿着水侧而奔的慢跑者,更别说那些顺河面轻轻拂送而来的佳气与逐它而栖的飞鸟了。

除了河流,京都的池塘亦留得很多。嵯峨野大觉寺旁的大泽池是我蛮爱去的地方。向东尚有广泽池。上贺茂东面的深泥池,再东的国立京都国际会馆旁的宝宝池。岚山野宫神社西面的小仓池。

更别说寺院中精心打理的池塘了,像金阁寺的镜湖池、龙安寺的镜容池、天龙寺的曹源池等。这些水,不管大的小的,皆是京都的宝贝,但也是克服无尽的麻烦换来的。

又京都不少寺院、神社的涌泉亦见出这个城市的得天独厚。

这些泉水，往往来自千百里不高山的源头，经过出缝地底东走西绕，终于某个泉眼底下涌了出来。这些泉水，如今犹大多还涌出，令参拜者舀上一瓢，净净手、漱漱口，也清一清他的心。

泉水之不枯竭，也在于远处高山林野之悉心保护。观察泉水之继续涌出，亦可查知千百里外的生态是否遭受破坏。

京都周边，山并不高，却川上的水势恁丰沛，可见它的山上植被做得极好。城内的吉田山，仅 105 米；修学院的横山，仅 143 米；船冈山仅 112 米，清水寺所在的清水山仅 243 米。城外的山，像北面的鞍马山，513 米；东北面的比叡山，算是最高了，也只 848 米。

相较于台北，郊外阳明山便超过一千米，其余重重迤迤小山不知凡几，但却没见几条河流，何者，便是将自然界的水，人为地做了一些了断。

曾经我站在鸭川边，见流水淙淙，何等的清澈凉冽，川上时有飞鸟伫停，准备觅食。川的两岸，有几撮人散坐石上，与我一样享受着这空灵却又流畅的无尽延伸野外。从那一刻起，我爱上了京都的河川。后来我更发现了上游的贺茂川，尤其是出云路桥西端北面那一段，常单独一人在那伫停不走，甚至借着野餐的名义在那里多赖一赖,像是偷偷躲避似的选此私密角落。

京都去了一二十次后,有时寺院亦不忙着进了,名街(二年坂、三年坂)雅巷(石塀小路、上七轩)亦不非走不可了,名馆名所名店也可去可不去后,我发觉我总是找借口往河边而去。河边,为什么?难道是小时候逃学最向往的一处梦想场景?抑是年齿渐有后,于空闲开旷既稍具野意却又不算偏离人烟的户外大荒最感深获己心乎?

(原载二〇一二年一月《明日风尚》,曾收录于《门外汉的京都》简体版,广西师范大学出版社出版)

一条观看台北的最佳公车路线
——235路

看台北，最好的，是步行。但不可能每个地方都步行。再就是搭出租车；我常先至外地宾客下榻的旅店接了他们，坐上一辆出租车，先去圆山饭店，嘱司机停五分钟，领宾客进大厅参观、摄影，再登二楼看墙上老照片以稍悉圆山饭店历史。再上车，沿中山北路向南行，左右指指点点，何处是大同公司，何处是"国宾大饭店"，何处是台北光点。到了东门，右转凯达格兰大道，看总统府。右行重庆南路，谓这是昔年书店一条街。右转襄阳路，看土地银行，也看博物馆，与二二八公园，在看台大医院。

将台北的城市中心在车上看过一眼，再驱车至他们约好的定点，如吃饭或购物，往往车资不过三百多元，我会说，这是很便捷有效的出租车式观光。

另外，亦可搭公车。最好的一条路线，是235路。

235，东起国父纪念馆，西至新庄。但观光，则只需向西坐到西门市场（成都路），无须跨越淡水河。

235为什么最好？因它最具代表性。它包含东区，包含一部分南区（南昌街），再加上博爱特区（"总统府"）与西门町。这几个区块大约已是台北市最重要、也最应该受外人快速初窥的模样。

带外人由西看到东，看官可曾想过，选哪条路来走？忠孝东路太繁荣，信义路修捷运，近十年，路挖得几乎走不通。仁爱路椰树成荫，不错，然而是单行道。和平东路仍是最宜之路，并且文化最深厚。

235路走的，便是和平东路。让我们自捷运古亭站起始，向东走一遭。电力公司那幢木造楼，上世纪六十年代围绕着它的零星牛肉面摊子，成为当时老饕闻香的幽巷分布。更甭提师大墙边（如今开成了师大路）的牛肉面一家接一家的摊子群了。

再就是师大。除了校园古树，附近裱画店、文具店颇多。横巷如丽水街、潮州街等，日本房子仍保持一些。

再向东，"温州街口"站，近处有青田街、泰顺街，当然也有温州街，皆是散步的好街巷。

过了新生南路，则有"大安森林公园"站。新生南路，是昔年的瑠公圳，五十年代，河旁建了不少教堂：圣家堂、卫理堂、怀恩堂。回教亦有清真寺。

向东，龙门国中站与国北教大实小站。后者是老校，原有相当漂亮的日据时校舍。跨过复兴南路，有"国北教大"站，亦是老校。下一站"卧龙街"，这街是清朝时通往六张犁山坡边的一条古道（乃附近皆是沼泽、水田、土冈等不通人行之荒野）。

向东过了敦化南路不久，便要向北进入安和路。安和路开始，便稍微有一点"东区"之风情。所谓东区，是这三十年才成形的台北新地块，相对于早即商业化却逐渐老旧的西区而言。

安和路上，有远企、立人小学、文昌街口等小地标。过了信义路、仁爱路，则更是东区的中心了。这时左面的诚品书店已进入眼帘。在敦化南路右转，再右转进忠孝东路，这是东区最热闹的街道，大楼的招牌显示出不少整容的诊所。过了阿波罗大厦、观光局二站，期间有横街两条，一称二一六巷，一称延吉街，皆可将来下车逛逛。

接着右转光复南路，便是国父纪念馆站。原车继续开，走一小段仁爱路，在仁爱圆环回转，然后在仁爱国中边墙右转向南进入安和路，按原路往回走。

现在再从古亭捷运站向西来走。跨罗斯福路后不久，即向北走上南昌路，这是南区的主街。它西面的平行一条街，是当年旧书摊林立的牯岭街。过了横向的福州街、宁波西街、南海路，即来抵公卖局。这亦是老建筑，亦是老台北的地标。当跨爱国西路时，可晓外地客人左手边是"总统"官邸，正面是南门。

公园路走一段，左转贵阳街，则左侧是一女中，台湾最杰出的女子高中，右侧是介寿公园，昔年则是三军球场。这一段贵阳街，平常少有人自行驱车走经，算是冷僻矣，却又极居城市之核心，能经此，可称有趣。再前行，右前方是"总统府"，不久右转入博爱路，则可见"总统府"的后背。直至衡阳路左转，衡阳路与博爱路交叉口，可说是台北市这一百年来的中心。衡阳路向西，左边桃源街有牛肉面与大馄饨，右边延平南路走不远有中山堂。

跨过了中华路，进入成都路，车停在西门市场，便是我们235的观光终点。这里便是西门町，有太多可去步行探索之点。

这样的一条路线，透过车窗，便可看到太多的新旧台北，移动地看，稍纵即逝地看。没看真切的，也且先算了。亦不妨多乘一两回，可在车上先看熟了，而后在其中几处定点下车，散步逛看一阵，随时上车再移动来看。

有时招待朋友，先帮他备好一张悠游卡，再告诉他一两条公车路线，便可让他获得最真切又最行云流水的观光了。

（原载二〇一二年六月二十七日《联合报·名人堂》，曾收录于《台北游艺》，皇冠文化出版）

讲武又讲侠

小论金庸之文学

武侠小说由来久矣。然大多读者习视之为末艺小技、旁门左道。曩昔论者曾将还珠楼主、朱贞木、不肖生、王度庐、郑证因等武侠作家互相验较，谓为各擅胜场；又有谓金庸之出，则集大成矣。与其言金庸集前人之大成，何如说其新辟一户牖也。

金庸之武侠书，于写情、述景、叙事、言志，皆能匠心独运，自成一格。写情则人物性格栩栩如生，即小儿女情态亦跃然纸上。述景则中国古时之花木泉石、庄园林墅，莫不优雅有致，宜得其所。叙事则迂回变幻、层层悬疑，间以穿插返溯，读来令人心摇神夺，废寝忘食。言志则小说家之文化素养及民族背负得以淋漓而倾，时而乘风破浪，时而登高望远，洋洋洒洒，适足激励人心，亦足以振聋发聩。而读者阅来，更隐隐生砥砺心，而一股历史兴亡之悲凉感，涌塞胸中。

至若金庸学识之广博、历练之深刻，乃至医卜星相、琴棋书画，在在于文字中繁华述及，引人入胜，发人以思古幽情；然则这"思古幽情"，并非做皇帝、求富贵，实乃某种自由恬淡的生活志趣。端看其笔下主人翁俱各潇洒利落，以天地为逆旅，不为利诱，不为强权屈。若有，顶多是为情所苦、为人事所困、为俗累所纠缠。而他们皆有披荆斩棘之能毅，将身前葛蔓，使之析然条然。从此坦坦荡荡，浪迹四方。

武侠小说是中国民间之通俗文学。以其通俗，故有其大困难。鄙劣之武侠作家常自薄，遂胡意而写，终至怪力乱神、荒诞不经，而为正统文学所摒弃。然则"正统文学"何有哉？本来无有。金庸的武侠，实乃近三十年来通俗文学中之奇书；既能疗消遣读者之瘾需，又能与所谓"正统文学"相抗衡而一无惭色，至有文学家、大学教授等亦熟读其书而不疲，言谈间犹常提其笔下人物如丘处机、郭靖、黄药师、小龙女、杨过、张无忌等一如贾宝玉、林黛玉、宋江、武松等之于中国人之耳熟能详。

而金庸所以不同于一般武侠作家，乃其作品之完整性、人情感、叙述法、艺术味等皆有高妙之处，实非泛泛之武侠作家可比拟。江湖作家之虎头蛇尾、自相矛盾，笔下人物满口胡言、情节展叙常不知所云，比之于金庸，不可同日语。亦有以武侠小说故作其推理哲学之表达，书中人物仅为穿上衣服之意见；

此意见又为作者自己之圆说，读来令人隔阂枯燥而少气味。至若意欲托古喻今者，更因本人习养之不堪，两不得其情矣。凡此等等，常令武侠小说之特有意趣，冲然尽失。

金庸之作品，其最大特色，若得简言以蔽，则为寓文化于技击，而将中国人数千年来之生活心得一丝丝渗入其武侠小说中。其用字遣词，随手拈来，各适其意，娓娓而道，柔和顺畅。白话文之简洁精确足可为文家式。

虽即金庸是名报人、历史学者、社论家、收藏家，或有助于其武侠著作，然亦未必也；金庸之文学，以今日看来，实不假外求，亦无需挟各式名衔、背景而愈重也。其文体早已卓然自立。今日我国人得以读此特殊文体，诚足珍惜。而金庸作品之涵于当代中国文学范畴，亦属理所当然。

（原载一九七九年九月五日《出版与读书》第二十三期，曾收录于《读金庸偶得》，远流出版）

武侠小说的写法

近代武侠小说这一形式，不知在何人手里发明定形？众人心中认定的标准版本，不知哪一本书可以称得上？

至少"山上习艺"情节是要的。"古洞疗伤"亦是美的，又且十分武侠。"千里寻亲""万里寻仇""循图索宝"等常是故事的经线，"客栈遇敌""舟中逢故"等则是经线中必要的顿点。

"几人门派"如华山派、青城派、恒山派、崆峒派、昆仑派……之创设，颇称机巧，不知出自何人。尤以丐帮之编入最令我们小孩子叫绝。丐帮弟子又以身上所负袋子多少来表示身份高低，这编设简直妙极了。

"武林盟主"之设，就不见得很理想。没有一本书将这节弄得安妥像样的。这一任的盟主，如何交棒给下一任？是被推翻的吗？抑是不经过斗争而转移？这种种，几乎太难说得通。倘若武林盟主是武林诸多门派、诸多高手中公认武功最高（或权势最大、能耐最巨）者，然后大伙共同推举，这岂不是有点要造反的意味，乃现实中的帝王焉能容许？

书中人物，最好全是布衣，最好全在风尘江湖；亦即凡出现官府装扮或"披袍秉笏"题材，马上令当年我们这些小孩子受不了。为什么？不甚知道。就像二十世纪六十年代凡听到国乐或看到国画中的"汉宫春晓"题材便有一种受不了。

难道说，我人心中的武侠小说，就只能是"在野"景意，毫不能携带"在朝"形状？

后来我隐隐想通了，原来我和我的同辈之所以不喜官衙场景，乃因它与武侠小说先天上原该多涵的村野酒旗、竹篱茅舍等所谓"江湖"意境太也不合矣。这也就像凡有背负布袋的丐帮情事，则立然受我们眼睛一亮、精神抖擞。

书中时代的问题。看来必在宋元明清之中。但若不明讲，却又言之成理，并且只知是"古代"，看来最理想。倘真要据实于宋朝或清朝，"披袍秉笏"意象不免隐隐欲出。

在野与在古，是大伙不约而同期之于武侠小说之事。且看写书者之所起名，伴霞楼主、武陵樵子、南湘野叟等，绝无车马喧腾的京朝气象。再看书中的地名，什么武功山、武当山、仙霞岭、幕阜山、点苍山、崆峒山、伏牛山、终南山、大别山等，我们小时读来，会以为中国的山岳是为武林人物起的。至少这些美不胜收飘逸之极名字的山岳，绝对是武功高强之人最佳的栖息地，凡俗之人如何能攀？这一些我们尚懵懂于中国史地之前便已不时寓目的地名，令我们寄遥远的憧憬。憧憬其气氛；仙道的气氛、侠客的气氛，而不是在乎它地土的沃瘠与物产的富缺。

此类山名不自禁令人生武功远高之联想，亦中国之优势也。美国的山名似不易取作武书中深山练功场景也。

再说武侠小说中的优生学潜意识。上一代武功卓绝，下一代较易练成高艺。金庸小说之例不其多举。潘光旦的《中国伶人之血缘研究》亦能举出。杨小楼之绝艺（遗传自杨月楼），余叔岩（遗传自余三胜）。并且隔代遗传亦显。最著者为谭鑫培之子谭小培，艺不如何，然小培子谭富英则较出色。

事实上，练武确实关乎体质，即所谓根骨云云，君不见小说中老怪好不容易找到一个年轻小子，东端详西端详，真想收他为徒，这是何者？天生一副练武好材料也。而好的体质确实会往下遗传，许多门派的往下延续也在于他所流有的好血统。

何人写武侠？武侠小说有强烈的历史意识（即使不点明何朝何代）与风土地域意识（即使不点明是何省何县、北方南方），故写作者往往先天上比较贴近此种情态。二十世纪八十年代初，我在台北曾采访问过好一些武侠作家，他们有人聊到，谓几乎全是外省人，像秦红这样的本省作家，可说是极特殊之例子。

又武侠写作最好有一些国故的底子。书画名家江兆申早年尤未任职台北故宫博物馆前，曾任教职，课余也写武侠小说，算是补贴家用。他能擅此，主要他胸中诗书饱满，文笔不凡。

何人看武侠？这亦是很楚河汉界之问题。六七十年代的青年，可以观其气质而猜测此人看或不看武侠。而今日在机场候机室见中壮年人亦可猜他是否带有武侠小说登机。有些脸不由你不猜他看武侠小说！虽然不一定对。

武侠小说的主旨究是何者？是否有一两句话可以道出。将近三十年前，曾访问诸葛青云，他将武侠小说之旨写成一副对句，谓"英雄肝胆，儿女情长"。

武侠写作，亦能透露出作者的性格。王度庐的《燕市侠伶》几乎可称为武侠版的《骆驼祥子》，乃王氏之性格，亦微有一丝老舍之悲悯。

设境于古代，为求距离感也。人物多选僧道，以与寻常市井区隔也。

便因有那些武当山的绝壁、少林寺的屋顶、客栈的纸窗、山洞中的机关门、门内的古棺或地上坐化的白骨、棺中的秘笈或壁上的图形，武侠人物便可高来高去、飞檐走壁、倒挂金钩、湿指破窗、洞中造化、参壁练功。

太多的武侠小说写得荒诞不经，却总有极多读者，何也？乃读者只求在一古意古趣之环境中自我徜徉，无视于小说情节之合情合理合美否。

为求自我徜徉，则任何一本武侠皆取来埋首。看完再找另外一套。问他何人所写，及写些什么，往往不能答出。也无意追索。

这是极为有趣事例。

它如同只提供一些媒介物,如少林寺、客栈、判官笔、小树林子、道途、武功秘笈、大山大河、幽谷洞穴,而读者自己便能浸淫组织似的。

乃多半的武侠小说第三回与第八回牛头对不上马嘴,而结尾时太多先前铺设之事压根不收拾了。

读的人与写的人共同有一奇妙的默契。非得经过读者之"自我徜徉",此书似乎尚未创作完成。

故而武侠小说最后留存下来的,皆不是它放诸四海皆行的故事梗概,而是它的"古意""武趣"。先说古意、武趣。譬以当年升学压力大,学子受压于六艺兼学,最能体会"练功"二字之概念。如今我们的同侪皆步入中年,有时某些早年受习的艺业项目,往往再拿出来操使玩赏,如书法、篮球、吉他、打拳、登山、自行车灯,有时候顺口比喻昔日受习的艺业今日犹得熟稔,则笑赞"功夫没有搁下"这类小说声口。至若今日媒体常用的"废其武功"来喻将政治人权力搁置或转移,此等例子也不乏。

故事梗概，何其有趣之争，然于武侠小说求之则颇尴尬。倘将许多长篇武侠小说写成情节大要，应有可能比原著更为有趣。

以我为例，亦不是每本书皆能读完。甚至为了保障此书多往下读些，常只能取决于书的开头。有的先引一首诗。这是古法，习于章回小说者很能倾爱这种正文前先有饰句，一如村庄前先有大树或社区前先有牌楼，陵墓前先有翁仲、华表等等之义。

往往首页几十个字，便决定了人的想读与否。至少我是如此。

四十年前（如今已久没看武侠），我在租书店翻阅古龙书的开头不下数十次，却从来没决定选定一本来读，致使至今没读过古龙小说，岂不惜哉，说来惭愧。其原因，或就在于它的开头令我觉得不够古味。

不肖生《江湖奇侠传》开头便道："从长沙小吴门出城，向东走去，一过了苦竹坳，便远远地望见一座高山，直耸云表……"；还珠楼主《北海屠龙记》开头道："离徽州北门二十余里，过了二十里铺，再往西折……山则黄山白岳，蠢然入望；水则绩临二溪，一苇可航……"这两书皆因开头吸引我而展书，然皆没读完。更别说太多书因开头之毫无古趣或文字鄙陋，当下便放弃了。

（原载二〇〇〇年四月六日《中国时报·人间》，曾收录于《台北游艺》，皇冠文化出版）

金庸的武艺社会的规矩与习例

金庸的武艺社会，大体言之，已称得上一个成熟的社会。"成熟"二字，谓其中的成员已深刻了解在此社会里如何生存与活动，并行之有年，又此社会确有其独特性，而这独特性——武功——已发展至相当高度，使得社会里每一分子皆能约定俗成地对之重视，并以之互相交通。

假若它不是一个成熟的社会，那意味着它还有可能被寻常社会消化掉，而武艺社会的特别踪影便瞧不出来。例如有一群人在庄稼之余舞舞拳脚、练练板凳，到了庙会或重要节庆时摆起擂台比武，假如这些武功低微之极，而又只是少数人在田事之余才得以学武，那么这种"不成熟"便不能自己成为一个武艺社会，也不能不被寻常社会所涵盖消化。

《天龙八部》中若是没有"北乔峰，南慕容"，没有大理段家六脉神剑，没有逍遥派、星宿派各项绝技神功，而只有马五德这样的"业余"人物，那么仍然是寻常社会的故事，而不成其为武艺小说了。

故而成熟的武艺社会，自必有成熟高超的武功发展，而这又赖于相当多数的成员视练武用武为身前要务，同时众武人又逐渐推展出一套规矩与习例，而这规矩习例又是大伙儿自然遵行不替的。

武人的生活方式下节会讲到，先叙武艺社会的规矩及习例。

金庸武艺社会的大致规矩与习例约有：

甲、不可偷学别人武功

"偷师窃艺，乃是武林中的大忌，比偷窃财物更为人痛恨百倍。"（《飞狐外传》第7页。编按：以下所引书目及页码，皆根据远流出版《金庸作品集》一九九六年版。）连原非身处武艺社会、却因形势被误拉而入其中的狗杂种（石中坚）也晓得；"偷学人家武功，甚是不该。"（《侠客行》第284页）

乙、长幼有序，尊卑分明

"白万剑道：'咱们武林中人，讲究辈分大小。犯上作乱，人人得而诛之。常言道得好：一日为师，终身作父。……武功再强，难道能将普天下尊卑之分、师门之义，一手便都抹煞了么？'"（《侠客行》第184页）

各门各派中师徒辈分极其严格，做弟子的，必须尊师；而师弟必须敬重师兄。做师长的，遇有弟子犯了门规，重的可以取其性命或废其武功，轻则可以罚他面壁、赶出门墙、打断肢骨。令狐冲给师父岳不群赶出华山门墙，而冯默风更让黄药师打断了腿，两人皆因违犯师门规矩。张召重给红花会捉住，交予他大师兄马真处置，张召重却害得马真惨死，似这种弑杀师兄之罪，难逃武林公愤。黄药师晚年收程英为徒，程英便自然而然与黄蓉平辈了。郭芙的武功由黄蓉所授，按理应唤程英"师叔"。虽然两人年岁相近，却因辈分规限之严，端的是不能逾越。胡斐就曾说过："我门中只管入门先后，不管年纪大小。"（《飞狐外传》第433页）便因辈分缚人甚矣，国人在市肆之间、戏台之上，总喜欢让人叫爷爷，称爹爹。而杨过、韦小宝绕着弯儿骂人，也还不是想做人家老子？令狐冲始终为辈分所累，饶有万丈豪情，总是缠手缚脚，还不得自家身。而他又不甘拘伪于礼法，以至每一步涉行江湖，皆冒杀身大险。那些要杀他而后快的人，哪一个不是他该叫师伯师叔的？端的是名门正派弟子最苦不堪言。

大凡格围愈严，人愈思突破而出。武艺社会既有这套礼教，武艺小说正好派上用场，金庸之书，于礼教之不以为然，读者想必多所见之。

丙、男女平等

"因为座中都是武林人士，也不必有男女之别。"（《飞狐外传》第94页）男子能习武练功，女子亦能。武功高低，但看才智努力及遭际，并不在于性别。男子能游于江湖、宿于旅店，女子亦如是。若身陷不便处境，男女皆能忍受穴居露宿、茹毛饮血之苦。男子能出手杀人，女子亦得取人性命。英雄救美固在所多有，文弱女子以智计救出堂堂须眉者，更是司空见惯。男子未必洗练沉稳、机变世故，女子亦不尽是足不出户、难悟江湖险诈。

丁、老少平行

在某一意义上，金庸书中，老少可得平行，乃武艺社会里武功最易为人先行考虑；武功人人得而练之，闻道有先后，术业有专攻，年少者勤于演练，功夫未必不如老人。老而不苦修，虽老亦奚以为？是故少年有时可作老者之师。韦小宝足可教导八十多岁的澄观，澄观亦乐于受教，"既有这位晦字辈的小高僧来指点迷津，不由得惊喜交集，敬仰之心更是油然而生。"（《鹿鼎记》第924页）除武技外，德业、智能亦是同样为武林群豪所讲求。相形之下，年纪最是不足一提。

武人往往没有年龄之念。或许是武功练高了，年岁虽老身体却依然壮健，另外一个原因便是在武艺社会中年龄并不必然构成他们的优势或劣势。许多老太婆和恋人或冤家吵起嘴来，与年轻人相较毫不逊色，如丁不四与史小翠。而周伯通再遇瑛姑，像少年一般腼腆。

戊、武人最好面子

"阿绣道'武林人士大都甚是好名。一个成名人物给你打伤了，倒也没什么，但如败在你的手下，他往往比死还要难过。因此比武较量之时，最好给人留有余地。'"（《侠客行》第296页）武人的面子皆因武功而来，有惊人武艺者，自然得享盛名。盛名得来不易，乃因练功是苦差事，又非一蹴可几。故而名气自须舍命维护。

"学武之士，除了修养特深的高手之外，决计不肯甘居人后。何况此日与会之人都是一派之长，平素均是自尊自大惯了，就说自己名心淡泊，不喜和人争竞，但所执掌的这门派的威望却决不能堕了。只要这晚在会中失手，本门中成千成百的弟子今后在江湖上都要抬不起头来，自己回到本门之中，又怎有面目见人？只怕这掌门人也当不下去了。"（《飞狐外传》第612页）好名之人往往正是有心人。岳不群便因好盛名、好追求更体面的境界，不惜使诈弄权、伪善虚饰，最后虽落得一败涂地，却也是煞费苦心了。

己、武人最重信义

武艺社会自有其道德观。大致上寻常社会之要求相当接近。其中最特别的一件，乃武艺社会最重信义。

吾人早知武林是一尖锐化、扩大化的社会，一件事情在寻常社会里没有什么效果，在武艺社会里往往掀起大风大浪。因此寻常社会之人固然也须讲信守义，但有时环境等因素不凑，做不到便也罢了。武艺社会却不是"说罢便罢"。既说之，则须成之，任你有天大的困难，也得挟命以赴。故许多老于武林世故之人在发誓时或允诺时，皆在字面上极力做下机巧，以求闪躲那不日之重罚。

《天龙八部》中的第三大恶人南海鳄神岳老三便因一言既出，只得向他的意中徒儿段誉叩头拜师，反做了段誉之徒。可见武林之人为了信义，即使由优势改为劣势，也说不得只好如此了。

何以武艺社会极言信义？乃暗暗流溢这么一个意思：武人尽皆练功，以达到将身前各事各物一一克服。既有功夫，则许多寻常社会之人不堪达成之事，武人行来常轻而易举。武人之守信，便如对自己功夫之期许与验证。因此，信义之讲守与武功之高下，常成正比，而无有武人会认为自己功夫不如人，自须往信义上竭力完成。

此事既明，则武人之好面子，争强斗胜，皆可以并喻而晓了。

庚、正邪对立

武艺社会中，正邪对立。所谓"正邪对立"，实是正派不容邪教，而邪教却还容得下正派。正派人士视邪教为毒蛇猛兽，致有邪教之称。邪教本身原不会称自己为邪。像黄药师甘称自己为"东邪"，系反其意而用之，愈发以此来攻人也。

邪教对于正派，乃我行我素，河水不犯井水便是。正派却又不同，你即使不犯我，我还是要剿除你，乃因你为祸武林，甚而为祸文林，若不将你收拾平服，便枉为学武之人了。

在金庸书中，"正邪不两立"似乎未必是武艺社会之永恒常态。在金庸笔意里，也隐隐想将武人的正邪之分，作一个劝服。要不然，只须有一个恶人在夜里做奸邪事，那些以廓清正道为职志的武当七侠便须有一人当夜不能睡觉。张三丰活了一大把年纪，自然善体门下弟子终年行侠之劳（有时行侠行到连师父生日都差点赶不回来），便说了一句公道话："别自居名门正派，把旁人都瞧得小了。这正邪两字，原本难分。"

将相争互吵的正邪两方拉扯开来，金庸这和事佬也忒费苦心了，有时还须牺牲好端端的人命。张翠山和殷素素这一对璧人就为此而死。杨过和小龙女便也因此分离一十六载。令狐冲与任盈盈终虽结合，却历尽多少身心煎熬。郭靖与"小妖女"黄蓉结为夫妻，其间的千山万水，作者跋涉起来，想必腰酸腿肿。

名门正派的男子与邪教女子相遇而至结合，是金庸小说中极显著的一个安排。其作用之一，便是"使正与邪结成亲家"，从此不分你我，不分彼此。

要能正邪不分彼此，则必须正派先行让步，何也？因为原先是正派不愿容下邪派，邪派的名称也是正派给的。这当口，金庸又得往邪派那厢多靠近一点，以将其劣势扳回一些。张翠山自恃正派，起初对殷素素相当不屑，而殷素素对他却一往情深，处处容忍，处处为他着想。任盈盈对令狐冲何尝不是如此？令狐冲刚愎自用、食正不化，任盈盈茹苦含辛，始终没有怨言。读者阅来，早已站在"小妖女"这边，而对名门正派多有责难了。邪派既有这般好处，那么正派便不能再得理不饶人了。

正派自说其正，一如侠义之人自道其侠义，同样让人看不过去。于是金庸在《倚天屠龙记》第365页、366页中将"名门正派"四字各提一次，语气里隐隐有嘲讽之意义。

殷素素道："……却没想到名门正派的弟子行事跟他们邪教大不相同。……"（第365页）

只见铁琴先生何太冲年纪也不甚老，身穿黄衫，神情甚是飘逸，气象冲和，俨然是名门正派的一代宗主。（第366页）

在武艺社会中创设正邪对立的状态，再将这对立状态加以调停，在在是吃力的工作。于是可知武艺社会之建筑，的确是一件繁重的大学问、大工程。

辛、师择徒，徒择师

"要知武林之中，徒固择师，师亦择徒。要遇上一位武学深湛的明师固是不易，但要收一个聪明颖悟、勤勉好学的徒弟，也非有极好的机缘不可。"（《飞狐外传》第629页）

师徒之互相择取至如此慎重地步，为了什么？自然是为了武功。武功在武艺社会中不自禁地成为最最紧要之事，一如它在武艺小说中具有本质之地位。

几乎所有武艺社会的习例皆对应于武功。譬似武功是一中枢，向四面八方发散，构成一幅含有各项措施的武艺社会之网。又好比武功是丹田，是气海，各种武林事态是奇经，是八脉，气息得以全身游走，尽其大小周天。

（曾收录于《读金庸偶得》，远流出版）

二三 女子情形

女子，之所以没在前节"人物情形"中多叙，便为了在此"爱情本事"中穿插来叙。

爱情在金庸故事里具有重大地位，而女子在爱情中更具有牵一发而动全身的尊崇要素。

女子的聪明智慧与女子的恣意残暴，共同造就了其在爱情中的作用。"女子"这件道具，在爱情中的作用，其恣意残暴可以造成冲突，其聪明智慧则可有批评的作用。

以恣意残暴造成冲突，兴起情海风波，例子可说比比皆是，无庸再作多叙。而批评的作用，则常以显现男子的犹疑不决、婆婆妈妈；更有甚者，可以讽刺男子的虚伪于死固观念，及不够勇敢果断。确然，男子的伟岸，在女子的面前真是有摇摇欲坠之势。或者抽象地说，理智在感情面前，似将趋向崩溃。

聪明、活泼、刁钻、机伶，是许多金庸书中女子的特色。像《飞狐外传》中的袁紫衣（圆性）在福康安府，言辞咄咄，先发制人，将汤沛陷个百口莫辩，宛然是韦小宝伎俩中的一部分。《天龙八部》中阿朱的善体人意、想事周全，就别说她的才艺（如易容术）如何高超，即是人已是聪明之极。《侠客行》中阿绣教导狗杂种不少武林事故，《笑傲江湖》中任盈盈凡事先为令狐冲设想，《倚天屠龙记》中赵敏不但深思熟虑，而且敏感富洞察力，终能洗清杀害殷离这件冤枉。聪明机智的女子多不胜数。现在且来说最具代表性的女子——黄蓉。

黄蓉的慧黠，是有名的，所谓"女诸葛"便是。她的慧黠一面，书中叙之详矣，且说她的其他部分。

黄蓉虽生于桃花岛绝世所在，仍一俗女也。其聪明无匹，亦无非是俗世计较下之聪明。在《神雕侠侣》中，她想劝小龙女不可与杨过结合，以免坏了师徒名分，从此无脸面以对天下英雄，将受别人一辈子瞧不起。

> 小龙女微笑道："别人瞧我不起，那打什么紧？"
> 黄蓉又是一怔，……心想似她这般超群拔类的人物，原不能拘以世俗之见，但转念又想起丈夫对杨过爱护之深，关顾之切。（第566页）

黄蓉如此聪敏之人，听了小龙女的话居然会"一怔"，然后还会"转念又想"，想的无非是些世俗意念，可见黄蓉是一俗女。

黄蓉固为俗女，于俗子郭靖青眼有加，终至结为夫妻。而黄药师孤僻绝俗，于靖蓉结婚后，不愿与他们同住一起，享那清福，遂飘然离开桃花岛，自己一人胡意浪游。《射雕英雄传》一书历年来脍炙人口，自有不少读者为郭黄二人心仪不止；由此益见武艺小说所言之超凡入绝事如黄药师一类人物，皆向来不多着笔墨、仅为衬笔而已；大众化的事端、大众化的人物、大众化的遭际，如郭黄之例，方为主笔。

但黄蓉做少女时，原不是如此的；做了人妻子母后，竟然改变忒大。在绝情谷的大厅中，见慈恩（裘千仞）要将小郭襄弄死，竟能立然披下长发，装鬼弄玄，读来令人对她诚感心惊。

黄蓉之对郭靖好，有一点练功练累了，至此想偷一份懒、少动一些脑筋的况味。嫁郭靖后，便凡两人之间事不用操心，然一遇上家门以外之事，便立时又精明起来；好似郭靖是一件宝，拥有它后极其定心，但一遇上外头事或人，便一种不安感、一种动物自然的警觉心又生了出来。只须看黄蓉在《神雕》中所有出现的场面，皆可见到她忧心忡忡，不可稍歇。她是劳碌命，郭靖是憨福人。

且再看看另一个女子——骆冰。

二三女子情形

《书剑恩仇录》前四回尽是侠义故事，大小战斗多而激烈，中间却夹了个有个性的女子；她的个性在这些激战里非但没有给遮掩掉，反而愈发显扬出来。骆冰与她丈夫文泰来两人性情一般，俱是明白白、傻乎乎的一根直肠子。他们既已是朝廷钦犯，不会绞尽脑汁、想法逃命，却在三道沟安通客栈里和差人打完架后，又关上房门像是没事一般。童兆和以一生人闯进她房里，言语轻薄，她似乎也没多加防着。要是在金庸其他书中，女主人翁早举刀砍了过去。后来童兆和虽受了文泰来点穴击背，打出门外，却再伴着镖局同伙登门道歉，骆冰开门时似乎没什么怒色。再加上镖局人说了几句好话，捧了她又捧她丈夫，她居然还笑了。

金庸人物身在险地，照例更加小心，便是见到陌生人，也皆留意是否与对头有关。骆冰倒好，对人全没防范心。即使在铁胆庄失了丈夫（文泰来名唤泰来，说不得要受否极之苦），和十四弟余鱼同露宿野地，还会梦见和丈夫拥抱亲嘴。这又是心地坦荡、疏于防范的表征。待骆冰从睡梦中惊醒，知晓接吻者竟是余鱼同，自然将他骂了一顿；可是余鱼同一片真情痴心，骆冰瞧着又觉不忍，竟说要帮他找一位才貌双全的好姑娘，"说罢'嗤'的一笑，拍马走了。"心地何等宽阔。宽阔得有点空洞了。

或许就因文骆二人一向缺乏防范心，童兆和之跟踪才能得遂。骆冰有一种天塌下来也不会受惊的吉人福心。

可笑骆冰以一女子加入红花会，厕身江湖，却毫无江湖警惕；加以其父也是江湖大盗，她出身如此，尚没有风尘机防，可见性情早已生就，自来便是这样，也不必强求了。

其后，陈家洛号令众人分成几拨去搭救文泰来，骆冰与周仲英父女同在一队。她在途中虽然心系丈夫安危，不时愁眉难展，却也不时在笑谈中说要给周绮做媒，帮她找个好郎君。凡事有一后又有再，便让人忽然间印象深刻起来。骆冰怎么恁地喜欢帮人做媒？展书至此，顿觉金庸真把骆冰写活了。须知喜欢为人做媒的女子，总是开朗活泼，不避小羞；套句台岛俗语，有点"三八"是也。

骆冰另一件三八之举，便是卫春华激她去盗徐天宏周绮二人新婚之夜洞房里的衣服，想使徐周二人次晨起不得床，骆冰也竟然一口答应。她真是有趣。

（曾收录于《读金庸偶得》，远流出版）

武侠小说及其世代

此书写于一九八一至一九八二年间。十六年光阴流射何迅也。

今日回想,这十六年来居然没有再看过什么武侠小说;而承远景沈登恩先生相邀写书前,竟也有六七年之长只一心耽注摇滚乐、电影及现代小说之丧志而久丢失了武侠小说之癖爱。

由此看来,我的武侠兴致年代或竟只是少年时期?

一个时代有一个时代的本色文艺。可以说从二十世纪五十年代中一直到六十年代末,算是台湾武侠小说的黄金年代。

一个地域有一个地域的本色文艺。我的童年与少年时期的台湾，是一个看武侠小说的地方。

倘有一天，你在花莲或台东某一小镇下了火车，只见那里很多木柱砖墙的房子，青少年穿着汗衫，趿着木拖板，站在巷口讲话；若还有那种情景，若还有那样地方，便我等可以回到读武侠的年代了。

在上世纪五十年代末六十年代初期与中期的台湾，不仅是大街小巷有小说出租店，有古意盎然的笔名如武陵樵子、南湘野叟、古如风、秋梦痕、柳残阳、云中岳，有兴人思古幽情的书名如《江湖夜雨十年灯》《红袖青衫》《古瑟哀弦》《一剑光寒十四州》，也正好少年子弟多的是被频于战乱、迁徙流离、愤郁经年的父亲生育下来而致易于桀傲不驯、勇于斗狠，以是成为所谓的"太保"。而市镇的生活阡陌，即以台北为例，每走几百米，便可能有一帮众聚点；什么"四海""竹联""海盗""血盟""飞鹰""龙虎凤"等帮派，甚至成功新村、松基一村、四四南村、正义东村等，这类同质背景聚落也可以是外村人的龙潭虎穴。

那个年代，是一个"当时"静止不动的年代，像是人可以按自己的意识活在他心想的古时莽野。一段战事稍歇、市景百无聊赖、人心一筹莫展的苦闷年岁里，于是对武侠小说这套不涉眼前、无关宏旨有一份寄情，或是说对恍恍高世有一片悠然远想。

什么样的人在读呢？必是对"中国"略有认识或略有听闻之人；不管他是早先得之于庙台前的歌仔戏、得之于巷口小店的小人图画、得之于圆牌上的封神榜故事，或者在学堂里受习过几篇中国古文、几章中国史地等等。

有着什么样的情绪之人会乐于去读呢？或许也可归纳出来：一、在现实社会中，有一丝"逸出"之念者。如课考繁重的学子；如他是理工科的专业人才，却常有公忙之余想如何如何者。二、痴人。一径在追寻某种能矢志凝情之事或物的人。三、寻常的信而好古者。

于是那些好闲来泡茶、跷脚看报、挥扇吟戏、燃烟吞雾、围桌雀战、两人对弈、月下独酌、夏夜乘凉、谈古论今等等之人会去读它。

韬光隐晦者读它，抱残守缺者读它。

并且，昔日岁月端的是极其容许这类生活调调。

于是在区公所送公文的，或是在机关做门房的，学校里的工友，看管脚踏车的，皆可以是名正言顺的读武侠小说者。

甚至你看一个人，会想，"他是个看武侠的。"往往这种感觉硬是很准。

什么样的人写武侠小说呢？

文学系历史系的教授们没怎么听说过有写武侠小说的；陈

世骧没写,夏济安没写。

不少写武侠小说的,常是学历不甚高者,甚至很年少便勇敢率尔下笔的。

柳残阳开始写时,只是高中生,他那时一个学生写书所赚的稿费比他父亲校级军官的饷还要高。

上世纪五十年代中期,写一部二十来册的武侠小说,据说可以买一幢楼房。

太多的武侠作家,他之所写,依据的不是深厚的国学知识,依据的不是透彻的文学理论,依据的未必是洗练的人生见解或世故的人情经验;他们还来不得及找取依据便自下笔写了。

或许他们靠的也是读前人的类似原型便已跃跃然要试着说自己的话、讲自己的故事。很可能卧龙生写《风尘侠隐》或《飞燕惊龙》,是来自于读还珠楼主的《蜀山剑侠传》而自己有感要抒,而终至写成一本武侠小说。

武侠故事中多有受朋友之托而致自己受累之情节,譬似司马迁李陵事迹,然武侠作家未必详读过《史记》《汉书》,未必读过《太史公自序》或《报任少卿书》。

小说人物常意兴风发,豪情万丈,"当其欣于所遇,曾不知老之将至""礼岂为我辈设也!""夜大雪,眠觉,开室,命酌酒,四望皎然,因起彷徨,咏左思招隐诗"往往如魏晋人物,然武侠作家也未必详读过《世说新语》。

武熟作家熟读的，亦不外是中国传统孩子详悉的《七侠五义》，是《彭公案》，是《水浒传》，是《三国演义》。

武侠小说之功能或其大矣，然武侠作家未必自知之。我人幼童即自纷纭武侠书中感知人生之沧桑，感知那些个"江山留胜迹，我辈复登临"，感知那些个"古者富贵而名磨灭，不可胜记；唯倜傥非常之人称为"等等等等，此皆可汩汩得自阅书之潜移默化过程，此皆可在十二三岁之幼已竟其功，非特要研索自孟浩然司马迁之名山经典。此不能不说是武侠小说之固有中国人世教育之巨力也。

当我们上了中学，读马致远《天净沙》元曲："枯藤老树昏鸦……古道西风瘦马……断肠人在天涯"；感觉亲近，感觉就像是写给我们的，然我们何尝懂得什么是"断肠人"，什么是"天涯"。我们孩子硬是懂得，来自何处，武侠小说也。

武侠小说，使太多的台湾孩子对大陆，及中国的历史，产生概念。可以说，武侠小说在某一层次上，扮演中国历史的辅助教材之角色。

今日不少人迷上了佛学、设立了道场，未必全是饱读佛经，往往是早岁熏染自武侠小说。而电影、电视中之佛门风格，动辄称"贫僧""施主""老纳"，动辄宣唱"阿弥陀佛""善哉善哉"；你道是他从哪儿学来，佛书乎？寺院丛林亲见乎？

自然不是。他揣学自武侠小说。

我的同代之士在多年后（如上世纪八九十年代）会有穿上现代唐装的，开办书院或私塾的，爱上喝茶、说什么壶中天地的，摆设明清桌凳的，四处看山买林野的……，皆不自禁有一丝早年参借自武侠小说之潜蕴意念。

及至少年，我们不只看武侠小说，甚至也迷于武艺。所有孩子都谈问过这样的问题：世界上到底有没有轻功？到底有没有掌风？有没有点穴、金钟罩、铁布衫？任督二脉打通后便百毒不侵吗？

迷于武艺，兼而迷于武艺的真人传奇，由是一些名字如韩庆堂、刘云樵、常东升、郑曼青等当年渡台的活生生"练家子"自然不会不耳闻。

重庆南路上书店的武艺书，如万籁声的《武术汇宗》、金恩忠的《国术名人录》、徐哲东的《国技论略》、孙禄堂的《拳意述真》等不免要去探看。

甚至明朝大将戚继光的《纪效新书》，甚至那更似体操而少武打意趣的《八段锦》《五禽戏》，竟也乐以轻涉寓目。

其中尤以太极拳的书籍翻看最多，杨澄甫的《太极拳体用全书》，陈炎林（陈公）的《太极拳刀剑杆散手合编》，陈微明的《太极拳问答》，吴志青的《太极正宗》等。隐隐有"即使不以之打人,也是好养生"之想。

不少我的同辈曾在中学大学时练过拳的,日后到了欧洲、美国留学,还常在巴黎、罗马、旧金山的公园里演练八卦、太极。

实因中国小孩和武艺原就有不能脱却的先天关系;我国孩子的童年嬉戏是"斗剑",一如美国孩子的是"牛仔与红番"。

而武打招式的名目,如鹞子翻身、鲤鱼打挺、金鸡独立、白蛇吐信、黑虎出洞等早就是孩子们自然的国学词语。

至于台湾孩子在嬉闹时所说的"月(叶)下偷桃""桃下有毛",更是他们在顽谑中自行加创的逸招。

今日,据说更多的X世代、Y世代少年男女加入阅书(应说"玩赏")之列,迷上了武侠小说,迷上了金庸小说。其所采撷欣赏角度,又更飞翔奔逸,随兴所至。

他们看武侠,像是纯粹看其抽析出来的意趣,不太特去在意背景或历史。而武艺者,更非他们趣意所在。上世纪六十年代孩子于武艺史乘传承中所尊崇的姬隆风、董海川、李洛能、郭云深、李存义、程廷华、大刀王五、霍元甲等今日孩子未之听闻姓名,实乃"虽不能上山学艺,心向往也"的视武学为真有实事之念。今日孩子视武侠书中的武艺或有一丝如电玩中傀儡踢打之安置。

另就是,他们很健康地、很文明选择地挑上了武侠小说这件娱玩，譬似挑一只他所偏好的电子鸡。而不是三十年前我们看武侠小说时的，或是袭着惭愧的一丝窃意，或是长得就像是"看武侠的"那种不甚健康、不甚文明或根本就有些阴晦气息的惨绿模样。

老时代里，对于机械文明半知半解，又期盼能掌控一齿半轮之利便，遂有武侠小说中"机关"之无限遐想。而于宇宙现象之扑朔难明，至有《紫电青霜》一类之小说书名。今日少年早于《星际迷航》《异形》《二〇〇一年太空漫游》之类电影多所洗礼，倘以还珠楼主《蜀山剑侠传》中电光石火情节浏览眼前，哪里会有兴味？

单单"电光石火"四字，即使在三十多年前我做小孩时，也早就不能有惊异的感觉了。

以前孩子看的漫画，只会看它的故事，不会以漫画中人的表情与口气来用在真实生活中。当然，以前叶宏甲、陈定国、徐锡麟、陈海虹、林大松、刘兴钦、黄莺等人所绘的情节中也没有如今漫画人物中所亟需宣吐的浓强自我。

以前的漫画中对白，甚至没有语气。

今日孩子在泡沫红茶店的声口、撒娇，或在补习班街、西门町、东区商圈的种种马路上的打情骂俏，如她们说："老公！""我哪有？""你怎么知道？"等等，俱是自日本卡通、自黄子佼电视、自漫画、自这个配音无所不在的"游乐园式"城市中点滴熏养学仿而来。

以前孩子看武侠,常需躲在被窝里偷看,如今孩子压根把书摊在客厅茶几上,不在乎父母看到与否。

昔年因避世而好读武侠之人,今日却不读了。他们读的是最最切近世事的政治新闻。他们在公园里、餐馆中、大厦管理员的柜台后大谈与他们年纪相仿的郝柏村、李登辉、宋楚瑜、陈水扁怎么样怎么样,甚至对三十年前原本相当隔膜不便的对岸也能大发议论,出口成理;说江泽民如何,说朱镕基又如何。

金庸所著十余部武侠,写人物情态,则栩栩如在眼前;写故事,则奇中有致;以其体制完整,起束周全,堪称近代武侠小说集大成者。然其引进台湾过程,亦颇周折。上世纪七十年代初,先有盗版以《萍踪侠影录》书名掩代《射雕英雄传》,后有以《小白龙》书名掩代《鹿鼎记》,悄悄流通于租书店。七十年代末,远景出版社公开引进后,全台读者遂为之风靡。

然金庸之洋洋说部,其实写于五十年代中全七十年代初,那个年代原也是台湾读与写武侠小说的高峰年代。只是当年台湾读者囚书禁而缘悭一面。

六十年代中,我还是个初中学生,偶因机缘得阅香港武史出版社所出的《天龙八部》。黄色封面,共三十五册。每册一百页,含四回，每回之前有插图一幅。当时一口气读完，只觉文笔典雅、学养深厚，女主人翁王玉燕（新版改为"王语嫣"）美丽脱俗令人不舍，却不知作者金庸是谁。其最感印象深刻者，是萧峰死义之壮怀激烈，痛人肺腑。当时便隐隐觉得：台湾的武侠小说中找不到壮烈如此者。

诚然，一时代有一时代之文艺情牵，还珠的时代也无有壮怀激烈如此者。一九三〇年的张恨水其于北洋军阀时代所情牵志系者，遂有《啼笑因缘》。

鲁迅于一九二三年，则写有《阿Q正传》。

以今日看去，一九四九年后，莫非金庸算得上一南渡文人，如易君左、南宫博、徐訏、卢溢芳等是，南渡至"汉贼不两立"之念极强的当年香港（且看昔年在港有笔名"铁岭遗民"之类，可臆其人心系旧家山）。

香港受高山横断于北，自幽自足于岭南一隅；几百年来中原频历战乱沧桑，变之又变，香港犹得一径抱守宋明古制；且看长洲太平清醮"抢包山"风俗即内地深乡亦已绝见。而黄大仙庙前贩卖香烛者，多有唤"容姑香档""张三姐香档""笑姐""欢姐""谢珍姐"等。

中原的语言又几经熔炼、统一，删繁化简；而香港人仍自操使着古音古语如"着数""生性""心水""沙尘"，即连商家墙上仍贴着"严拿高买""面斥不雅"古老警语。

正因一九四九年后，人遭世变，香港市面不免弥漫愁云惨雾；维多利亚港里常有人跳海，木屋区不时遭火失所，而徐訏会去写《手枪》，赵滋蕃写《半下流社会》，杜若写《同是天涯沦落人》此等黑白片似的社会写实小说。而香港乃一眼前求实社会，沙千梦小说《长巷》之怀乡愁旧书作，在惶惶香港济得甚事？金庸当此境氛，感慨既深，世情相逼，又出以武侠小说这股非常笔墨，焉得不情节壮怀激烈如此者也。

金庸长于情节描写及人物刻画，而地理途程之着墨较少。地理风土之细节似不是他专意之处。他的人物若于一镇邂逅，继而要往一远处参与另一大事，其中途程虽迢迢千里，却只受他一两句话带过，马上便剪接至"情节场景"；可以说是戏剧的处理法。

至于王度庐，若写到北方山丘，如《风雨双龙剑》中会写及"听到群山之后有轰隆隆的滚荡之声，以为快要临近黄河；再行不久，才发现适才所闻原来是马队奔腾之汹汹声浪。"这类近乎田野实况之呈露。

另外像还珠楼主会在书中（似是《云海争奇记》）写到某一人物在深山野林觅径而行，苦于不得出；不经意地带到一笔："及见这山现出一角寺庙，始敢揣想离人烟应当不远……"

王度庐、还珠楼主大约是饱于游行四方之人，其书中这类好似亲身闻见之描写令我这都市孩子心生向往。然他们的书我多半没有看完。不知是否因其结构不求紧接一贯。而金庸小说，我本本看至结尾。

上世纪六十年代所读的卧龙生、诸葛青云、司马翎、孙玉鑫等人所写武侠，竟完全不能记忆其中本事。仅能约略记着《玉钗盟》中有"徐元平夜探少林寺"，再来如何，完全记不得矣。而金庸故事人物我总能大多记忆。

金庸书固情节之丰繁多变，又可抽丝成缕，井然不乱；其最受人乐道者，为人物。今日读者读王度庐笔下的玉娇龙，没啥深刻感应，只觉她是性情暴躁一介北方土妹。然同属清季女子，同处北方，《书剑恩仇录》中骆冰则活泼如在眼前，有真情，有人味。

金庸之书所以凌越各家者，一言以蔽，动人也。以其书中凡有情处，必深情也。洪都百炼生所谓，其感情愈深者，其哭泣愈痛。

今日金庸小说甚至供应新世代少年男女多重的用途。感情受挫的少女在二十四小时泡沫红茶店深夜打工，手臂上犹留有烟头烙烫的誓疤，皮包里还存着些安非他命，店里播着郑秀文或张惠妹的歌曲，而她的桌上可以放着一本《神雕侠侣》。她在阅书之落花飘萍、多舛孤凄命途中幽然自伤，并也同时因伤于小龙女本事而聊慰自己苦痛些许。看着看着，随手取茶桌上餐纸揿一揿清泪，擤一擤热涕，便又可再走上工作岗位矣。

新的世代有新的对武侠小说的即兴采撷。而他们所采者,竟然不容易是别的武侠作家,而比较是金庸。

将来除了漫画中将武侠人物自由造型外,甚而服装设计家也以金庸人物做为打扮的原型;如以黄蓉为模特儿,以霍青桐、以蓝凤凰、以小龙女、以南海鳄神等,没有什么不可能。

时光荏苒,我心中的武侠小说年代大约成为"往事"了。

可以说,今日新新人类所看待武侠小说之眼界,是属现代;我的同辈所看待武侠小说之眼界,则为远去的古代了。

(写于一九九八年三月,曾收录于《读金庸偶得》,远流出版)

武艺小说这种类型的文学观

甲、不重写实

概略言之,武艺小说是重意念而不重细节,讲风格而不究实理的。

譬如在人物刻划方面,主特色之呈露(此特色常含括全人类的通性而使其尖锐突出),不讲求个体身心之自然物理展现。在金庸小说中若描述一个女子美,便寥寥几笔,直说其美,也就显示了她美,至于她美在何处,是哪一种美(纤弱美、庄严美、骚浪美、母性大地美⋯⋯),俱可不提了。

又武艺小说之描写,乃是注重事,不注重物;注重情,不注重景。

情节便是所谓的"事",角色便是所谓的"物"。角色在金庸书中虽也重要,却紧随情节而行,金庸并不特意以大片篇幅来详究某角色之习惯、态势、形貌及实质变化。

事和物不同之处,又可以这样讲:物是纯然客观,如同一件身边东西;事则是与主有关,已然附在心上。打个比方,"物"是没有念过佛的锡箔,"事"是念过佛的锡箔。

又以演戏为喻,在戏台上演什么戏比较要紧,穿什么戏服倒没什么关系。这"戏服"便是物,而"戏情"便是事。

金庸在书中甚少细细描写背景及环境,倒是背景环境中特出的突兀、怪状、奇样及蹊跷,他会使出浓重笔墨去娓娓写来。这些怪状蹊跷便是所谓的"情",背景及环境便是所谓的"景"。例如山水虽为主人公不断经过,却甚少为他们注目,反是山上有一奇穴或林内有群毒蛇,则文章从此生焉。又旅店、酒馆虽是武林群豪必经之所,却一点不受人注目;倒是这些店馆里的木造楼梯,由于常要被内功深厚的脚践踏断裂,自然要多出些锋头了。木造楼梯便是"情",旅店酒馆便如只是字义,而拿来当"景"摆用。

金庸若描写一场武人的聚会,常会将此会之目的、武人之心态,及会中生发之事故说得详尽备至,却对于桌椅之颜色、大伙儿相见之礼数、气候之晴阴甚少着墨。前者便是所谓的事与情,后者则是物与景。

《倚天屠龙记》中说胡青牛之相貌，只说"神清骨秀"。我人读来，自不知胡青牛生就什么脸目，长得多高多矮。并且在读武艺小说的习惯里也不会进而想象、进而深究。何也？乃金庸无意令读者多究胡青牛本身之事，仅令读者注意情节。"胡青牛"三字仅在情节中提供一句名称，不是呈现一幅图像。这份设置，我人可解释为一种绝对的文学上之作法，而不是电影上或雕刻上或音乐上之兼用。这份设置所遵行的道德观——将是后节会详论的——是"单一调的""平面的"。

因此，武艺小说的"写实观"，只是示人以形状大略，使之讨求其真，而非将"真"置于读者面前。

倘若真要将"真"实呈出来，亦有所不能也。任何作品，由于篇幅之限、传达之限，创作人只能宣趣，观赏人亦仅求会心而已。若要巨细靡遗、详尽备至，永远也做不到。凡世上伟大艺家，其所创作之素材，未必尽合吾人过往经历，亦未必直指吾人所见之事，若其胸怀得为吾人揣度，其气度得为吾人佩服，则许多支点细节虽没为其提及，吾人亦能大约猜出。譬以男女平等之要、专制之害，许多文家皆未有指直而论；然观其笔触，度其心意，则此二点亦必包矣。

武艺小说常以吾人心中多年生活后累累结就之观念果实，

品尝咀嚼，吐其子出其核而当另一情态之实貌。此实貌虽非读者眼下平日之实貌，亦可受人感动也。

武艺小说中人物亦是寻常人物，一如武艺社会亦是寻常社会。所不同者，乃在于两者皆已"练过功"了。故武艺小说的写实观是练过功的写实观；正如前面所说，它是夸大后，尖锐化后、化妆后的写实。武功高强的武人，仍是寻常父母所生。子与父之不同，便在于"写实"之转化。

武艺小说虽不重写实，却也不是象征小说、超现实小说、幻想小说，甚至不宜说它是写意小说。它是另一形态下的写实小说。

看武艺小说，既不可以真实人间世事来衡比，亦不可以幻象寓言来证意。以真实来看，则不能见其超逸于文字外之深意；以象喻来读，必不为真情实事感动以至入其究竟、及醒后如历大千世界而兴浩叹。

虽然我人可把"练功"当成武艺小说中一个极重要的象征，说它能将人生许多事体或明或暗地喻示出来；然而要注意一点，练功在武艺小说原本就有，它是一桩事实，不仅象征而已。

乙、设境于古代，托身于历史

武艺小说讲的，概为发生于古时之事。古代是小说故事的背景。读者看武艺小说,也早就把它当成是看一桩古时之事。

将背景放在古代,是武艺小说很重要的一个文学观。

如果将背景放在现代,是否可以?可以是可以,然那就不成其为"武艺小说"了,就像前头所说的"缺少气味",而成为另一形式下的作品。武艺小说所以要设其场景于古代,乃是和其"练功本质"相为呼应、互成因果的。古代科技机械之发展未臻昌明,故人力之竭尽施使,便构成众望所归之一德。练功本质即是在于人力上之努力,若在手枪、飞机充斥的时代中穿插着身负武功之人,这种小说决计不是我人心中堪可认想的武艺小说。

设境于古代,又分两种作法:一是不言明何朝何代,一是言明某朝某代。

不言明朝代的武艺小说,通常连"从前,在古时候"这类字眼也不写在书里;它赖以让人知道是古代这点,除了书中人物的生活方式,除了读者原本对武艺小说的印象外,还有一个极为重要的因素,便是文字。

文字是使人对于情境掌握的最基本要素。如同伞兵被空投至一不知名山谷,惟有从山里农夫的口音来掌握对这地域的猜测。

小说不表明朝代,这种作法,透露出几种情形:一、人物不被确定生在哪个时节,只知似乎从前有这么一个人。二、他处于哪个典章制度下,以及他穿戴何样服帽并不重要,只知他是做古事、着古装便是了。

表明朝代背景的小说,则显示如下的情形:一、人物确在某一时代,这形成他在历史上确有其人。如郭靖是南宋时人,韦小宝是清朝康熙时人。二、也于是郭靖与韦小宝所做所遇,应该全合于南宋与清朝时代之事。

通常不表明朝代的小说,似可比较自由,如同科幻小说不说明是发生在公元何年,甚至不说明发生在哪个星球、哪种人类之上。但它也同时少了许多可以援引的历史实迹。少了实在事迹,往往给有些读者一种不愿采信、无由依循的感受。甚至有些读者对"不真实"的事体表示拒绝感动。

表明朝代的小说,照理说,许多事物皆有了依据,并且有了古时的素材做为丰饰,应该可以弥补前述小说的缺失才是。然则个中问题仍不仅是如此单纯而已。

先说读者对于"写实感受"的问题。

是否武艺小说有了真实历史背景,读者便比较能认可?比较会为其所感?又是否没有历史背景的武艺小说便不被读者所深心相许?

真真未必也。"读者"又意味着什么呢?读者所要求的"真实"是一团模糊的东西,是一件他自己也说不上来的物事。

前面说到类型作品的真实,是改动过的真实;即使那些标榜写实的作品,亦不能尽呈真实,只求差几近之,只是一个概构。

因此,武艺小说——无论有或没有真实背景——并不在"写实"上设法博取读者对它的兴趣及重视。

小说一旦涉及史事,便隐然有将小说所述种种往真实上去秤衡之势;这便是欲放弃小说自有之真实,而追求小说以外之真实也。

然则历史便是真实乎?

通常,以历史来呈现吾人过往活动,仅能致其荦荦大者,而我人读史时所兴感叹,亦在乎自身的想象;乃在历史所叙不过简短断章,人生之所有不堪尽载。

历史究竟是什么?而小说艺术究竟又是什么呢?

历史者,不断之投资也,盼有朝一日能总而收获,然那一日总是无限期地顺延。艺术者,今日有酒今日醉也,不故示回顾与前瞻。故历史重研求、贵索隐,而艺术主顿悟。历史可因循,艺术无需承袭也。

历史乃依时推发,艺术可瞬间齐生。历史不避良窳,好恶兼容,是佛光普照。艺术自己盼成一个佳处,但求去芜存菁,是回光反照。

历史是"人事有代谢，往来成古今"，艺术是"羊公碑字在，读罢泪沾襟"。

武艺小说中有关脉穴、内力、拳招、刀法等描写，是其小说本身洞天中的"真实"，这是自家特产；而历史则是舶来品，是"外来和尚"。外来和尚所念经文若为读者乐于听取，则自家经文或有不足之虞。

小说家以其一字一句为一砖一墙，殷殷建造其理念之国。于现实之眼下世界不敢存托付意之作家，自不愿将现今世人常挂口舌之字句，轻移于修筑齐整之理念国里。甚而以其所创乃无中生有之境，犹须不避艰辛而使上无中生有之字——自创另境，自铸新词，古今中外，亦曾有得至若既现亲手难触之恍惚昔境，则必使古远朦茫之字。

文字与其国度之关联重要既知，便可明欲造就何种模样之国，当必觅何种模样之字。金庸既现古时历史情境，便自然而然使用那史笔概记之文字。

文字之事，稍后还会再详，眼下仍只商榷历史援用的问题。

曹雪芹谓："历来野史的朝代，无非假借汉唐的名色，莫如我石头所记，不借此套，只按自己的事体情理，反倒新鲜别致。"

真实为众人所共有，历史亦为众人所共有，小说既是著书者孑身一人以己意孤心搜求文字而建成之理念国，此国之法度体制自无意以外邦之例作衡，亦不愿由外人料理自家事也。小说作者有如国王，那络绎得览此书的众多读者则如国中各部理政人员，两者齐心合力步步措施此一理念国也。

金庸小说除《笑傲江湖》《侠客行》外，余皆言及历史。书中武功等之描写，固其新鲜别致的自家事体，而书中于人物事况之呈露，却取材于历史；似这样一个理念国，自难避免他人以外邦之例作衡矣。

援用历史固有其方便之处，一如前面所述；而援用历史之不便及不必，亦已然可获明了。两者权衡之下，金庸仍大抵采取援用历史一策，此可见金庸于这两不得全之真实观下所暂且偏采之途径。同时我人或也由此可说金庸小说创作观之第一重点，当不在于"真实观""境地建造""理念国"云云，而在于某种别样物事。

再次申明，此处种种全然不涉及优劣之议；须知类型作品原不能面面俱到，某一面的特别突出，与某一面的稍加搁抑，皆是类型作品必会遭遇到的有限作法。

丙、史笔概记的文字

倘若以我为例，金庸小说最最引起我兴趣之处，端在文字。我读金庸文字以求其旨，大约一如有人读其情节以求其旨。对我而言，金庸的文字方为其思想。故事是他的言教，文字是他的身教。

单看金庸文字，平易顺畅，却不俗薄浮动，每一句恰如其分，不肥不瘦；造句镶词颇精确洗练，几难令人易其一字。虽然若就整个大骨架看来（如就情节上看或就叙述上看），许多解说句段或许未必合宜，甚而有可删之虞。

金庸文字的起与承、上接与下行，自有一股优雅柔适的态势，有其笃定的旋律，阅者于眼下收来，感到极其亲和，颇愿随之前往。

至于前而往之，竟是向何处去呢？这便是一大斟酌点。文字行了一阵，总不时遇上突兀所在。便需使这突兀不致坏了文字本愿，却又能令这突兀的其余好处犹得保存，即算是写书了。

突兀是什么？包括不同长短搭配的另一群文字、不同调性的标点符号、陌生的新来意图、惊人的爆发情节等。

突兀过了一个，有一稍平。继而又生突兀。总要到书至尾尽，突兀才算全数摆平。突兀便如同文字的考验关卡，但看文字怎么与它打成协调的交道。及于此,又想到;文字是作者所发,突兀又是作者所设;作者于吊诡写作人生里,时而左右互击,时而左右相合,起起伏伏,高来低去,总要将这一切安出个定境,似乎才得心下稍宁。写作艺术或许便是如此。

突兀既要在书终方得摆平,那么,突竟是何样物事使得一本书推进至书终?必然是那称做"立意"的物事。

一本以文字做为立意的书,自是无所谓"终结",亦无所谓"起头"。它可在书的任何一处中途来做为它的开始,也可在书的任何一处中途做为它的结束。它不受别样东西来立意,只受自己立意。

倘若文字要受别的物事来推进,直到终点才得休停,这种情况下,文字说不得在书中要疲于奔命一番。

金庸武艺小说的立意,当然,不在文字。至于在什么,盼在后面慢慢寻索,现下先说"史笔概记"这种文字风格。

综合前面在"不重写实"一节中所提的重意念不重细节、讲风格不究实理、主特色之呈露不主科学之合理,以及注重事注重情不注重物不注重景,这些种种特色,而形之于文字之上,便形成了我所谓的"史笔概记"之风格。

"概记"二字,是说其作法乃一笔总抹,令其形似意及便可。这作法造成一种遥远、不明、不确然的"约略之态"。同时,常会用上许多成言固语。例如说"美艳不可方物",令人犹然不能确切理解其美艳是如何一种美艳;这使得读者在遍读金庸十多部书里几百个人物之后仍不能得知他们是何相貌。当然,愈无从得其确切相貌,愈可自作想象。这是文字特有的一种表现形式,与摄影的特质不同。笼统地举一例子来说,"坚贞"可比做文字的表现法,"雪中梅花"则如同照相之表现法。

"史笔"二字,是说其记录方式。将众多武人的所有"忏悔过程"记录下来,并且将各项武艺事态如事料大典般地记录下来。且举一例说明。金庸提到书中人名,必连名带姓而出,不会只提名不提姓;像"常遇春站起身来,将张无忌负在背上"这段文字,不会写成"遇春站起身来,将无忌负在背上"。这和有些作家只提名不提姓的作法不同。那些只提名不提姓的作家大概为图省却字数,以姓氏为不甚必需之物,致有此举。但这造成一种如同作者和笔下人物亲昵相熟的读后效果。金庸所以不厌繁复仍然连名带姓写来,必有其自家见解。便是:以史笔将武人之总行状作一记录。

须知金庸书中人物何其之多,人物出场后在场上的时间又何其之久,要能一径不略提其名,若非有另一要求凌压其上,实可能令作者生出异心,尝试省略。

这凌压于上的要求,便是"叙事之公平"了。亦即:先求交代事体周全详尽,而后才顾及美感等事。

人物姓名之多次提及，就小说之整体进行而言，是不美的、不合艺术的，但为了这叙事上公平周全，于是只好陈事重于陈美了。

便因这种"史笔概记"的文字，使得许多读者读金庸小说，感觉其用字和另外一些小说的用字是显著的不同。比较之下，会对金庸的文字产生"古风"的印象。

这里讲的"史笔"，主要言其记录，并非讲其描述历史；因为金庸虽援用历史，却使之附属于其小说之下，小说是主，历史是仆。也于是杨过得以杀了蒙哥，韦小宝得以欺凌吴三桂。金庸的文字，既有文言简洁而意在字外之优，又有白话平易而陈事明确之长，两者经过匠心的融合后，致使他写长篇大书得以如此耐看。

丁、固定工具的使用

金庸的描写既为史录式的概写法，故而许多事情的描绘，皆用上固定字眼。

在描绘人物情态上——说到羞愧，总是"脸上一红"。说到震惊，总是"全身一震，跳了起来"。说到惧怕，便"打了个冷战"。说到气势伟壮，屹立不动，便"渊停岳峙"。说到碍于处境，便"形格势禁"。说到肌肉结实，必是"盘根纠结"。

在描绘人物说话上——常"笑道""点头道""皱眉道""哽咽道""凛然道""朗声说道""低声道""正色道""尖声道"等等。

在描绘武功打斗上——常"鼻梁中拳，鼻血长流""功力深厚，震得虎口隐隐生疼欲裂"。

以上所举，便是固定字眼之例。

何以固定字眼恁多？乃因有固定事态也。譬似一个家庭总是烹调固定菜肴，乃因这家人有固定的口味便是。固定事态便是指金庸小说中之事件、人情、变化状况等总不外如此一套也。其小说转来绕去，仍隐隐有"万变不离其宗"之写作意旨也。

拈用固定字眼，照说应不是智举，并让人感到新意不足；甚至有的读者还会为了"打了个冷战""全身一震，跳了起来"来诟病这情态描写很难与实相符。然而事实上读惯了武艺小说的读者，似乎并不以此为忤，他们通常浏览书页字行极快极速，对"笑道"或"冷笑道"这类字眼，一瞬即过，在脑筋里只闪了一闪印象，便又往下奔去了。

奔往何处？奔往故事之发展也。

文学家总希望能使上不相同的文字，以求避免重复。若不得已要使上相同的文字，必是因为情节相同之故。若要改变重复之文字，必先改变重复之情节。如今情节未改，便显示情节之受作者重视乃在文字之上。嗟乎，奈何情节恁苟，令文字如此劳顿？

此处所说的"情节"，是指小的事件，如"鼻梁中拳"一类。大的故事性之类情节，后面还会讲到。

拈用固定字眼，虽然有其不智之处，却也有其富意念之处。一来固定字眼往往比较精简，如"凛然道"，如"渊停岳峙"，以精简字而得取读者立时之理会，是其方便之处。二来固定字眼可以充分呈显该种类型的特色。特殊的类型总有不特殊的利具。请以平剧为例。

平剧是类型艺术，自有其独特手段，故而什么脸谱是什么意指，什么感情做什么动作，何时吊毛，何时倒僵尸，在在皆有一套安置。然这也是"有限"的类型表现法中不得已之行事；乃在平剧只有一个台子，这台子需负担千百件故事，伶角亦是活人，耳口手脚的气力有限；以伶人表演于舞台上，只能于有限中，尽其所有，表现无限。

武艺小说是类型作品，它的有限表现法自不在少。似这些固定字眼之使用，便成为它这种类型的一件风格。"风格"二字，本含有"限制"之意。又我人常说某人"风格如何如何"，便已然将他的优点缺点尽皆含括了进去。

除开"固定字眼"外,尚有另外的固定工具,如固定的叙述法、固定的主题,甚至还有固定的情节等。以平剧为例,其主题中常有的"披袍秉笏""忠臣孝子"等意旨,便是援用固定。而武艺小说以"侠义"为固定主题,更是明显例子。

且看一个"固定叙述法"的例子。

殷天正、铁冠道人、说不得等人不约而同地一齐叫了出来:"这是移祸江东的毒计!"

(《倚天屠龙记》第949页)

似这样"一齐叫了出来",若究之事实,可说极难有此可能,于是这"一齐"云云,乃指他们心中皆有此想,却不是嘴里吐出相同的话。然而何以如此写呢?乃摆明这引号中的言语并非实态之叙描,而是意传也。这也隐隐透显一点:不畏读者对"写实"之质询,只一意以为读者自可理会也。

因此,金庸武艺小说中引号里的话语,皆不需当它是真人生活里的口说对白,仅需视之为全然眼观下的文字;它们只传达意思,不传达腔调、声量、情态等立体物事。这些立体物事若有,是读者于想象中自家揣摩而得的仿佛之物,并不是作者主要的着笔之处。

这种写法形成的写实观,与某种将每一式情态皆细细刻绘的写实观不同。

当然,金庸这种写法,在有些相同写作观的作家笔下,或许会将对白减至最低;尽量不写对白,只重叙述。中国古时行文不用标点,亦不多用对白;即使用对白,也似乎不像人物真去开口说话,而只像是帮叙述者叙述,如同用人物的口来说全知者的话一般。

至于"固定情节"之例,在金庸书中也是有的,即如前面所说的人物的"为情所苦""为人愿死"等是。

大抵而言,金庸于情节之构思及推展,应无意令其固定,反企求变中再变;即使如此,却也不时呈露出"固定"这件特色。

"固定工具"之使用,有时未必只求利便,亦未必只求表现特色;它有时还为了达到其绝对性,达到其原型之用。

例如用"沉吟道"三字来描绘某一说话神态,经过多次的斟酌,终决定惟有用这三字最为合宜,又最为精确简练,此时,便是所谓的"达到绝对性"。

"达到原型之用",如"为情所苦"这件情节,常是苦于意中人心系别人;似这样一种"为情所苦",它所以被金庸前仆后继地常加用来,便在于它如同是爱情中的一件"原型"(archetype)。也即是:爱情故事固然多而富变,然在金庸武艺小说的意趣中,这些多变的爱情各貌不是主要事,倒是"为情所苦"这件原型，是可以不避常提的。

职是之故，固定工具乃是类型作品为了保持并发扬它的特有意趣，才设计及滤选出一些浓缩的如"符号"之类物事。从固定工具之使用中，可以看出该种类型作品的艺术理论。武艺小说在类型评估下一如平剧；冥冥中有其艺术理论存焉。而理论本身之取舍偏好，固有其特殊之处；例如平剧即非偏取其主题以为其类型之重要意趣，故观看平剧当无需就主题特加索究兴味也。

固定工具一词，并非意味着任何材具将之固定地使用、重复经常地使用，便成其为"固定工具"。"固定工具"也有好坏之分。其好与坏之鉴定，便在于前面所说的精练确切、独特绝对等质素。晓乎此，坏的固定工具便不能算是"固定工具"。

戊、在叙述时作者与读者不避互见

金庸小说中，常进行一桩情节至某一重要处时，忽地刹住，不往下写完解尽，又去进行别件事情之叙述；而这处未解之情，将在后面再行呈现。如《神雕侠侣》中杨过正要被郭芙一刀砍下时，书文便此打住，换叙另事，直到后文才令观者得知杨过竟已少了一臂。

这种写法，与某一场戏将完、需得另换一场之写法是不同的；后者常习以"一夜无话"或"两人自此情浓爱切，自不必表，且说"来转换场景，此乃是一场之结束，必得再接下一场，可称为自然顺序的承接。前者则是对自然秩序之重新再组。后者是陈演性的，前者是安排性的。后者是客体形势如此的，前者则是主体意欲如此的。

又如同我人看电影，画面中有两人在屋内说话，说到某一要紧事时，甲凑身过去在乙的耳旁轻声说："……如此……如此。"观众看来若觉奇怪，会想：适才你们二人说话的音量正常，这时干嘛如此？屋内本只你们二人，即使是秘密，也没旁人得闻啊！这例子也同前述一般，由客体陈演一霎时转为主体提示。当这二人说悄悄话时，正如导演在此刻提示观众："现下且不忙知道这个秘密，后头等着瞧。"这个秘密不是他们二人不讲，是导演叫他们不讲的。

在《倚天屠龙记》第439页中：

常遇春于是将如何保护周子旺的儿子逃命，如何为蒙古官兵追捕而得张三丰相救等情一一说了。

照理，前面胡青牛问，常遇春皆答，但他却不是用言语答，而是作者提示读者他如何将这番话说毕传到。也即是：原本读者正在注意书中二人客体的对话,此刻作者却一下闯了进来,将这客体形势转变为主体之提示。又譬如路边有两人在大声争吵,路人皆停下来旁观,观看了一阵,这两人突然息口,站在那厢不动,却有另一路人跳进场去,向旁观众人说:"他们是如何……如何。"说毕又跳开,这两人又继续争吵,而路人再继续旁观。

这种情形好似这两人之争吵是在幕前,但却由那个后来跳进场去的人在幕后编派;旁观路人在看时,只是在幕前看,并不知幕后情形。结果那人一跳出来说话,旁观者自此方知尚有幕后。

这种交代事体之法,便隐隐有让读者介入幕后之意。这种写法,是一种什么意趣呢?便是不避作者与读者之互见也。一如说书人在馆子里与听书人一地相见也。这种"两不相避"写法的小说,近时已渐不多用矣;近时对于小说之要求,似常在于完全令读者在陌生之客位上去看一件新鲜事之生于眼前。

己、单一调的美感要求

"两不相避"的写法,是打开天窗说亮话的写法。没有一件事不可以明言,而明言之后又不怕读者失却对暧昧这份魅力的摄取。

新派之呈现客体的写法，可以引读者自己进入陌生、新鲜、未知之境地，而感受一种惊奇讶异的乐趣，终至获得一份原先未可预期之魅力。

"呈现客体"的作品，好用隐喻、烘托，常迁回呈显实体现象令观者身历其境自获感受。"两不相避"的作品，好用明喻、直陈，常将某一现象不言本只言用地表达出来令观者理会。

"呈现客体"的写法，所要求之魅力，概为陌生之新。"两不相避"所要者，概为常新之新。两者之魅力所在不同。举以笼统例子来说，观电影常为追索陌生之新，故观赏前不宜先阅本事说明书；观平剧则求品赏常新之新，演至中途进场以及一戏看过多次，仍常兴味盎然。

若以西洋绘画及音乐拟之于"呈现客体"的作品，以中国绘画及平剧拟之于"两不相避"的作品，则或可得下列之大略说法：

西洋绘画讲求光影烘托、层次景深、立体透视等事，西洋音乐也讲求高低音之间层相配、前后对和等事。中国绘画讲求明白呈现平面之景，不特作烘托，也不深究立体透视；中国的平剧，其角色大多需吊嗓子演唱，音色以窄高、空净、清越为其德，不以"低音"（bass）转其音域使之深厚，为美感要求。

故归纳而后可说，前者的美感要求是立体的、多重调的、相对的；后者的美感要求是平面的、单一调的（mono）、绝对的。

单一调的作品，表面看来，虽没有多重调的作品来得富变化、富追索之深广层次，却也未必没有它特优之处。其特优之处，若得简言以蔽，便是其每一单个独立体尽皆完美、永恒、绝对，而合之而成一件不厌不懈的隽永作品。以中国绘画言，一幅不着色的平沙短桥图，它以简单、平板之外貌竟能立其千古之隽永或也未可知，何以然？除开意境、胸怀等道德观外，画上的每一笔划、每一结合皆可能达臻完美绝对，而不可以他物代，以致可令人百品不厌，常加寻味。

单一调的艺术观，亦可由中国书法帖中的"集字"得明。"集字"自应集那书写完好之字，集而合之，而后拓之，更能感到每一字皆是距离更远，却更是站得峻立，神挺气耸，也因此更隽永耐看。至于整体看去，全页上的字何尝不连贯？

中国建筑亦是由许多单个独立体集合而成。每一单个独立体皆自成天地。如一个四合院的大宅子里，有许多自具屋顶墙壁、自具固定朝向的房子，这每一房子便是一单个独立体。这单个独立体乍看似乎呆板，合数十座单个独立体照说会有"放大呆板"的可能，然而却未必如此，鸟瞰或远望一个工整的四合院，往往极其耐看、极其精雅而又极其壮观。

在文字上言，字字各个完善独立，句句各个完善独立，段段各个完善独立，而字与字之间又能意念相连，句与句、段与段又能绵续成章，这才是最高的文学之美。这种此字无意为彼字附庸，此句不愿为彼句作嫁的文学观，其实是古意；拿早期的艺术与晚近作品一比，可看出这显著的特色。

金庸小说虽然含括许多手法设置，是一综合作品，却在行文中依然透露出有禀承单一调的艺术观之况味。

若非对金庸文字有特别的兴趣、有特别的注意，通常一个读者于金庸小说的主要印象，会是情节及人物占着最大部分。也正因为情节及人物先坐上重要交椅，金庸的文字即使要维持本愿，要达到单一调的美感要求，也已然不能纯粹得之，更何况"单一调"只是金庸行文中几乎近似之况，尚有"多重调"也是金庸小说中不时施使之技法。也于是我有金庸小说是综合作品之说。

我读一部书，自由文字开始；开卷几十个字往往便能引我决定是否要走入那片情境。故引我入情境者，是文字，而非情节。我人读《聊斋》，篇首寥寥十来字便能将气氛、色调渗发出来，而情节尚不知在几远之处。我尝想读一本尽是柔适文字的大书，书中不涉任何所谓的情节，书行极为雅畅泰然，而文字中自有其渐高渐低、丰富变化，书至尾终，仍令人盼望此书永不歇止。虽然此书有读完之时，却可令人随时自中翻开一页，又津津读起，其中所见竟又在在感到新奇不疲。这样的书，近时似无人写，即求之于游记一类书，也竟然突兀重重，充斥着如同情节一般的耸人耳目之事件,柔适一词完全不可得矣。我近时观看电影,亦有此倾向,故风景地理之纪录片常较恩怨冲突之剧情片更为合我暂时兴味。然有些风景纪录片故加上柔美音乐以求折人,则又弄成另一义了。

金庸文字的潜力,即证诸当前所谓正统文学,亦未有逊色。其实"正统文学"何有哉?原本没有。便因金庸文字潜蕴丰富,非可等闲,此我所以不避啰嗦写下众多拉杂的以上种种。

(曾收录于《读金庸偶得》,远流出版)

玩物与品美

玩古最痴，玩古何幸

年前于中坜云南聚落尝小吃，见一人家门联，"四季有花春富贵，一生无事小神仙"，读之伫步，悠然神往。噫，一生无事，千万人中，得一人乎？

人一生奔忙何者？来来往往，汲汲营营，不可稍停。但有一歇脚处，即树下石旁，便感无限清凉，真不愿立然就道，心忖：再赖一会儿多好。多半之人不久又登途，续往前行。此中若有于其人生一瞬稍作停思者，不免兴出好些个零琐念头。

便这等零琐杂念，积存胸中，时深月久，挥发成某种从事，其中一项，谓之玩古。

倏忽已是二十一世纪，国人积前数十年勤奋业作，社会称富，好古者更加乐于拥物。三五月夜，良朋来家，出酒治菜，把杯言欢。大畅酣饱，随又上茶，茶过数盅，延至另室，开箱取物，展看己所珍藏，摩弄研讨，断朝代，道兴废，真乐之至矣。

大凡人之沉浸古器，隐隐然有其先天前世召唤之不得不之势，一旦触探，便深牵系入之。如言天性，不待学而知、知而喜、喜而痴迷也。好古，亦隐有抛斩世腥弃绝繁华之志，偶于几前摩赏，但觉古砚解语、梅瓶知心也。

社会既富，伧俗之人搜买古物不免以之装点家厅，以之炫夸朋友，以之应酬宾客，甚而以之储值保财也。清雅之人博看详讨，为搜得一器，爱不释手，雨破天青，邢越汝定，虽由人造，终成天物，常自诩为解人，大有人生得一知己足矣之慨。以古器映照自家品味，而自己原是此器之知音，便他人蓄此，亦是不得正主。其痴概有如此。

俗雅二者之玩古，相异固如是；然爱其斑斓锦绣、年浸月淬之古气旧趣美致，则其一也。

玩古最赖有痴。痴者原不乏，苛恶社会桎枷了他；痴者原多有，穷狠世界障蔽了他。痴者固有，于玩古最见其极；尝见有人每于静夜，心神俱闲，取古器于橱笼，一一陈列几榻，展之观之不足，继以手握之，指甲轻抠之，放大镜窥觇之，张口呵润之；随又重新排阵，如校阅兵士，看一回，叹赞一回；燃香烟吸吐，神往也；取槟榔嚼咬，发高昂情也；斟茶汤漱吞，解渴热也；更有筛烈酒下喉，尽酣肆之心也；播放摇滚音乐，振其波荡不尽淋漓快意也。当此一刻，顾盼生姿，游心太玄，尘土肚肠为之浣尽。所列诸器，其年代固称宋元明清，然于他，不过与古人通声气耳。此以一人与诸器订交，但求遨游古人大块也。遇阅古甚广者，可彻夜谈；若对伧父，何妨珍秘不出。其痴也如此。

人之大患，在于有我；上天有好生之德，遂发派我人奔忙庸碌于外间万务，使之得一忘我。世务纷纭，人之心神终要觅一栖息处，否之空空渺渺，最是难堪，大有不可如何之日深叹。当此时者，最宜也玩古。佳友往还，古籍映求，须得有他；长日清谈，寒宵兀坐，亦赖有他。赏心也，渝性也。而玩古者，最宜也丧志。不丧志，何知有志？有志而不偶丧，不可确此志之当否固立。

值此腥风秽雨浊世，则痴人愈发要痴，愈发要抱残守缺。不痴若何，莫非有益。有益复何？终做了无益之事。

奇境只在咫尺，惟赏玩可得之

观古人山水画，每喜见崇山峻岭之中，稍得清旷处，一小屋，屋前隙地，微有人影，多半高士一，小童一；高士枯坐，小童俯首茶铛炉灶间。

眼光继续寻觅，则屋旁不远，有溪流，上搁短桥。桥上偶有人，即有亦仅一，或负樵或骑驴，断不至多。如此构图，乃表达人之楔嵌深邃山野最宜最美之境也。

倘为风雨之日，树头低压，桥上樵夫弯身急行。若值大雪，则远山皑皑，而桥上骞驴提蹄不前如凝，防冰滑也。

> 奇境只在咫尺，惟赏玩可得之

　　无论风雪，无论平日，总之，此山水画者，即寻丈巨幅，千岩万壑，远瀑近泉，苍莽极矣。而人，永远就那么一二个；屋，永远就那么一小篷；桥，永远就那么一薄板；何以如此？为了以最微乎其微之人、微乎其微之物演出于宇宙之舞台，以之搭和无穷之自然也。

　　又此种山水画，唐宋元明，何止千纸万叶，所绘不外是层峦叠嶂、曲水长林，建物则亭桥茅舍，人物必渔樵耕读，何千篇一律之泥也。构图如此，固涉个人艺事有高下之别，然于迷人题旨之深爱不舍则千年一也。

　　此题旨何？便是吾人于深山茂林、幽幽造化之无尽止向往也。

　　观山水画如此，永不令人厌倦，细审其中山径人迹、水源村墟，心神为之引领，灵台清空，一尘不染，廓然有世外之想，不啻古人所谓烟云供养矣。

　　然此画图中之境，恒在峻山峭谷，人究竟如何去得？难矣哉。即便去到，亦不免想：可得在那间小小草屋歇一会儿脚？此小屋者，见之十画上，门墙固有，却恒不见屋内景状、何器何物；益发引人一窥之兴。

269

只好以古画中平地屋舍求索之，君不见唐六如、文待诏、祁彪佳等名家原本多有写及。

幸有此等画作，不啻将深山茅屋特写放大，屋内椅凳几案，历历布陈；炉上茶、窗前花、壁间太湖石，尽收了吾人眼底，直叫吾人做了屋内宾客，坐卧其间矣。

近十来年，我与三二佳友亦常思于佳山胜水之旁觅一园地，构筑草堂，春晨秋夕，徜徉其中。历览名山大川、小村僻乡不知凡几，然终无成。实践之难也。

无怪乎极多之人仅得于城市高楼家中刨木斩竹辟一书斋雅室以求差几近之而已。

而此摩天楼上雅室，自低处车水马龙路面望之，亦只见小窗昏晦，隐约似闭，一如古画千山万树中点景草屋，无由窥屋内景态、何器何物，亦引人无限遐思。

便此一节，正现代城市人最可自行发创之舞台。既无人见过真戏、无人读过剧本，你欲如何搬演皆成。要者不过古时文士归结之所谓径欲仄、桥欲小、墙欲矮、阶欲平、石欲怪、山欲出云等等那一套也，主要在于如何与大块相唱和罢了。

此便是艺术之生活也，亦谙合老子"人法地天，道法自然"之真谛。

至若人居檐下，恒处斗室，亦是一派别式山水；君岂不见，光欲微昏，窗欲有格，壁欲毛黄，榻欲其高不过若干，奇石之立不可过于危殆，花器不宜过妍，屏风不宜过分开展，案上小物不可过杂，既有笔砚，则笔山笔筒或在案上不远处，此时切不可再置他物，如折扇拂尘鼻烟壶香炉茶碗等宛如一古董摊子。更忌案上搁二颗铁球，文静气顿然扰坏矣。

室内既各物宜得其所，又必宜得其数，则可知榻再怎么亦不可多于一件；古琴亦只一，画桌一，禅椅一；循此，则凳不过二三，若再添一二，必不可同式；晓于此，则客人之数亦自然受限；且看文家常谓之"良朋二三"，可知二三之人最是恰好搭配如此清斋雅室之理想数也。

而室中清坐，烹茶谈心，各客取用身前杯盏，抚看手边文卷器物，时立时坐，物换器移，大抵只在数武方寸之间，而竹雕木刻石凿土塑诸多形器无不悉备；此何尝不是人游移于山树纷纭之宇宙，一如画中情景？当此时也，人埋首良久，凝神审物，烛晕渐弱，辰光向晚，但有一声轻轻赏叹赞咏，宛然一幅年迈骚人墨士"家家酒"。

游艺若此，亦如于斗室中踏雪寻梅，与千里跋涉于大画中深山林壑无异也。

古人将万物赋形，因状制宜，实源自穷澹山家于身旁林野之采撷，亦原本耕樵之人看眺宇宙之眼界。今人于文房中抚笔筒如遇山中树瘿、赏砚台如探石洞纹理、拄藤杖如窥幽谷老蔓，实隐隐然与外间深邃难抵处相倚相偎相对谈心也。亦是不叫自然须臾远离也。

有谓雕虫小道壮夫不为。此小道者，奥义存焉，请言其详。若非形之怪巧、雕之精绝、质之纤密、色之迷目，人何能醉心凝神至不得自拔，一如投身大山巨水间竟自抛忘了我身？散于屋内诸多文玩，此一彼二，随手取来，指肤间抚猜纹刻，继而审其光泽，嗅其木香，特陶情养心涤虑远俗最妙之物，亦医寿延龄之无上妙剂，人能得此，真无量福缘也。噫，天地万象，皆劳造化一番布置，何处不是造物者斧痕？人固渺小，焉得不能随时随处取一角而消受乎？

京都的长墙

京都另一最大风景资产（除了山门），是长墙。人依傍着它踽踽行走，似永走之不尽，此种宽银幕画面，是世上最美的景。而自己这当儿的沿墙漫步，得此厚堵为屏，心中为之笃定，非同于跋行旷野荒原之空泛无凭借也，即此一刻，正是最畅意却又最幽清的情境。便因这无数堵的墙、直统统的到底、却一转折又是重新的无尽，便叫西方千百雄丽城镇无法与京都颉颃，也令京都在气氛上堪称举世最独一无二的城市。

墙之延伸，廓出了路径的模样。愈是土屑朴厚、悠悠无尽的墙，愈将一条原本无奇的路塑成了古意盎然的绝佳幽径。而这样的墙路，不仅自己走来愉悦，即观看其他路人（如躬背的老妪,如打伞的少女,如骑车的学子)沿墙经过,亦是叫人兴奋莫名的好景。

墙之佳处,常不在白日,而在夜里。乃此刻光线微弱,人仅需得那依稀之意。墙之佳处,也常在雨中。夜晚与雨中,恰也正是闲杂人最不见之时,也正是门外汉如我最喜出没之时。

我于墙之喜爱,极可能来自幼年台湾各处皆是日式规划下的巷墙,加上儿时看日本剑道片、忍术片,戏中人总在黑夜墙下杀斗,时而沿墙追打,突一转入巷子,又遇伏兵,接着再杀。这些墙,竟然是那么多惊险剧情的托衬屏障,何等的天成,何等的神笔!当年心道:日本怎么会有如许多的长墙?这样墙曲墙折、墙夹来墙夹去的所构成之迷宫,叫人夜晚怎么敢走路呢?而要是犯了仇家,如何能逃过他的围堵呢?

如今,这些幼年银幕上所见的墙,竟已可以抚在我的手下、赏叹在我的伫足中,并让我无尽地沿着它缓缓荡步。

日本夜晚,有一种极其特殊的气氛;即我们小时候自电影已然有此印象。而此特殊气氛,主要来自日本之建筑与市街格局。

小时候见一曲名,谓《荒城之月》,心道:极合也。压根便将日本长墙、日本屋瓦、甚至夜色、甚至日本凄凄笛声等等霎时呼唤出来。

墙之美，常在于泥色单素无华，也在于一道到底、不嵌柱分段。名所的墙，未必雅美于寻常家墙，乃它常常修葺也。小津安二郎的《彼岸花》，有一两个京都镜头，并不用在名寺名景上，但眼尖的京都迷，仍可见出是高台寺左近宁宁之道与其旁的石头小路。如何看出？乃垣墙庄美也。

宁宁之道，不愧是东山最典雅的一条小路，尤其深夜行走，更是清丽醉人。那些下榻附近旅馆（如元奈古、松春、花乐、川太郎、祇园佐の、京の宿の坂の上等）之人，深夜散步回家，那种感觉，令我羡慕。此处的墙瓦人家，最把京都佳良日子呼唤出来。岂不见料理店称高台寺闲人者？与宁宁之道平行的西面一条路，是否叫下河原，有名店美浓幸、键善良房等，亦是值得漫步。此二路之间夹的石塀小路，更是不可忽略。

京都之夜，常常令人不舍。不惟墙美，不惟月清，更有一原因，是日本的治安极好，你在别的国家不夜游的，在此也禁不住往外探看一下。

嵯峨野充满着宁静的墙，不论是寺院或人家。大觉寺、清凉寺与落柿舍附近，多的是好墙。最主要的，此处人烟较稀落。

方广寺的"石垣"，是雄伟的墙。三十三间堂大殿的某一面侧墙肃穆精美，木窗紧闭，绵长完整，每年举行一次射箭比赛，这面长墙，最是好看。我尝想，电影若以之入景，必极典丽；果然内田吐梦一九六四年《宫本武藏 一乘寺の决斗》用到了这面墙。

山科的醍醐寺，买门票入寺，没啥意思，但它的墙，倒是颇值散步。

东福寺则不同，不但寺内好看，寺外的墙亦是最绝。卧云桥北面走到南面，由同聚院走到芬陀院，再走到光明院，无尽的墙，无尽的年代。红叶的季节，人人涌进寺内，在通天桥附近叹赏枫红，而我竟沿着这些没来由的墙像迷了路般的走着，待想起还有红叶要看，竟然天色已暗了。

冬日，天黑得早，在一保堂附近的寺町通逛街，几家店进出，乍的已天黑了，有时还飘起了小雨，向北走着走着，发现自己竟沿着京都御所的长墙而行，哇，多好的风景，平日在炎阳下，它是多么叫人不耐。

深夜在先斗町、木屋町喝酒后出来，感到这些小街窄巷灯火人家喧嚣不已，很是没趣，此时突然令自己沿着御所的墙或是二城的墙散步，最是有良夜之叹。

金戒光明寺与真如堂之间，散列着无数寺院，如西云院、松林院、龙光院、永运院等，在这些高高低低、坡阶起伏的院与院所夹之墙海中漫步，颇有一袭寻寻觅觅、曲径通玄之感受。此区可说是白川通西面的高坡之游览；白川通以东，则是哲学之道平地水畔之游览。两者情调不同，可以互参交错来玩。

最美的墙景，莫非奈良二月堂走下来，往大汤屋方向，下坡处的几面院墙，那股泥黄，那份曲折角度，那种永远不见闲人之宁静，而我何其幸运竟然在此经过。

（曾收录于《门外汉的京都》，远流出版）

下雨天的京都

在京都游赏，遇雨，有的人会恼，心想：怎么恁的倒霉！实则雨天之京都有许多另外的优处。很可能龙安寺的"石庭"便只有你一人独坐慢慢欣赏。

有一次我在京都正好碰上台风，整整两天雨下个不停，即使打伞，几个钟头后鞋子便全湿，在任何一处景点，皆因泡在湿袜中的脚极度不舒服弄得人不知如何是好，但有一刻我正好在嵯峨野大觉寺旁的大泽池畔名古曾泷迹旁的正方木亭子里，四处无一人，池中的鸭群也上岸歇着，空气是如此的鲜新青翠，这一刻，天地何等静好，横竖我也乐得坐在凳榻上等雨，竟不觉得有何不耐。

下雨天的京都

雨天，属于寂人。这时候，太多景物都没有人跟你抢了。路，你可以慢慢地走。巷子，长长一条，迎面无自行车与你错身。河边，没别的人伫足，显得河水的潺潺声响更清晰，水上仙鹤见只你一人，也视你为知音。碎石子的路面，也因雨水之凝笼，走起来不那么游移了。若雨实在太大，每一脚踩下，会压出一凹小水槽，这时你真希望有一双鱼市场人穿的橡胶套鞋，再加一顶宽大的伞，便何处也皆去得了。

雨中的车站最不宜停留，乃他们把来来往往的狼狈相定要叫你收进眼里。他们露出对雨的不耐，并且赶着避开。

然而雨也的确透露某种意指，如天色向晚，隐隐催促你是否该动身了。奈良公园在雨中，多么好的地方，但你总觉得天色渐暗了，也确实真暗了，虽然表上只是下午三点，但人都走了，鹿群也各自找地方栖了起来，像是真散场了。

这种时候，是旅行中最大的骗局，断不可中了它的道儿。我正在东大寺东缘、二月堂的西缘，也几乎觉得该滚了，该让这低垂的夜幕拉上了；然而我偏偏没走，还赖了一下，不想十多分钟后，雨突然小了，更奇的是，远处的天空划出了亮光，如同雨霁后会出现的金轮（京都、奈良的天光最富于变幻这种清亮的佳色），而远远的东大寺外头似还有一二团晚来的游众，心情又暖了起来，我想真应该找个地方坐下来，像友明堂古董店，喝一碗主人看似随手打出却味至典正的抹茶，也好驱一驱潮气呢。

（曾收录于《门外汉的京都》，远流出版）

美国与公路

美国旅行与旧车天堂

旅行美国,最好玩的不是城市,是路途。赏玩路途最好的方法,不是火车;因停靠不能随兴、路线死板、价钱昂贵,以及最主要的,车窗玻璃老化曲扭,模糊到飞逝流景也看不清。昔年的铁路大国竟有窘状如此。

以汽车驰游公路,才是好的玩法。这又分几种:

巴士——原是最正宗的长途游法。因它车稳身高,可极目四望,心旷神怡,常不自禁悠然远想。且不自掌方向盘,心思无须专注于车行。然而这二十年的灰狗及 Trailways 两家巴士已不合于此处说的游法,最主要的是它们走州际(interstate)公路,看不到幽景。除非乘坐像"绿龟"（Green Tortoise）这类嬉皮巴士，由西岸至东岸。五千公里路途灰狗三天开到，它则要七到十天。中途选景点停下埋锅造饭，乘客分工。饭后或游泳河滨或沐浴温泉。继而登程一段，夜晚或宿野地或睡车上（乘客早自备妥睡袋）。便这样每天走走停停地驶抵终点。

"绿龟"在上世纪八十年代中期已然萎缩，班次不多，并需电话预定，如今是否还有，我不知道。六七十年代这类嬉皮巴士尚值高峰，许多州城皆有，据说上车时有的还会分发大麻，令你可臻名副其实的 tripping（幻游）。那时车上的摇滚乐配合着窗外的远山，一切是那么的美，那么的柔慢；大伙的交谈，是那么的富有哲理；甚至邻座递过来的饼干或巧克力，也是那么的香甜。

这类嬉皮巴士，全用的是旧车；机关单位打下来的、老旧校车打下来的等等，极其便宜。故开得较慢（以免过度驱策），时常停歇（以免因适才爬山而致过热），并且多半采走传统公路及乡道（一为风景，一为节省过桥费）。

停的点选有河湾或温泉者，为了可以嬉戏外，有人或可钓鱼以充待会儿的食物，也为了一举解决这儿天的洗澡问题。有些停点是因有"农民市场"（farmer's market）或果园，可以廉价采购果菜。至于埋锅所造出的饭菜，要吃者事先登记，每人一两块钱,据说味道还不错,比小镇的简餐要略胜。并且便宜。吃些什么?西部牛仔菜之改良版。也就是有点墨西哥豆泥、煎香肠、牛油青豆搅炒米饭、粗犷式沙拉、什菜大汤等。在野地上多人围食,老实说,应是满好吃的。

真正的横跨美国、无止境的东西南北遨游,则必须自己开车。惟有开着自己的车,适才错过的奇景,才能掉头去看。极其偏僻却又极珍贵的节庆、风俗,甚至只是古老的赶集,才能柳暗花明地抵达看到。更别说长途驱车后受星光、虫声等天成气氛长时笼罩下所凝生出的一股孤独却又静好的自我感,是火车、巴士、飞机等交通工具皆无法得臻的。

当然,长时间(一个月、半年)的独驶一车,随处停歇,也是最能消散原先精神上之专注,其实是一剂治疗良方。它也有一麻烦,便是假若迷上了这种漂泊不定的生涯,往往回返不了正轨的体制。

外地人下了飞机,想好好看看偌大的美国,以一两个月什么的,最好是买辆旧车,由这一岸开往那一岸,开他个几万英里。

以旧车旅行,上世纪六十年代至八十年代末这三十年间是黄金年代。请略言之。六十年代的美国车以尺寸比例(引擎之够力与车体之不甚特重）与价格之便宜，堪称汽车史上最难得佳良之期。也于是你在上世纪七十年代中期至八十年代末期去买六十年代的美国旧车，常已极其便宜，如五百元，而性能出奇的好。这类车型，如一九六三至一九六九年的Dodge厂的Dart，及同样年份plymouth厂的Valiant；或是一九六四至一九六七年福特厂的Falcon及雪佛兰厂的Chevy Ⅱ；假如能买到五十年代雪佛兰的凡是"全型"（full size）的，如怀旧电影中常见的Bel Air，特别是一九五五及一九五六年，则可能不便宜，乃它已是收藏品。一九五九到一九六四年的Checker（以前纽约的大而圆胖的出租车便用此型）也是。福特的Mustang，一九六四到一九六六年，根本别去想，会是Dodge Dart的十倍价钱。

那年代稍微注意一点汽车的美国人，皆有以上概念，但直到一九七九年一个叫Joe Troise的写了一本小书《樱桃与柠檬》（*Cherries & Lemons*），堪称是评估与选购美国旧车的圣经。

即使到了八十年代中后期，美国大地上仍多见六十年代的Falcon、Valiant、Dart、Chevy Ⅱ等车型，偶尔夹杂一些AMC的Rambler，至若凯迪拉克这样的沉重车体者，几乎见不到。

这类的老车，西岸比东岸见得多。乃气候干燥又少雪之故。故能在西岸买旧车当然好车机会高些。但人恰在纽约下飞机，想往西去，也只好在当地买。有一技巧，尽量别在纽约市买，不妨选新泽西的车，特别是升斗小民集聚的城，如 Trenton 或是 Camden。乃纽约市交通太挤，车子开开停停，又未必有车房储放，车子很折磨，且别说纽约人移进移出，车主更易频多，较不如传统城镇百姓之惜车。看报上广告及在住宅区偶见 For Sale 牌皆比向经手商（dealer）买为佳。倘电话打去，是老太太的车要卖，往往会是好运。

检视鉴别车子的性能，亦有简易之法，这里不多说。

在上世纪八十年代中后期，假如两个欧洲年轻人，荷兰或德国什么的，在费城买了一辆旧车，雪佛兰的一九七七年 Nova 之类，花了五百或七百元，慢慢开它经由东岸到南方，查尔斯顿、新奥尔良，上绕中西部、芝加哥、明尼阿波利斯，再到 Aspern 滑雪，拉斯维加斯小赌，继往太平洋西北角（Pacific Northwest），最后抵达加州的旧金山，费时一个半月，开了两万英里，然后他们在报上登广告卖车，留下北滩区（North Beach）的 Café Trieste 这家咖啡馆内两支公用电话的号码，几天之后以原价或甚至一千元将车卖出。

这种故事，常常听得到。美国，公路旅行的天堂，因为有旧车。

（原载二〇〇〇年五月十八日《中国时报·人间》，曾收录于《流浪集》，大块文化出版）

路漫漫兮心不归
——在美国公路上的荒游浪途

It's been the ruin of many a poor boy, and God, I know I'm one.

—— American folk song

（那是多少个可怜孩子毁灭的场地，而上帝啊，我知道我是那些可怜里面的一个。　　　　　　　　　　——美国民歌）

这些横竖交错、高低起伏、此来彼往、周而复始的线条，多年后的今天眯起眼睛来想，实在真真是线条；但当年无数个日夜荒游其上，却只知道它叫——公路。

这说的是美国公路。"Get Your Kicks on Route 66"的那种

公路，Lost Highway（汉克·威廉姆斯的名曲）的那种公路，They Drive by Night（Raoul Walsh 上世纪四十年代的名片）的那种公路。这些个被歌曲、电影、文学、流浪汉闲谈等所诗化的魔幻奇境之天堂通道却其实仅是无所适从者不得不暂浮其上、犹不能安居落脚的困厄客途，竟然不自禁成为美国最最波谲云诡令我不能忘怀的一份意象。

美国公路，寂寞者的原乡。登驰其上，你不得不摒弃相当繁杂的社会五伦而随着引擎漫无休止的嗡嗡声去专注息念。专注于空无。

多半时候，眼睛看向无尽延伸的前路，却又茫茫然无所摄视；偶尔一刻，凝注于后视镜中映出的特别切割出的画面。再就是微微转动脖子，随兴一瞥左右那份横移的沿路景况。也就是这么些个眼睛的泛泛作业。往往有极长的时间，眼光俱因无奇的视界而一再呈现漠然，却必须始终维持着，它不被允许闭起来。

登上公路，是探索"单调"最最本质之举。不是探索风景。也不是探索昔日的相似经验。杰克·尼科尔森导演的第一部片子叫《开车，他说》（Drive, He Said），没错，开吧。

《洛丽塔》（Lolita），称得上一部美国心境式"公路小说"，纳博科夫（Vladimir Nabokov）以万钧笔力记述了上世纪五十年代的美国之心境路途即景。主人公瞥见公路旅馆的名字，竟不免是那些陈腔泛名，什么Sunset（落日）、Pine View（松景）、Mountain View（山景）、Skyline（天空线）、Hillcrest（山峰）、Green Acres（绿园）等等之类。当然，纳博科夫所见，不是一个公路人的单调感受；他本人并不会开车，开车的是他老婆。《洛丽塔》书中的经验源于他们在四十年代末、五十年代初为了找捕蝴蝶途中开车所达四万七千英里之迢迢长旅。

单调，虽在漫漫路途中令人难耐，却在记忆中烙下了一种悠远的美感。如今，多年后，我每在电视或电影的片段画面一眼瞥及公路荒景、停车加油、路旁小店草草喝杯咖啡这类景象，总会感到说不出的亲切而将这段看完再去转台。

这类公路生活我也很过过一些；不断地在加油站停下，刮拭车窗，喝点东西，以求打消因单调而袭来的困意。然而这些动作，本身就重复单调。

倘若有一本小书，记载着每天在何地起床上路，在何地加油，油钱若干，吃饭所费，住店所费，如此连写几十天，这种书，想来会很单调，但我一定会津津乐读。这种事，便是"公路书"之所应是，可以完全不涉描述，只记年月日，记

289

地名店名东西名，记价钱里程时刻等纯粹"唯物"之节便足矣。

想及此，我当年多少个寒暑、多少次无端地走经美国五十州中四十四州的多处此村彼镇，若有像这样简略地记下单调每日行旅，今日随兴翻览，必是快意之极。可惜。

然我上路，原非为了单调。去"纪念碑山谷"（Monument Valley）是为了一睹西部片经典绝景。走 Highway 61 是为了亲临密西西比三角洲的无尽棉田及棉田孕育的黑人蓝调根源地。到圣达菲（Santa Fe）为了置身于印第安人古老文明所在之高远大地。离开圣达菲，斜向东南之萨姆纳堡（Fort Sumner），只是为了它是比利小子死于派特•加勒特（Pat Garrett）枪下之镇。到密苏里州的内华达（Nevada）小镇，是因为恰好经过，当时并不知它是导演约翰•休斯顿的故乡。去威斯康星州的基诺沙（Kenosha）却是蓄意，要一探奥逊•威尔斯（Orson Welles）的童年故居。在 35 号州际公路的俄克拉荷马州那一段只是经过，并非要感受"龙卷风小巷"（Tornado Alley）的天光绝景。而在爱荷华州的苏城（Sioux City）的短暂停留，实是为了找一个旧的轮胎钢圈。

我并非很爱开车，至少不像《邦妮和克莱德》（Bonnie and Clyde）那对上世纪三十年代的男女大盗那么爱开。曾经追捕他们达一〇二天的德州骑警（Texas Ranger）头子弗兰克·哈默（Frank Hamer）说，邦妮与克莱德动不动就开个一千英里也不感怎样，某次一开就开到北卡罗莱纳州，只是去逛看一个烟草工厂，然后掉头返回。

邦妮与克莱德出乎我们想象的瘦小：她四十公斤不到，身高四英尺十英寸。他五十八公斤不到，身高五英寸七英寸。

这类资料不是什么，只是慰藉旅途的空荡。不管是由昔日的电影中看来，由音乐中听来，由美国文学、历史中积累读来，竟然此一处彼一处在荒芜的美国大地碰上某一地名时呼唤而出，供你在百无聊赖中温故。

在有些城市，我会怀念开车，像纽约。前后断续住过达两年的"大苹果"，我已不愿忍受每天只是坐地铁而已。清晨五点半在华尔街疾驰，端的是有身处峡谷之感受。而一座座铁桥的铁板被车轮磨滑的鸣震感，竟在最近台北捷运施工所铺的铁板上又回味过来。

若旅程太过平淡空乏，会有一两个星期的每天晚上再经过了一整天的行旅后，极想看一场睡觉前的电影。这时的电影，不管是汽车旅馆中 TNT 台或 AMC 台的黑白老片，或是小镇电影院（如我打算这晚睡车上）演的《致命武器》之类，似乎都特别好看。这份短暂瘾头，倒像是我专为了看电影去每日迢迢驱车几百英里似的。

若在路途太久，久到不急着奔赴一处目的地时，往往不免进入飘荡的情境。这是颇危险的。所谓危险是指对人生的态度而言。有时一天只开八十英里或一百二十英里，这里停停，那里绕绕，在法院广场前的老树浓荫下慢慢歇息，在一家老药房的吧台上喝一杯当下用可乐糖浆调以苏打水做出的可乐，看着过往的老派乡民，好像时间暂且停了下来，如此晚上索性在此镇夜宿车上。这样的生活过下去，一个不好，青年时光就这么全在飘荡中滑失了。

那一年，应是一九八七年。在新奥尔良的青年旅社（Youth Hotel），各地的游子聚在此处，时间愈耗愈长。我也住了十多天。每天早上起来，看见旅店门前又增停了几辆新来的车，外州牌照，佛罗里达、科罗拉多、新泽西等州。车子有新有旧，有 Van，有 Station Wagon，有日本小车。到了晚上，几个住客坐在阶前（新奥尔良很热），手执饮料，抽着香烟，聊着天，有时他们会清点哪些车移动过位置，哪些车再也不出现了。有人迸出一句："不知道那部白色 Volvo 下一站会去到哪里。"黑暗中有一部车慢慢驶近，像在找寻定点，车中堆满背包及衣物，开车人探头张望，也见了阶前的三五青年，脸上又似确定，又似不敢把握。坐在门前的人索性打消他的疑虑，说："Right here. You got it."

这种感觉，正是旅行。来了，又走了。然后，又有来的。

这些游子们（对，称他们"游子"最是恰当），许是待得久了，渐渐有些迷惘、有些失落了；许多地方不怎么要去或不去了。到了晚上，他们，男男女女，坐在 Igor's（一家近邻酒吧）开始谈那些谈不完的话，一谈就是夜深。或许他们着实在美国游玩了太久（倘若他从外国来）或是在旅途中流连了太久，不禁有些累了，于是开始一直进相同的地方。每天早上糊里糊涂地登上往"法国胡同"（French Quarter）之路，每天晚上，走着走着，最后一站当然，是 Igor's。

不知道什么原因，我有点想停留下来，留在南方，不走了。不去纽约，也不回旧金山，就留在新奥尔良，一两个月，或更长，谁知道。我的二十一岁老的雪佛兰 Bel Air 型车开始有些衰弱，我想把它留在城内开，暂时不奔远了。

这时有一个澳洲人 Rob，正有意赴纽约，他去登记了 Auto Driveaway（一种帮人开空车到另一地的服务），我们聊过一下，我表示也有兴趣去纽约（我想去取我的书，再回新奥尔良来闲住,看书、写点东西什么的)。没过几天,车公司告知 Rob 说有一辆车要去东岸,只是还不到纽约,只到巴尔的摩。Rob 问我去不去,我说:好。

这个决定之后,接着就出发。往后的几天,我历经了车子抛锚(车公司原说车都检查妥善,实则这部车的机油表尺在出事时探到的是一坨坨的黑泥,拖车人说:"三年来他可能没有换过一次机油。")、伸拇指搭便车、深夜两点在一个完全禁酒的小镇边上等灰狗,终于再曲曲折折地回返新奥尔良。回新奥尔良后我又打算找零工打,老板叫我和一个非法入境的墨西哥人同住他在密西西比河对岸小镇的公寓(公寓后院的铁窗几天前被打破,还没修),第二天清早这墨西哥人央我载他去法院(他弟弟正好被抓,准备要遣送回国),结果我的车子在横跨密西西比河上的大铁桥上突然有一种"嗡"的空谷回音,油门若踩重些则嗡声更大,状况有异,使我不敢再踩油门,让它滑行,自桥上滑到地面时,引擎盖上冒出微微烟气,而我扭转钥匙要熄火,却怎么也熄不掉。原来我的水箱的水全漏光了,车子过热,故连熄火也熄不掉。晚上我走在"法国胡同"最热闹的波本街(Bourbon St.),失魂落魄地低着头,一个十几岁的黑人少年从口袋中拿出枪来,轻声说:"Give me your pocket."我转身就跑,竟然逃掉了。半个 block 外的一个坐在阶前的白人住户站起来和我说,适才这个瘦小黑人少年骑自行车和我擦身而过时,大约看我低头心不在焉,又是东方人(必是外地游客),遂掉转车头,起意抢我。这一幕(我与黑人擦身而过)他坐在阶前完全看到。

经过这一些事故,再加上身上现款已快用完,而我的银行提款卡是西雅图的 First Interstate Bank,全美有四十多州我可提款,偏偏路易斯安那、亚拉巴马、密西西比这三州是 deep south(南方腹地),颇是落后,银行没法连线,我终于决定离开新奥尔良。

两个月后,在波士顿对岸的剑桥,我看完《全金属外壳》(*Full Metal Jacket*)后,把车停在郎费罗公园(Longfellow Park)旁,睡在车内,细雨开始下了起来,轻轻地打在铁皮上,汀汀幽响,而玻璃上先是蒙蒙的,继而扑簌簌滑下水珠,刹那间,悲上心来,几乎像是在心里要问,为什么?

其实,我那时并没想得太多。那一年,我已三十五岁,并不因年齿之增而对人生有所计划。那晚,我有一个多年好友他正住在波士顿最古雅的比肯岗(Beacon Hill)的 Willow 街上,我可以住他家,可以不必自己睡在车内感受凄冷。但我并没想这些。

我仍然继续北行,第二天。

这样的日子,我断断续续地又过了一两年。现在我会说公路有一股隐藏的拉力，令我颇有一阵子蛮怕自己没来由地就又登了上去。要知道那种上去了就迟迟下不来的可能忧恐，惟有做过好些年游魂的那类人才会幽幽感到怕。

近年来很多爱好电影的人习惯动不动就说什么"公路电影"这样，"公路电影"那样，何曾知道公路电影其深蕴的本意何在。拍《天生杀人狂》（*Natural Born Killers*）的那个导演，假如有人说他曾经拍过或将要拍公路电影，我会很难相信。因为那个导演的作品是极有计划、极究题旨，又极确明目标，这样的人如何会作什么公路电影。

斯坦利·库布里克（Stanley Kubrick）这样的大导演，作品何其精深细致，也拍过《洛丽塔》这样有些公路途程的片子，但他绝不可能是个公路电影的导演。气质上，他不是。

在我的念头中，好莱坞的主流电影里，虽然有许多在公路中发生故事的题材，我很难视之为公路电影。亨弗莱·鲍嘉开着车，星夜赶路，亡命天涯，便因如此就叫公路电影？《横冲直撞大逃亡》（*The Sugarland Express*）、《美国风情画》（*American Graffiti*）、《雨族》（*The Rain People*）等剧情化得很厉害的所谓公路电影，皆不是我认同的公路电影。

最最像拍公路电影的人,是德国导演沃纳·赫尔佐格(Werner Herzog),奇怪,他就像那种气质。当然维姆·温德斯(Wim Wenders)的多部电影原就是我认为很本义的公路电影,只是他的人在气质上没有赫尔佐格更像作公路电影之人。

因此,诸君,不要逗留,切莫对美国公路投寄太多情怀。倘若你恰好在 US 312 号公路蒙大拿境内由 Red Lodge 到 Cooke City 这一段,或是 US 550 在科罗拉多州境内从 Montrose 到 Durango 这一段,或 Vermont 州的 100 号本州公路,或是自北卡罗莱纳州斜上弗吉尼亚州的 Blue Ridge Parkway(蓝山公路)上,这些绝色奇景路程你或许不得不好好玩赏,伸指庆幸自己运气好,是的,但略作游看就好,请别多所停留。民歌手鲍勃·迪伦在他三十多年前出的第一张唱片中,唱的《日升之屋》(*House of the Rising Sun*)有一警句说:"他从生命中得到的惟一快乐,是一个镇接着一个镇地游荡。(And the only pleasure he gets of life, is rambling from town to town.)"

(原载一九九四年十二月《诚品阅读》,曾收录于《流浪集》,大块文化出版)

电影与人物

高 阳
——奇人奇书

飘荡美国多年,一州州驱车穿梭,时时借宿友人家;不少华人家庭寥寥几十册藏书架上,竟然皆有好几册高阳小说。旅程中每晚躺卧不同陌生床铺,未必立即成眠,随手取架上书以求引入睡乡,往往发现高阳小说必是书脊处皱摺最多者。这些家庭,电脑工程师有之,经营餐馆者有之,日日雀战做寓公者亦有之,惟研读史学潜心文化之士则无。

高阳历史说部脍炙人口久矣,在美所见之例,仅一斑耳。我所读虽片段儿部,于其人实早多钦服向往。却一径不曾涉读过他的传记,又由衷想探知他艺业成形之一二。

只知三十多年前，高阳评过姜贵的《旋风》，洋洋五万字，为当年所有评《旋》书中最长者。或可揣想高阳一心不赞同共产思想，并且他于文艺之事素有使下深心。而民国四十几年时他根本就写了几部所谓的文艺小说，未臻卓著。

高阳成其一家言，成其当代海内大作手之奇之特绝，或有如下：以一杭州世家子弟，二十出头，倏忽托身空军又只身随军来到台湾；其始也，何曾欲造就自我成一史家？然高阳之本命终不自禁寄之于史、托之以文；自壮年起，神锋开豁，一发不可阻御，沉潜古籍，凡触必通，过目会心，感悟良多。中年以后，成书不歇，发射想象，游刃于古今，旁征博引，无往不能通抵。此等异才，数百年来亦不得一。

我常想，这份功业之路数，莫非系于一种全然闭锁之潜心？

自清至明，返溯汉唐，再至民国人物，竟至无人能遁形于他掌外，无事能逃他眼耳。然察其所著书，可想高阳并不亲身履行实地勘察；询之友人，知高阳案前并不广置参考书籍；下笔依然如数家珍，却不以珍视之，平常心耳。

浑然雄秀笔力，平常手法耳。须知上世纪四十至六十年代，多少文人皆好记述掌故琐闻于文史杂志，高阳概不如此。他何尝不娴于此道,却仍只是绵密写于小说中,不特当一回事也。

全然闭锁之潜心,何也?中国故旧方子也。寓目悟心,一役尽收也。非学术家所习称"随时注脚,事事依据"那一套系统云云。

全然闭锁之潜心,何也?僧也道也。世界之大,除此之外,尚有何耶?此高阳之名山巨业所是也。

(原载一九九二年五月三十日《中国时报·人间》,曾收录于《台北游艺》,皇冠文化出版)

香港有个梁文道

香港有个梁文道,他写文章、论时情、观看世界皆有独造。我禁不住好奇他是怎么做到的,同时也佩服有人能做得那么出色、那么妙。

我实知他不多,虽我识他亦有十来年。只不过其间没机会见上几面,但每回见面却又聊得极愉快极丰富。

但我真不够资格谈他。先别说我的学问不够;再者我看不到他的电视节目(台湾看不到凤凰台,说来不怕人笑,舍下亦无电视);三者不谙计算机,读不了他在网络上与日俱增的文章;甚至他在书上报上的文章我竟也忘了去追来细读。光阴似箭，转眼间他已从二十六岁的昔日少年马上步入四十岁的壮年矣，也已文章写出了、电视上论出了恁多各题各类各趣各风的作品，开启了恁大的一片思想与知识之文化论窥事业，这一下子，我忽然好想多晓得他一点了。我，也开始强烈地好奇了，好奇怎么会形成这样的一个独树一帜、自辟蹊径的年轻学问家？

于是我便在纸上写下：香港有个梁文道……

当然，我虽好奇，却并不深悉他的成长与治学等诸多实情，只好就我在与他七八次的香港、台北与北京的酒饭席间晤见上来揣想一个可能的梁文道。

譬似他永远在看书看书看书，看了这本，还要看那本，看了文学的哲学的，还要看历史的政治的，世间每一种事象皆不愿放过，皆极有兴趣。更还不只是兴趣，是不累。这是怎么一回事呢？莫非是一股童心？一股追问？莫非是一种对父亲、祖父，甚至舅舅、表哥等的殷殷追随与跟从，企求自他们大人那儿得到即令是出海冒险的快乐，却同时仍获有依仗的保护与温暖，以及爱。

他这种不歇的好奇心，或说纠缠不休的窥探，几乎已像是在万里寻亲的途中不放过任何遭逢亲人的窄缝机会。

几乎可以说，他有一种傻，这种傻，这种专情，教他做恁多的事而不感到累。一如儿童的嬉戏疯闹。又他的傻，是一种浑然天真，你今天和他碰面，听他说话或看他听人说话的反应，觉得天真纯朴，并不如何如何聪明，但明天你看到报纸上他的文章，奇怪，怎么比昨天多聪明了点呢？再过几天你看到电视上的他，他妈的，怎么又更聪明了呢？梁文道便是这么一个不实时露出他犀利才智、却始终与日推移左右逢源目送飞鸿手挥琵琶地获取他更深化学养与淬炼慧根的"学问栽植家"。并且他随手拈来。这亦是他生活与工作的高明处与独特处。

怎么说呢？

他看似只工作（写稿、读书、上电视做节目），不生活；然看他的文章与节目，充满了生活的各桩情节：伊斯坦布尔的海峡、京都的百年旅馆、亨利·詹姆斯的情感、少年台湾小太保的荒好岁月、生牡蛎的腥香鲜甜。

其实他抓紧片段的空闲，疯烈地生活。譬似这两年我遇见的他，常在饭桌上，他抓紧与同桌六七人多聊、多听彼此近况，也同时迸发撞碰新出的任何话题，常常有趣极了，也热闹极了。这便是他的独妙生活,也是他特殊修士般工作下的极佳娱乐。然后九点半十点饭席散了,他马上又要回到幽禁如武侠小说面壁石洞的旅馆房间去进行三到五个小时(有时甚至到天亮)的无人窥知的默默写作自惩。(《锵锵三人行》掌柜窦文涛说得好:"文道写稿量与读书量的大,与睡觉量的少,几乎是自虐。")

正因为他太常在室内台灯下伏案,致他说及的外间,皆是极如婴儿初见的光亮明洁,花也香海也蓝的兴奋。这种封闭式的工作形态,造就了他的天真,也达成了他的与世俗之隔绝。但他不能在光风霁月下待停太久。说来好笑,我差不多已在遐想,若梁文道在百忙中到台北休假三天,啥事也不用做,那我可以怎么替他规划一个行程呢?我甚至想,我自己亦可不留在台北相陪,欢迎他住我家客房,每天自顾自出门游玩,我写好几张纸的可游可逛行踪,何处不妨小坐,主人可略谈,何处院子花好,何处咖啡好,何处人景佳,何巷黄昏时分光好,他自去玩,他自去吃,他自徜徉与歇脚。

甚至台东,亦可如此规划与他。便为了或许令他享三天实则平常之极的清福。

梁文道说话,没有广东腔。这与他童年待过台湾有些关系。

但更与他喜欢接近所有的风土、所有的异地有关。而他虽每日写稿一如太多香港写家在报上所作，但奇怪，他的议论与绝大多数的"港见"极不相同。这三十年太多的香港专栏文家，即使见多识广，留英留美，谈英谈美，高论不乏，但总还是流溢着浓郁的港见，更不时透露出某些港叹。这颇正常，亦很应当。然而梁文道小小年纪，何以比较少这些东西呢？梁文道议港谈港，必也不少，只不过他所在意的"居港思港"之念，或许疏谈得多。搞不好他看任何的中国人角落，不管是新加坡台湾香港、闹热哄哄珠江三角洲、吴侬甜软的江南、咋咋唬唬的北京、摆龙门阵的四川，皆以某种类似遥远却又好奇的眼光。梁文道身处其中，似不很投入，就像他自己并不嵌在里头，这种"自火车上探头看一眼"式的观察，却写出、谈出极其精辟的论见，是他的绝活。何也？哦，是了，是举世皆过度世俗了。而他即使每一天皆投入世俗，却怎么也没与他们一般的世俗。大陆的一忽儿大锅饭又一忽儿全民奔经济，香港的商楼满布、逼人透不过气的金融竞逐，台湾的人人顾盼自雄、皆欲自做老板、政治见解满口、俨然有朝一日亦想登高从政……他皆很能乐知乐见乐听乐参与其中实况，并享受众人的喧嚣与野悍畅肆，但他究竟是梁文道，一个埋头伏案的书呆子，一个只知理出思路的哲学探索者，一个若即若离的旁人；这些事皆不受他染指，这些地方即使他皆深爱却都不是他的故乡，他像是住在寺院里。

他像是太爱这个社会，故而要去离开。他像是太爱这些人群，故才不与他们靠得太近。就像电影或小说中的杰出儿子，太爱他的妈妈、姐姐、弟弟，便只能躲在树后看着他们、保护他们，却不与他们见面；乃相见只益增得悉他们脆弱后生出的不忍。

于是他消除不忍不舍的心底之痛，只好一径地写、一径地说，教人们一点一滴的从不同的角度逐步知解生命。譬似少写了一篇文章便少诵了一堂经般的令众生的苦痛没得到立解。

他的业作，我东思西想除了说"僧道一流"，已无其他身份可以解释。有人谓他是意见领袖，实他无意做任何的领袖，只是想找出意见、讲出意见。在这一处讲完了意见，便再去另处继续寻找。意见是他优游人生的最佳故乡，但也顶多如此，他只诵经，不做方丈。

（原载二〇一〇年一月七日《联合报·副刊》）

也谈小津

在万隆的一家饺子店吃了十多年水饺,味道很好。但这家店的酸辣汤与玉米汤我从来没点过。十多年来,我想老板娘一定觉得奇怪,当然她也没问过我。若她问我,我会怎么回答呢?

我常麻烦她给我一碗饺子汤,当然嘛,"原汤化原食";另就是,我更倾向于喜欢自然形成的汤,如饺子汤,而不喜欢硬做出来的汤,如酸辣汤、玉米汤。

就像便利商店卖的几十种铝箔包的饮料,几乎一样也没喝过,一样也不曾注意过,它们被我称为"编制过的水",而不是我平时喝的"自然形成的水"。

也谈小津

小津安二郎艺术之登峰造极,论之者多矣,我亦最拜服,虽我懂晓他饶是浅薄。他的电影,便是我所谓"自然结成的剧情"。不同于大多数电影是"编出来的剧情"。小津的这杯水,不同于众多花样缤纷的饮料,它滋味更隽永。

正为了达到"自然结成",小津绝不用电影手法去妄自改动真实。譬似他绝不用倒叙镜头。倘说及往事,能用口说的,便主人翁口说即是,绝不摄一画面嵌入。譬如取出一张相片介绍对象,多半不拍那相片,非必要也。又既然前述相片未被摄下,则其后女主人翁偷偷瞧一眼真实对象,此对象亦不摄取。此言《麦秋》一片之例也。

又"自然结成"是如此不易,小津连摄影机也不轻移动。摄影机不动,则人物必须移动;人物先在厨房,一走走到主厅,则摄影机早在主厅恭候,拍入。人物问知爸爸在楼上,便转身登楼,下一镜头摄影机亦早在楼上相待人物自梯口现身。

西方电影的横向摇摄或自下登上的升摄,小津绝不取。一来西洋电影陈腔惯使的摄影陋习不免来自商业娱乐片轻浮传统,尤以导演不知如何面对当下剧情时便随兴驱动影机,二来小津素知日本家屋紧促空间与人物紧密相系关系,原本惟有此法方能恰如其分地呈现真实。

小津在摄取人物对话上，亦做到形式完美。两人对话，甲说一些事，乙说"是吗"；甲再述说，乙说"这样啊"；甲接着说，乙又说"是吗"……如此，镜头先甲后乙，甲长些乙短些，韵律有致，三五句交话后，韵律又推往另一拍子，令之稍有变化，教人自然专注以看，且看得十分舒服。他不愧是将平日事拍得完美之至的"片段笃写"之巨匠，而他的整部片子亦全由如此精致的平淡片段所构成。

因皆是平常事所结成的情节，小津影片的起名，常显得很相似；如《早春》《晚春》《麦秋》《秋日和》等只如是时光变移之字眼，叫人抓不住确意。要不便是一些如《浮草》《彼岸花》《东京暮色》《绿茶饭之味》《秋刀鱼之味》这类很飘忽的写意的名字。

有人会说，这教人记不住哪部片说的是哪件故事。是的，或许正是如此，小津正是不希望大家把特定的哪部片很特定地记住，一部一部往下看便好了，每一部皆将它视为"无题"亦可。事实上，在观者的依稀印象里，这一部与那一部穿插连接在一道亦像是言之成理。

且看他的人物，多姓平山。这个平山，若年岁大一点，便由笠智众（《东京物语》《秋刀鱼之味》）饰演；那个平山，年岁稍轻呢，就由北龙二（《秋日和》）或佐分利信（《彼岸花》）饰演罢了。

甚至家中的小孩，大的总是叫实，小的总是叫勇（《麦秋》与《东京物语》）。甚至，这些不同的片子，其主人公吃酒的小店，常是相同的"若松"。

他们生活在相当局小却安定稳笃的空间，五伦极是和睦；父母与子女，公司中的同事，中年团聚的中学同学，出远门访探亲人等等，这是小津最深情凝视的人生。而此人生他用很拘限的场景来呈现，且说几种：一、进玄关，脱鞋，进主厅，男主人翁脱下西装，丢下手帕，俱落在榻榻米上，女主人翁随即收拾折叠。二、办公室，总是那样窄窄长长的。有访客，则很有礼仪的对话。进室前，或敲门或有人领进。三、小酒馆，人倒酒、喝酒极是轻巧熟稔，彷佛很得品尝此中深味似的。又挟菜吃菜很小口，如有节制。而凡拍酒馆，先出一个空镜头，呈现招牌及窄窄的弄堂。四、换景而用的空镜头，常有小孩上学的画面。

一九九三年九月，我恰因东京影展之便，参观了小津的九十岁纪念展。其中展出了小津的帽子,这种日本导演(甚至不少日本民众)原就喜戴的款式帽子,竟然最后成了小津的招牌。今日我们若提说"小津戴的那种帽子",相信人人知道指的是什么。

小津颇好相扑,有一帧照片摄于他在蒲田摄影所,与同事合影,大约那是他年轻时玩得最无忧无虑的一段时光。

他体格高大,或许遗传自母亲。小津一生没结婚,最后二十多年与母亲同住在北镰仓,母亲块头大,八十多岁时,因家住坡上,便很少出门,为了不愿返家时爬坡困难。又她即使生病或太累,也不愿让人背,主要因"楢山节考"之传说谓背老母乃欲弃葬之云云。

小津有在笔记本上绘草图的习惯。中日战争,他亦到了中国,一九三九年四月的日记将修水河渡河战也绘成地图,可见的地名有:龙津市、堰头刘庄、尖山、永修等。

他喜欢的餐馆,也记在笔记本里,并且绘上地图,如人形町的"四季の里",涩谷神宫通的"二叶亭"、江户路一,四的"泰明轩"。另外,他也读小岛政次郎的饮食书。

也谈小津

小津好酒，常有与野田高梧合写剧本几十天后，点数饮空的酒瓶共计几十或上百的趣谈。他片中人物亦偶一醉。此他人生颇为自约后偶求释脱之举。他年少时由于父亲远在东京经商，他在乡下只受母亲照料，颇得自由调皮之乐，及受学校赶出宿舍，更因通学之便饱看了当时好莱坞的默片。小津固然思想开放，行动自由，言语谐趣，但其心底深处依稀有一袭谨约幽寂的牵引，致他终于不得不逐渐成形出今日一部又一部如此精密的作品。小津，他像是全生命融入的艺术家，所有的童年，所有的生活历练，所有的吃饭、谈天，所有的与人相接，所有的观看市井，皆像是最后没有了他自己，皆像是全数为了艺术。他死于一九六三年十二月十二日，距他生的一九〇三年十二月十二日，恰好是整整一甲子，一天不多一天不少，风格何其精密严谨也。曾有外传他与女演员原节子计划结婚之说，但内向含蓄的小津，始终不曾言及恋爱或结婚之事。小津死后，原节子从此不再接戏，像是矢志以她的演员事业与小津的离世一起成为过去。

眯眼遥看库布里克

斯坦利·库布里克（Stanley Kubrick，一九二八至一九九九）倏忽谢世已有四年，返顾他一生历史，颇有可以一论者。

一九六八年，库氏以四十之年拍下了所谓影史上空前最具规模的太空片《二〇〇一年太空漫游》。此后这部电影一直以"史诗"字眼为世人习称，加以片中计算器名唤 Hal（乃比 IBM 每一字母皆先行一位）以及配上大小斯特劳斯名曲《蓝色多瑙河》《查拉图斯特拉如是说》之奇诡惊异等这类受人谈助趣事，益使此片虽令观众隔雾看花不甚了然却似又印象强烈挥之不去。

自一九六八年至他一九九九年死前，三十年间凡有他的电影消息，必是一个超级大导演的消息。此大者，非只是影片之大，亦是心理层面之大。即使三十年中只拍了六部片子。

与好莱坞一刀两断

眯眼遥看库布里克的历史，竟呈现出一个美国导演与其事业的一页意志折冲史。

库氏早在一九六〇年拍《斯巴达克斯》（*Spartacus*），实已走上大导演之路；乃以一介三十出头小伙子需耗使高额资金（当年一千二百万美金的巨制），调度大队人马（八千个西班牙铠甲武装战士的大型阵仗）与最大牌的明星劳伦斯·奥利弗（Laurence Olivier）、查尔斯·劳顿（Charles Laughton）、彼得·乌斯蒂诺夫（Peter Ustinov）以及老板兼男主角柯克·道格拉斯（Kirk Douglas）共事与周旋。道格拉斯原先找的，是老牌西部片导演安东尼·曼（Anthony Mann），却开拍不到二周将之解雇，才找上了年轻的库布里克。这部影片不知因为太好莱坞或太演员中心或太什么，总之库氏日后不愿承认是他的作品。而柯克·道格拉斯找上他，缘于一九五七年演出过他的《光荣之路》（*Paths of Glory*）而赏识他。

同样因为赏识，马龙·白兰度（Marlon Brando）看了《斯巴达克斯》后延他导《独眼龙》（*One Eyed Jacks*，九六一）；筹拍中库氏提出第二男主角宜由斯宾赛·屈塞（Spencer Tracy）饰演那既慈祥如父又可阴沉如巨盗之性格，然白兰度早在心中定下卡尔·莫尔登（Karl Malden）为人选（早在《码头风云》《欲望号街车》两片合作以来两人交谊深厚——亦好莱坞常习也），颇感为难。又不久，库氏想出一个公关点子，谓已与拍照老友法国摄影大师亨利・卡蒂埃・布列松（Henri Cartier Bresson）说好了，请他在拍片现场不时照相，日后可做一展览，当可受艺文界强烈瞩目云云，白兰度听后，觉得这年轻人恁多文艺雅好，心猿意马，一烦之下让他走路，干脆自己来导。结果自扛导筒的白兰度居然也敢纵性肆意，在接下来的六个月拍摄上，多拍了一百万英尺底片，并且共花了六百万美金（原本预算的三倍）。

经过这两大明星的不快共事，库氏痛定思痛，此后拍片必全由自己主控，并矢意与好莱坞一刀两断，将基地远移伦敦。

All work and no play

纵观库氏之取材，可谓独出机杼，不落美国固套。他太犬儒，未必拍得来歌舞片一如斯丹利・多南（Stanley Donen，曾拍 *Singing in the Rain*，*Charade*））。他太城市，又富新思想，无意去拍西部片一如约翰・福特或安东尼・曼此种颂咏拓荒驯野的传统老价值；也不会去拍既夸大暴力又故作携带些许草根乡风的《邦妮与克莱德》如阿瑟・佩恩（Arthur Penn）。也因为太城市（纽约市布朗克斯人），透过遥远，极可能有兴趣拍南方山蛮人野的《激流四勇士》（*Deliverance*，一九七二，此片人与天竞、逐渐一步步逼近不可知险境略有 Shining 意况），然约翰·保曼（John Boorman）先拍了。他太孤高自立，也不会去拍缅怀故往如奥逊·威尔斯的《伟大的安巴逊》这种中西部旧日家园故事。他虽是纽约人却瞻视古今，不会凡拍片言必称纽约一如伍迪·艾伦；又他虽是纽约人却从来不涉族裔故事凡拍片必大撒西红柿酱如马丁·斯科塞斯。

他太挑剔，又究品味，即找文学作品，也必觅得奇绝者，如纳博科夫的《洛丽塔》而非浅平文笔的格雷厄姆·格林之《第三人》（*The Third Man*）。然前者他毕竟没把铿锵韵句拍出，书文中意淫之潜蕴，压根没有形于胶卷。后者卡罗尔·里德（Carol Reed）却拍得洒脱漫逸。库氏向以摄影考究称于影界，也偶在拍片中自执摄影机捕捉另外角度，然《洛》片黑白摄影平铺直叙，中庸之极；反是《第三人》之黑白摄影行云流水，酣畅有风格。此何也？非库氏于摄影之浸解不及人，实是构筑影片之始的定夺便已然偏差矣；这才是造成《洛》片之风格之平滞而勉往下推状态。

改编自安东尼·伯吉斯的奇想之书《发条橙》，以及早为人淡忘的古旧作家萨克雷（William M.Thackeray）的《巴里·林登》（尚且不是他的《名利场》名书），可看出库氏的只眼独具，并用心深苦。

库氏太过严肃缜密，不容易把简单主题，天真轻快地拍成片子，像《金刚》（*King Kong*，一九三三）。若他拍，他会花太多的工夫把技艺弄臻完美，而不自禁地忽略了纯真的情致，金刚临死前的眼神凄楚不舍，此类笔触库氏片中不易见。也正因他技术精良、美术典雅,加上他博学淹通,以致《巴里·林登》(*Barry Lyndon*, 1975)中烛光下十八世纪的光晕实景,他特别央人研磨镜头将之拍出,俨然要竟法国阿贝尔·冈斯(Abel Gance)一九二七年拍《拿破仑传》的未完之业。

他太冷严,剧情过于奇转幽默似舞台剧之节节合拍者,如《北非谍影》或如《热情如火》,他无意拍。库氏的幽默,是黑色幽默。以是霍华德·霍克斯(Howard Hawks)的 *His Girl Friday*(一九四〇),他不会拍。即使是浅写幽默、浓涵人情的让·雷诺阿(Jean Renoir)的《大幻影》(*The Grand Illusion*, 1937),以库氏之认真严肃,亦不会拍。

老派导演的怡然闲情、苦笑人生影片,库氏不知是使力过深抑是过于埋首沉郁,他的所有片子无法窥见。或许库氏本人原就不大尝味生活。

库氏之作品,予人某种感觉,即他书斋之工夫忒深,而外间草莽之生活又忒不涉足;故汗臭味嗅不到也。*Shining* 中,主角在打字机上一直打 All work and no play make Jack a dull boy,莫不他自我取嘲乎?

他又太喜亲近学术,平时博览群籍,与世界某些专类科目的一流学者多所切磋探讨(尤以上世纪七十年代初原计筹拍拿破仑事传时之穷研古史轶事最常受各界瞩目。后虽因规模委实太巨不易实现,却也转拍成那古意盎然、考据精良之不世杰作《巴里·林登》),隐隐然透露其内心或多或少有以他没上大学一端为不甘之势（此点以饱学著称的我国导演胡金铨亦有相似情态）。

他的配乐，是其一绝。不仅选曲别出心裁，并在最巧妙的段落恰入其缝，但看 *Woolly Bully* 及 *These Boots Are Made for Walking* 等曲在《全金属外壳》中之出现可知。

题材，题材

举世导演中若论考据最详者，人能想及之人，或许库布里克最能名列前茅。上世纪八十年代方得有机会一睹尼古拉斯·雷（Nicholas Ray）的《北京五十五天》如我者，当时心中突生一念：尼可拉斯·雷，何响当当大导！名气中既含建筑大师莱特之徒，又是《电影导演作者论》（*Auteur Theory*）最称许之大师，他的《无因的反叛》何人没观过？然多年后回思其人各片，不惟深感《电影导演作者论》之过时，他的片子之浅空，尤其《北》片徒显其人之无学养也。继又想：欧美导演不知何人可将中国历史拍得考据翔实？若有，必库布里克也。

一九六四年库氏受 *Cinema* 杂志采访，选出心中最佳十部影片，第四部是约翰·休斯顿（John Huston）一九四八年的《碧血金沙》（*The Treasure of the Sierra Madre*）。不知是否太欣赏此片，（以致一九五六年库氏的《杀手》（*The Killing*）结尾的整箱钞票在机场停机坪遭风吹去，不由得令人联想起《碧》片结尾一袋袋淘来的金沙被风吹散在无尽的墨西哥原野。

更且《杀手》的故事结构，几同于休斯顿一九五〇年的《夜阑人未静》（The Asphalt Jungle）之架设，亦是几个人凑在一起要去抢劫财物这种电影独有类型之 caper film（巧计抢劫片）。而库氏用的男主角，正是《夜》片的斯特林·海登（Sterling Hayden）。

以艺术言，库氏在影史的地位当高于休斯顿；然他早期之故事选材，创发似显不足。他属于钻研刻意、锲而不舍、精益求精的学术臻高者，孤芳拔萃。他极像是一个有可能十分钟情于将《白鲸》（Moby Dick）拍成大片子的人，乃在梅尔维尔纵多年心血将鲸鱼的生态及捕鲸史巨细靡遗地研写于书中，这种又粗犷雄丽又兼富风俗学术的老典籍照说应最合库氏的脾胃，然休斯顿一九五六年已先做了，并且做得极不成功；他让科幻小说家 Ray Bradbury 写出的初稿剧本就厚达一千二百页。影评家 Andrew Sarris 说得好：休斯顿根本应该自己去演亚哈船长（而非格利高里·派克），而让奥逊·威尔斯来导。

题材，是库氏研想拍片很特别的一节。他极重写实，但却寻取颇惊异的种类。《全金属外壳》（Full Metal Jacket）固是越战片，然他不置重点于炮火杀敌情节，反多施笔墨于美国文明衰弱于精神之不堪强野，如胖子 Private Pyle（Vincent D'Onofrio 饰）藏一甜甜圈被发现，说："Sir, because I'm hungry, sir."又此片的战火场面全是在伦敦南城一座废弃煤气厂房搭景拍成，又是他将真实完成于舞台之别出机杼处也。

题材，是举世大导演最注心思寻觅之物；题材，更是一流大师如库布里克者最欲显现他眼界及脾好之必然所寄。显然，太有所直指、如南方三K党之歧视黑人，譬似 *Mississippi* 或 *In the Heat of the Night* 此种必然结论之故事，非是他有兴趣者。

他要的，是更玄思的。或是更奇谲的。或是更嘲讽的。或是更雄丽的。或是——终至成其为更蛋头的、更大场面的、更一发而不得收束尽善的。

然则何种题材方该是库氏的题材？《叛舰喋血记》（*Mutiny on the Bounty*，1935）吗？《法国中尉的女人》（*The French Lieutenant's Woman*，1981）吗？《巴比龙》（*Papillon*，1973）吗？

《叛》片中有历史悬案与人性之孤闭致恶，并兼兴人遥思之大海奇岛；《法》片有维多利亚时代的优雅纤细之纠葛与人性亘存之渴望，且由当代出色文家以维多利亚文体成之；《巴比龙》片是孤岛监狱之近代残酷实录却又似遥不可及……或许此等题材犹可受库氏一顾，却又未可知；然而终究别人拍了，他没有。

他的题材，一一考较而去，虽似丰繁，却竟又不那么各成不世出的高之又高。《洛丽塔》《光荣之路》实称平庸。《发条橙》美工当年太是突出，时光走过，反致有些突兀。《二〇〇一年太空漫游》多年后数次观过，回想起来，亦觉微有故作惊人语状。*Shining*，恐怖片型也，又是编构者自思自怕的内心世界之恐怖也。然观者参看其中，竟亦不如何。《巴里·林登》方可称其最杰出构也。

追求绝对之完美

库氏之片,一言以蔽之,气质不飘逸也。此他与弗雷德·齐纳曼(Fred Zinnemann)之蕴藉、比利·怀德(Billy Wilder)之笑泪、帕索里尼之绝异不羁、朱尔斯·达辛(Jules Dassin)之巧黠、亨利-乔治·克鲁佐(Henri-Georges Clouzot)之跌宕走险、让-皮埃尔·梅尔维尔(Jean-Pierre Melville)之冷峻、约翰·福特之旷澹、奥逊·威尔斯之雄雅凝丽……诸匠相较之下,倒显得库氏更多透了几分飞扬狂鲁气。

以题材之表达来呈露飘逸气质,库布里克较之上述诸匠,现出一种状态,便是时代之差异也。库氏较他们年轻,老年代所在乎的价值,恰好不便或无意教库氏受用,此也正说明了他之援用摇滚乐、之援用科幻未来故事等等革命性手段。

他生于一九二八年,约可属于于美国社会所谓之"沉默的一代"(一九二五至一九四二年出生),即论者概言"想在二次大战英勇杀敌,却出生太晚;要想做反越战的激进抗议分子,又出生得太早"者。

以库氏之奥博,多溺于惊奇(*Shining*、《大开眼戒》《发条橙》);正如以安东尼奥尼之纤柔,每多狭于偏情(*La Notte*、《红色沙漠》、*Blow Up*)。各以小情小节系其志。观其影片,人不得凌虚旷达也。

而少年时即深好摄影，亦隐隐有阴郁中窥看外在世界之羞怯潜质。故其人性格不主莽撞、不多投入，盖为日后创作与生活之大柢。

在《全金属外壳》筹拍中，得识新兵集训营的教官 Lee Ermey，此人虽身在行伍，却在真实生活中便原本是满口脏字的大讲笑话，且极尽用字巧思之能。库氏对此备感深趣，在边写剧本边发展情节时，犹一直要他"多讲些，多讲些"，引为平生不曾探及之幽境一般，更索性央 Ermey 饰演士官长哈特曼一角。而他在《巴里·林登》中主人翁 Redmond Barry（瑞安·奥尼尔饰）之原是不涉世之乡村少年，乍入丘八阵中很不能接受盛食物之油腻杯子而遭同袍讥笑，后遇流浪欧陆以冶游赌乐周旋于王公中的爱尔兰同乡前辈巴利巴瑞勋爵（Patrick Magee 饰），百感交集，不忍骗他，竟然落下热泪；此种种人生剧情，库氏似亦有涓涓自况之意。

犹记上世纪八十年代中期，美国 Michelob 啤酒的电视广告，因光影幻动、剪接出神入化，深得库氏赞赏（实则这是日后 MTV 摄影方式之某种先声），此事之大惊小怪，加上他在伦敦的深居简出、常要求其司机开车尽量不超过时速四十英里等生活小节之报导相参，足见他的幽闭之自诩艺术家情态。

他太别出心裁，选演员未必找最红最好莱坞典型明星；然《洛丽塔》之选詹姆斯·梅森、《奇爱博士》之选彼得·塞勒斯、《全金属外壳》之选 Mathew Modine 等未必便恰如其分。而他仍偶用大牌如 Shining 的杰克·尼科尔森、《巴里·林登》的瑞安·奥尼尔、《大开眼戒》的汤姆·克鲁斯及妮可·基德曼等，又透露出他亦不能全然无视卖埠之需。然此数字大牌即在库氏指导下，仍不脱素日演戏积习，每人之惯有动作何曾洗练得一新耳目？尤以《全金属外壳》的正受训的胖子新兵 Vincent D'Onofrio 由二楞子渐变成疯狂之后，那种眼光开始露出邪恶（与杰克·尼科尔森在 Shining 中一样）；此二人中邪变疯之表演皆令观者看来不甚有说服力。

他并未起用非职业演员而搬演出惊世骇俗的戏剧如罗伯特·布列松（Robert Bresson）或帕索里尼（Pier Paolo Pasolini）。

他太追求绝对之完美，故在 Shining 一片中杰克·尼科尔森在打字机上一页接一页地打，他硬要人用手真的打出，而不用影印纸稿（虽然大家知道摄影机拍摄后其实看不出差别）。

美国电影人自不免有一袭美国这无垠拓荒国家的"比真实人生还伟岸"（bigger than life）之念，库布里克以一早慧天才，十多岁便获照相大奖，入 Look 杂志任摄影记者，又自资筹拍短片，少年得志，极早出入好莱坞，岂能不顾盼自雄、睥睨群伦？而他又何甘于只是一个好莱坞导演？然其移居英国也，终竟未令自己只拍小型社会影片一如托尼·理察得森（Tony Richardson，曾拍《少妇怨》《长跑者的寂寞》）、卡雷尔·赖兹（Karel Reisz，曾拍 Saturday night and Sunday moring）、林赛·安德森（lindsay

Anderson，曾拍 *This Sporting Life*，*If*）、杰克·克莱顿（Jack Clayton，曾拍 *Room at the Top*）这批"自由电影"派导演。

他终究是美国大导演历史中一员，既是受累者及抗竞者，似是异类；同时犹不自禁的是一个承袭者。

（原载二〇〇三年十、十一月《万象》）

Bob Dylan 获诺贝尔文学奖有感

突接报社电话,谓歌手 Bob Dylan 刚获诺贝尔文学奖。嘱我写一文,谈谈感想。

Dylan 以七十五岁高龄,一个方方正正、严严肃肃的文学奖项,竟会颁给一个大伙素日只视为"伟大的歌手"的他,这突来讯息与此等出人意表的决定,乍闻之下教人怎不惊讶万分?

然再一沉吟,哇,好啊,太对了呀!

七十五岁高龄,可谓众望所归,更是实至名归。然 Dylan 之成名极早,五十年前已是歌曲与诗名举世深瞩。甚可说,他的成就与他广受人聆听不已、频频提及又频频播放之名曲，概在他自出道的十五年间（1961–1976）便已卓然底定。他当时已俨然是"活着的传奇"矣。名曲如 *Blowing in the Wind*（1963）、*Like a Rolling Stone*（1965）、*The Times They Are A-Changin'*（1964）、*Mr. Tambourine Man*（1965）、*Don't Think Twice, It's all Right*（1963）、*Just like a Woman*（1966）、*A Hard Rain's A-Gonna Fall*（1963）、*Knocking on Heaven's Door*（1973）、*All along the Watchtower*（1965）等，被众歌手传唱不朽，而全在他三十五岁之前便成定局。然在当年，没有人会想到三十多岁的歌手（哪怕还是出色极矣的诗人）会获此北欧国度的殊荣。

即使在不到三十岁的青年时期已获颁普林斯顿大学荣誉博士学位如许高的荣耀，为此他还写了一首歌 *Day of the Locusts*。

一九六二年，在他第一张唱片中唱的传统民谣 *House of the Rising Sun*，被英国的 The Animals 合唱团的 Eric Burdon 听到，深深喜欢，遂在一九六四年将之唱成摇滚版，这首歌自此红遍全球。

他的成就，主要在他的歌。他绝对是了不起的诗人，却大多出以歌词的形式再自己弹奏乐器并开口吟唱，如同以此完成他诗作之立体的"朗颂"。

他少时爱诗，取笔名 Dylan，看出他对威尔士诗人 Dylan Thomas 之钟情。他下笔写作，固是诗句最擅也最深得其情。意识流小说，他写过一本 Tarantula（当年台北中山北路书店亦翻印），看来非他所擅，多年来不怎么受人谈论。

Dylan 得奖，相信人人皆会同意，甚至称善不已，更甚至有"深得我心也"之赞叹。我不禁窃想，询之于顽童式的摇滚巨星 Mick Jagger（滚石合唱团主唱）或询之于哈佛、耶鲁等英美学术巨匠，想必皆会同声称善。询之于奥巴马或缅甸的昂山素季，多半亦会深表同意并欣然道贺。倘史蒂夫·乔布斯还在世，他也会拍案叫绝。有人谓村上春树一直在诺贝尔奖的候选名单上（不知外人怎么得知瑞典皇家科学院评审诸公的心思？），而 Dylan 得奖消息，倘询之于村上，想来他必也道："太应该也！"

海明威曾谓美国文学，来自一本书，马克·吐温的《哈克贝利·费恩历险记》（*Adventures Of Huckleberry Finn*）。看官不妨想，马克·吐温到海明威，再到已去世的雷蒙德·卡佛（Raymond Carver），皆是美国文学的瑰宝与佳良传统，而 Bob Dylan 的作品，今日细细咀想，又何尝不是秀异精绝的美国文学？

受他影响的人，太多了。创作上言，他的无数歌曲里的隽语，与他天纵仙才妙手偶拾谱出的美丽音符，启发太多人也。我在年轻时，也是其一。至若他的崇高创作者地位，也必然升华成一种精神上的上师地位；所谓神，所谓领路者，所谓活佛等等。此等巨力，令太多的社会改革者、政治奇才（如曼德拉等）、扶助弱小者、地球保护者等深受 Dylan 的感召，投身在自己热情的事业上。譬如说，拍摄极其追逐性灵电影的德国大导演沃纳·赫尔佐格（Werner Herzog），倘问他，想亦会说："绝对是他，Dylan 太伟大也。"

台湾对 Dylan 深为倾倒又深有钻研的人，必然极多。若举一二较著者，老一辈的，上世纪七十年代中期以前有摄影家张照堂；年轻一辈的，九十年代以后有音乐研究家马世芳。中生代的，曾创办魔岩唱片的张培仁，十几岁时听了 Dylan 的歌，心中茫茫一片，如痴如醉，很想投身什么，并且取英文名时，将 Dylan 一字倒转，成为 Landy，自此以 Landy 之名行世。近年他创办的"简单生活节"鼓励年轻人勇于追梦，何尝不是 Dylan 式的启发？

Dylan 没得之于三十五岁之年，而得之于今日高龄，更有一可能，乃近年世乱更亟，尤以美国在世界多次蒙受动荡，再加上今年大选在即，希拉里·克林顿与特朗普两方唇枪舌战，连局外之人也不免捏一把汗，此一奖项颁给一个当年被诩为"先知"的 Bob Dylan，更有文学奖之中涵蕴着一丝和平奖的意氛也。

（原载二〇一六年十月十五日《联合报·名人堂》）

书评与画评

月下独酌
——郑在东的画题及其来历

何以枯静如此，沉暗如此？何以月高人低小如此？

近十五年来，郑在东自极多不同的作品里反复地、如同着魔般地，迷上了一种构图。这件构图，可以一句诗题尽之：月下独酌。

深青色的夜，浩瀚无边。极小的人，三两个，远在低处。旁或有小舟，或无。旁或有奇石，或无。万籁俱寂，万物俱不见。惟有高高地孤悬着一只月。

这样的画，有油画，有水墨。这样的画，有布面的，有纸面的，有纸黏裱在画布上的。这样的画，有取景自台北碧潭、南投日月潭，有自桂林、大理，自京都南禅寺，自太湖的洞庭西山，自北京的潭柘寺，更有最多最多的，是取景自杭州西湖。

朋友中称得上"游历半天下"的，郑在东足可当之。五岳中，仅南岳衡山没去过；然隋代以前的南岳——安徽天柱山，他却登过。至若黄山、雁荡、武夷、天目、甚至山西的五台、四川的青城、江西的庐山、北京的房山，他皆屡屡登临。这只说的是名山，其余胜景古迹不在话下。每在高崖绝顶，总见他取纸写生；车行疾速，总见他候机摄影。遇老树虬枝，或奇石怪形，每每拍完照还画，继之以抚摸赏叹；然最终画到画布上时，山已不再绝高，江已不再万里，诸多起伏倥偬的壮游旅途皆不存矣，只剩下平淡幽清的，月下独酌。

何以枯静如此，沉暗如此？何以月高人低小如此？

遗世也。他生于战后一代；彼时所有中国小孩皆不自禁感受到的所谓"近代中国之苦难"将无可避免地要影响其成长后一辈子的生命喟叹。君不见，有人以赚钱来完遂其喟叹，有人以斗勇杀狠、太保流氓完遂其喟叹，有人循规蹈矩忍气吞声安度余年来完遂其喟叹，有人则寄情艺术完遂其喟叹；不一而足。郑在东不知是洞察世事之纷纭，早觅好一处清凉园境做养老之打算；抑是年少时艺术养分原多汲自意大利电影、美国摇滚乐等飞扬佻达之奔放形式，今日人近中年，早无心于西洋庄隆氛韵，故此画着画着便愈来愈往这寒亭枯坐上去着墨乎？

倘言养老之准备，郑在东亦最具资格。所有优游林下的生活艺术，他自年轻时便即样样备就。酌酒一杯，弹琴一曲；人坐其中，不论背景是修竹数竿，是土墙一堵，抑是室内屏风竹帘；不论是坐蒲团，坐禅椅，坐竹榻；又不论是独坐，是四人牌战，是两人对酌山花开；总之布局甚简单。然酒过三巡，整杯换盏，则别是一套器物，或宋或明，或粗或拙，然非深究古董三昧者不办。继而更深月移，暑气渐消，扇子也罢摇了，炉香也焚尽了，杯停曲歇，坐着的三数人站了起来，漫步至水边，只对着一片无际的黑。若幸运，耳中犹能传来一袭欸乃声。

郑在东三十岁以后，卖画不断，数量亦不算少，然至今没存得什么钱，何者？吃吃喝喝吃掉了，赏买古董买掉了，游山玩水游掉了。他以一种急急奔赴现场的人生节拍来享受生命、挥霍能量，一刻亦没停过。这么多年，何曾有过一场简简浅浅的月下独酌？无有也。也正因不易，似只得期之老年；也正因好酒好饭吃过无数，好山好水玩过无数，良朋佳友交游无数，莫非快乐的日子愈发弄成腻了，终而一幅幅画成这些个远之又远、黑之又黑、静之又静、清之又清的月高人儿低的迷离佳境也。

（原载二〇〇六年七月十二日《中国时报·人间》）

桌布与盘子

方块与方块,横一方,竖一方。奶黄色与米白色,两者交错之温柔反差。一种尺规化、机械化、方正线条的近代图案。文明的单调。经过驯服的色泽,米白与奶黄。咖啡里倒进了牛奶,一晕晕地散开,愈来愈淡,终至成了你要的味道,不太苦,不太奶腻,刚好。

这式色系的桌布,有时只是为了唤出人们早餐的乡愁。北温带的早晨,冷冽的空气,街角餐馆外的匆匆一瞥,空无一人的桌与椅,昨晚已放好的桌布与空盘子,bacon 在平锅上嘶嘶煎响前的安静。

瓷砖的拼砌法。

一横一竖的拼法，引领人不自禁去一块块地数它，像看了地面的格子会想跳房……数方块，由上往下去数，由右向左去数……就像躺在浴缸里自然地数起墙上的瓷砖来，由右至左有七片，由上向下也有七片，斜着数恰好也是七片。

躺在浴缸里多好！太好以是不知干什么好，要不就睡去，要不就发呆张望，墙上或地板。人生的一段空档。

就像饭桌已铺上桌布、又摆上空盘子、而菜肴还未到的这一段空档。

人可以将手轻轻搭在桌角，有的以指头弹敲桌面获得几个音符，但已铺起桌布的桌面引起的声效不及裸木来的脆飒，甚至桌布选的是粗织纹路，更引人只想抚触它突起的浮线。

有人甚至坐了下来，将没处放的两只手暂且歇搁在桌上，恰也可能在空盘子两旁。就这么休息着，却也做着姿势，如同预习那即将要真做的仪式。

然多半仍是把手放下来，让桌布保持空旷。

这时可以观察到，盘子其实离桌边有多少距离。（它总是离桌边有一定的自然拿捏下的距离，奇怪，既不会太远也不会太近，每一个 waiter 随手一放便放得皆差不多。）

桌布与盘子

人的先天对悬崖应该保持多远之感觉。

盘子为什么是白的？多半如此。也多半是圆的。以是我们习惯由正上方俯视它正圆的形廓，即使一盘吃得只剩鱼骨头却完整列成梳状的鱼之骨架亦是置放在正圆形视角下的盘子内。

由正上方摄得的正圆，致使盘子虽然偶尔放鱼偶尔放蛋糕，甚偶淋上汁酱以成花案，然你终记得它是空的。

空的白盘子，平摆在方格拼花的桌布上，一径如此，像是钮锁在桌子里成为一体。原先也有的餐客、也有的桌上食物，也有的刀叉起落、杯撞人声，竟然都被抛忘了。

（原载二〇〇〇年九月九日《中国时报·人间》）

文明人的心灵后院
——《白色南国》书评

上世纪八十年代中期,在美国某一个深夜偶扭开电视,画上呈现白茫茫的冰原一片,其上有一列人静静地在走。走得很慢,走得很没有声音,走得很孤寂。这部影片看起来像是老旧的纪录片,旧式的彩色,但其实是一部剧情片,一部很没有名的四十年代电影。

我打开电视时,这影片已演了至少一半了,但从我看到的第一个画面起,便没有转台,很安静地把它看完。这片子没啥戏剧情节,很像流水账地依照主人公的日志以旁白将之叙述完毕。但这片子看完后,我胸中澎湃不已,极想到外头的咖啡座喝一杯咖啡或接触人群灯光来宣泄衷心的喝采,但那时是夜里三四点钟,又是美国,不可能。当然,那个晚上是一个兴奋震撼的晚上，一个珍贵的不该来睡觉的晚上。

这部电影叫 Scott of the Antartic（《南极的司考特》），一九四八年由不甚有名的 Charles Frend 所导，倒是由相当有名的 John Mills（约翰·米尔斯）演司考特。

约翰·米尔斯不仅演过大导演大卫·里恩在一九四六年的 Great Expectations 及一九七〇年《雷恩的女儿》中的傻子 Michael，一九六〇年所演《海角一乐园》（与他的女儿海莉·米尔斯）是我那年代孩童最脍炙人口的影片。而他演的司考特，脸上不做太多表情，倒好像整部片子让人的印象是白色大地上一直有几个黑点在踽踽移动。

这部电影引起了我对这个人的好奇，也引起了我对南极产生微微的感觉。但也就这样而已。我既不想去进一步探查司考特的生平，也从没想过要去南极看看，即使今天。

但我倒想再看一次完整的《南极的司考特》。只是当时美国尚未出录像带（一直到上世纪八十年代尾才出），回笼艺术电影院也从不见放映，而电视，也必须随时碰运气。

我大约知道何以我想再看它。第一：是什么力量将剧情片拍得像纪录片而如此地令人目不转睛？第二：看似单调之极的途程何以如此不会让人沉闷？第三：这些人的事件，是因为真实还是什么，即使不故作戏剧，却如此动人肺腑？

必然是人、事、地皆符合成就一部感人的影片。也必然是这些因素，英国及全世界几十年来都熟悉并咏赞这则神话。

当司考特在临终给年轻妻子的信中说到莫让儿子懒惰，"我之所以硬要令自己去探险，是因为我向来最是懒惰。"读之至此，令人泫然欲泪。

《白色南国》（*Terra Incognita*）一书，在颇多角度上毋宁更像一本"有关南极的文献书目导引"，一本解经的书，将许多南极的古往今史料加以据引比照。这是作者莎拉·威勒（Sara Wheeler）手不释卷、并且出发前便已博览群籍之特色。

她将南极探险的四巨头——司考特、沙克尔顿、阿蒙森、莫森之背景、性格、行事得失排比论较，不时旁征侧引后人论叙这些探险先锋的特殊观察，包括维多利亚时代英国人之宿命恋国尊国一元观，及刚刚新生无邪的北欧小国挪万事不萦于怀、直向而前，令我们又开一眼界；非仅我们传统认知中所谓阿蒙森之致胜在于选用爱斯基摩犬，而司考特选用西伯利亚矮种马之错误如此简单而已。

作者本人看来也是一个携带文字的旅行者（西洋人颇习如此。不知何时发展出的？）她看见有人即使在南极还带了一本 Robert

Byron（1905–1941）的旅行经典 *The Road to Oxiana*，便觉十分喜悦。

此书的行进中，有太多的英语文学古典伴随着她；且看每一章回必引一段古典来开启门楣，叶慈、弥尔顿、莎士比亚、丁尼生、艾略特、奥登、布莱克……年纪轻轻，何泥于陈腔体例如此也。令人猜想作者平日口不可无文学，并且相当可能有自发性文学摄取过多症。

就此书的叙写风格，看作者比较像 Project（案内计划）下的田野工作者，而非漫游旅行者；这派的旅行写作，比较像几十年来 *National Geographical*（《国家地理杂志》）上一径可见的文体，他们心念常存"写实"、常以"地平线才蒙蒙透出清光，室外的引擎开始发动"这种实况白描，视为其写作之自认据。英美城市文明下熏陶继者遂以新闻导技法（报纸及电视，甚及 Discovery 节目）兼参日记、旁白笔意常将异地之新见与素日校园点滴、酒馆话题、电视广告、城市饮食、罐头包装、名流趣闻、宠物模样、年节回忆等文明西方生存模式相映提叙，以尽其写作大小周天。

其人在文明镇市的生活嗜瘾愈是习深，他久处野地描摹荒凉之际所渗露谈议之文明习嗜蛛丝马迹愈是随处可拾。威勒很容易注意到食物或产品的名目（这方面，东方人便不像他们如此有反应），像 Fry's 的可可粉。在极地，吃东西大约是个问题，她喝很多热可可，吃很多松饼，即使离开极地，她吃的不知是否仍是那一类。

人容易对过往的生活产生缅怀，或者说，眷恋。愈文明者，通常愈是（阿拉伯的贝都因人比较不）。威勒说德州人到了南极见到酒吧，会说"绕了大半个地球才找到奥斯汀的城郊"。而她自己某次为了用力拉门闩，便顺手把钥匙咬在嘴上，结果钥匙冻结在唇上。文明的"顺手"。

文明愈深嗜，荒野中之思绪空隙愈要映照素习生活。且看人当兵时益发想到要对父母更孝顺些。也于是一个英国作家到了南极更容易口口声声对大自然礼赞，甚至说这袭无边的静谧无尽的空寂是否会改变我回返人烟后的精神状态。

作者返英后常在半睡半醒中听到南极煎熏肉的嘶嘶声，"回忆就像旧伤口隐隐作痛"，她说。回到文明后，"我感觉自己从乐园被赶了出来。"

文明人一来极为向往探险并实践探险，一来很着重其科技装备，使险之可能降至最低。他们对文明太过依恋，故而认知文明中应还包括一事，荒野。

英国老探险家威福瑞·塞西格（Wifred Thesiger，1910–

2003）曾在受《泰晤士报》采访时说："我不怀恋西方文明。我要尽我所能离它愈远愈好。我认为人类最大的灾难是内燃机。"他离开阿拉伯后两年，石油开始来了，古老的贝都因游牧生活及价值消失了。塞西格一直庆幸自己好运，能及时亲历一个消失的世界。当然他也是一个文明国家的人，深深知悉文明人的习念。文明人的习惯导回国（也包括将战利品带回），而不是生活当地；塞西格则选择后者。

既在当地生活，必也以土人之装备为装备，土人骑骆驼，你也骑骆驼。莎拉·威勒倘也有兴趣如此，应该选北极而非南极，因北极某些边缘尚有爱斯基摩人可与之生活与共，南极则没有土人，有的只是科技与空旷。

昔年的极地研究家曾探查一个问题，爱斯基摩人没有墨镜护目，千百年来如何防御雪盲？其实也有器具，以木块制成眼椁，严密罩盖眼部，中仅穿细孔以之视物。

所有凡是人能相应于大地而成形的生活现象，便可见出人在自然界的最大限度。乐意在此限周旁过得足日子，便是文明人的最大幸运。土人原没有荒野之念，文明人才讲究荒野。

（曾收录于《白色南国》，马可孛罗出版）

苟活于拘谨社会，优游于恩爱山林
——侧谈《浮生六记》

《浮生六记》是两百年前一个苏州艺术家回忆他的一生及他那叫人怜爱不舍的同是艺术家（更是了不起的生活家）妻子的一本几乎是小说的书。

书中将清朝乾隆年间江南小文人的生活细节描绘得极其详尽，显出当时的稍有品味的中国人于人生一世该当如何观阅咏叹、如何徜徉享乐，其实早即深有自信。

此书固采自传体，但亦备小说之长。怎么说呢？如果沈三白是一介颇负盛名的名士，而书中遮掩其名，亦不是不可能。同时书中诸多名士、书家、画家，由其姓名观之，无一人有文名，亦不妨视作小说之托名笔墨。

最有趣者，作者不知何故，总将这些朋友、亲戚、用人等角色，写得如同隐在幕后，令彼等不发出太多意见，这是颇可教人寻味者也。

例如他的母亲，作者叙得极少。譬似她根本不值一提。再则他的弟弟，亦少叙，或许再多叙，更要显出这个弟弟之恶质。再就是他的父亲，虽是这家庭的主干，然他的一意孤行，造成了沈三白他一生的游牧路数与他在重要人生抉择上的必然悲痛命运。而沈三白叙其父，也就不自禁的无法太多。至若女儿青君与儿子逢森，沈三白不知何故，几乎像是没心情也没空去谈他们。

由此书的叙事看来，主人翁沈三白已活得甚是劳波颠沛，只不过在劳颠中夹写生活游艺之佳美。他夹在家庭中巨大父权压力下，依稀有晚他一百多年的捷克作家卡夫卡之相似景况。

沈三白的交友如顾金鉴、鲁半舫、杨补凡、袁少迂、王星澜、夏淡安、夏揖山、缪山音、缪知白、蒋韵香、陆橘香、周啸霞、郭小愚、华杏帆、张闲酣、华大成等，在书中即使获知三白诸多坎坷之遭遇，理当有颇多提醒建议，然书中竟不见；可知三白此书，或许不欲旁生枝节，徒增家中不快，或许天性深知隐忍，何费多言，自是不多披露。

三白的一帮朋友，这些姓名俱不见于史籍，乾隆之世，寻常老百姓皆极出色乎？只有一个芸娘，最是出色，然不知三白是否过度美化了她？

芸谓三白："君之不得亲心，流离颠沛，皆由妾故。"又道："忆妾唱随二十三年，蒙君错爱，百凡体恤，不以顽劣见弃，知己如君，得婿如此，妾已此生无憾。若布衣暖，菜饭饱，一室雍雍，优游泉石，如沧浪亭、萧爽楼之处境，真成烟火神仙矣。"

或许芸娘之来沈家，真是苦难的开始乎？

这便是《浮生六记》中社会学的那一部分了。

莫非沈三白的艺文才情其实颇受制于沈父与沈弟？或许他们希望他出外谋求科名或从事商贾。但他不是，他只想同爱妻游山玩水、聊吟佳句。也或许芸娘才艺过人，又兼疯疯癫癫，或许家中老小早已看不顺眼矣，更或许早已非议暗起矣。

也可能《浮生六记》隐隐想将家庭这一小小社会之枷锁羁

人表露出之。

沈三白这一作家，有一种苏州这古老市镇观人阅世之老练。像他书首叹吟："正值太平盛世，且在衣冠之家……天之厚我，可谓至矣。"书一开卷，便道如此，令人隐隐知后文将坎坷不已也。至若"太平盛世"云云，书后多少不太平事。"衣冠之家"云云，书后多少无礼势利之家庭遭际。

说及芸娘，年十三，"虽叹其才思隽秀，窃恐其福泽不深""其形削肩长项，瘦不露骨……唯两齿微露，似非佳相。"由此看来，三白之观察芸娘，似早看出她之薄命乎？抑或三白本人太过审慎，甚至太过怯懦，致有其父诸多霸道言行，其家中母亲、弟弟诸多俗间计较而造成他自己夫妻俩苦不堪言种种人生境遇？而也正因他有这类怯懦与逃避，索性于中年提笔写出浮生往事时何妨托言芸娘命薄与不是好兆云云？

然则命薄也者，总呈现于才思高妙之无所不在，亦呈现于家庭成员之相嫉，故此三白之成书，必多记芸娘之诸多任情任性、自在放浪之天禀，更多记自然界万物静观之无不成趣成章。其中过往欢乐之愈多记，则浮生之悲苦愈多现也。

沈氏乾隆年间人，所叙沧浪亭，令人仍可游。他谓："吾苏虎丘之胜，余取后山之千顷云一处，次则剑池而已。""城中最著名之狮子林，虽曰云林手笔……然以大势观之，竟同乱堆煤渣。"谓扬州的莲花桥："门通八面，桥面设五亭，扬人呼为'四盘一暖锅'。此思穷力竭之为，不甚可取。"

言及杭州，"结构之妙，予以龙井为最，小有天园次之。……大约至不堪者，葛岭之玛瑙寺。"

可见沈氏之观山水赏风景主见实颇勇于表露，只是不发之于家庭亲友间耳。

书中前二卷《闺房记乐》《闲情记趣》堪称沈氏（与芸娘）之生活美学，其中精彩绝伦片断太多，无须一一举出；但看他细观大小天地，再读他品评苏杭扬各方景点之自信，良有以也。

（原载二〇一五年二月五日《今周刊》，曾收录于《杂写》，皇冠文化出版）

漫说式的行文小趣

年前受邀至中山女高演讲,讲完后读到任教该校的张辉诚老师(他亦是出色的作家)特别整理出来的演讲记录,其中我自己竟然如此说:"我每天吃饱了睡、睡饱了吃,或者睡饱了有时不吃、吃饱了有时不睡,就这样糊里糊涂,弄到了五十多岁,只知道蹉跎光阴……没有蹉跎这个光阴,大家今天也没有缘分可以碰面……"

读着别人记录下来的我自己讲的话,一来是惊讶随口说话竟也能说出活泼有韵的句子,二来则是想,为什么不用不经意的口语腔来试着写稿?

《一个懒人的生活及写作》（后收入《台北游艺》一书时改为《我是如何步入旅行或写作什么的》）几年前已写好，只是当时随手一个段落接着一个段落地写在纸页上，像是笔记或备忘提纲，也像是口语粗略说出随时的念头，原本不忙着整理成文章；后来隔了几年再看，觉得索性保留"口白式"的叙述，或更能贴近阅读者的涓滴思绪。

　　（原载二〇〇八年三月三日《联合报·副刊》，曾收录于《九十六年散文选》，九歌出版）

附录

舒国治解年轻人的疑惑

时　间：二〇〇八年七月十日
地　点：台北市罗斯福路三段台电大楼后"巫云"
访问人：郑顺聪、陈维信、Coolchet、陈逸华、刘梓洁
记　录：刘梓洁

今天，我们搜集了几十个题目要问你，都代表年轻人想要知道你的部分，以下我们就一个一个地来请你解答吧！

Q1：这十年来，你出的书，还有你这个人，对年轻人很有影响力，可不可以讲一点年轻时候的你？听说你年轻时留着一头嬉皮长发，看很多艺术电影，听很多摇滚乐，当你要开始创

作的年轻时候,台湾或台北,是个什么样子的文艺氛围?

A:我留长发,是上世纪七十年代中期,但不敢说是学嬉皮。嬉皮是一种只有美国才有的特殊文化情景。但留长发,或穿奇装异服、弄成很叛逆,是全世界六十年代中期以后皆然的共同风俗。但文艺氛围,六十年代的确是最重要的。

六十年代开始,除了艺术电影和文学创作,"艺术化"是最启蒙的时候。五十年代已经有一点点迹象,像是姜贵、张爱玲的出现,姜贵的《旋风》,单单高阳就写了五万字的评论,胡适也相当推崇张爱玲。五十年代固然有觉醒,但是不那么"艺术化"。到了六十年代,文学界的夏济安,艺术界的俞大纲、顾献梁,为《剧场》杂志题字的艺专校长张隆延,他们这些人的推动,到了六十年代想创作的人,一下子发了疯一样地投入,年纪大一点的,像军中过来的舒畅,或者是苗栗的七等生,把小说当作宗教一般地全身奉献。看电影的人,不只是早先原就对黑泽明就已很推崇,后来还钻研安东尼奥尼、伯格曼。而小说的艺术研究,特别使陀思妥耶夫斯基、卡夫卡、福克纳、乔伊斯的名气震上了天。总之一句话,艺术。

这些东西,即使在日据时代,年轻人对文艺的爱好与痴情已经有很浓的前例,经过战争、经过光复,再加上一九四九年国府来台,到了六十年代,战争已过去了十多年,全世界都努力追求财富,自由空气与奔放热情是几乎要和全世界同步的。到了六十年代末,全台湾都弥漫着跟西洋嬉皮相近的、蠢蠢欲动的、自我解放的空气。

加上这个时代到了最欢乐，当然也就有一点点轻狂。因为有这个轻狂的根基，再往后十年，才会有人不能遏止地，想要去街头，做党外运动。我想这都有一点相关。

台湾战后小孩，因为联考制度带来的对功名的追求，加上一种温良恭俭让的教育，碰撞上上世纪六十年代那种微微的解放，再加上娱乐文化像流行歌、漫画、武侠小说，当然还有电影等等的进来，到了八十年代，台湾的导演要从自身的感受中拍电影，不能避免地会拍"成长片"。而对于他自己最执着的写实，于是抛掉了以往言情的装饰，所以才会拍成这种格式。

言情东西到那时被抛弃，八十年代在旧书店里，五六十年代金杏枝、禹其民的言情小说，已经买不到了。

七十年代，我学了一点电影，从小听来的西洋音乐，自认已听到很识个中三昧的高明程度。文学也看不少，也偶尔写一点东西，但就是没想去做作家。不知是因为当年看到的写东西的人总有一点公务员感、穿一些免烫的难看衬衫与西装裤，还是因为我的好动式的英雄血液让我硬是对这一种行业觉得平淡、不过瘾。倒是电影我颇有意。但七十年代初期台湾片太烂，电影人也不令人羡慕佩服，若投入那行业，一定教人极受不了。到了这时，我到底要干嘛？我就变成一个很自己很漂泊、觉得自己做什么都不是的人，觉得这个社会好闷，这个城市好丑，这样东晃晃西弄弄，成为了一个无所事事的、很不知道自己应该怎么办的人。但是这个字眼呢，后来被叫做晃荡，或者叫做闲人。

然而过这种青年苦闷的生活，在台湾是有影像的。像是我在《台湾重游》里写的老梅，在上世纪七十年代我们去那种烂糟糟的沙滩，那种荒疏感非常符合。就像五十年代的永和竹林路的尾巴，那些竹林和河滩，正好是逃学少年的好场景，也是跑到那边想要自己组个帮派的假想的绿林好汉们的心中梁山泊。

那种年轻人的无所事事，发闲，然后慢慢还发贱，要有那样的影像。

像我写碧潭，就写到六十年代的台北小孩都有一点逃避。有一点想躲到他自己不为人知的后院、后山避世。台湾所有学子都郁闷，文山中学的小孩会躲到碧潭，因为那地方就跟他的心灵相映照。后来台湾新电影的影像，其画面的核心根源，便是那些五六十年代孩子逃避时会去的场景。

台北市的空间一向是个文学创作很好的、但又很粗糙的大沙龙。野人、天才、天琴厅（汉口街）、我们（台电大楼对面罗斯福大厦），后来的稻草人、艾迪亚，不只是这些小空间，作为人在昏黄灯光下，有个他的文艺思维可以展现的地方。而是整个台北就是个人沙龙。大家在这样的坏境中，谈电影、谈文学、听音乐，是一个多么美妙的时代。

这就是我在这样的情形下，得到孕育。

所以我在生活上、在谈天上，和艺术创作固然很接近；但在职业上，我从来都没有往那方面去紧紧地贴靠。我从来没想过作那职业。也造成前几年我开始出书，人家觉得蛮新颖、蛮特殊，怎么突然有这样的一个人涌了出来。但我会是这样，实在是有前面的来由的。

台湾年轻人最大的可爱是，对于艺术创作的执着，杨德昌、侯孝贤他们要开始做心目中的电影时，香港的同辈导演，像许鞍华、徐克、梁普智、方育平、谭家明，都非常羡慕。因为香港的这些人也想做艺术片，但是就不自禁地，会流露出在香港成长中，自然有的对环境的、现实感必须时时放在心上的那种商业警惕。

台湾年轻人听到拍电影，是连房子都敢卖的，有的还真卖了，而且后来也成功了。台湾之所以会这样，是因为台湾的先天奇特条件。先说日据时代的知识分子，本来就有一种很痴情、很奉献的品质。他去听一个古典唱片，就会很着迷。那么，这些东西加上了后来国民党来了，台湾变成避秦似的孤岛，全岛皆极穷，什么物质享受皆无，正好把心转移给精神上之奉献，故而街坊邻居听广播剧听得直凝神，看武侠小说看得极专注，小孩看漫画也看得极详细，这样发展到二十世纪六十年代，所有的年轻人都发疯地，想要奉献艺术。台湾太多太多的年轻人，都想要奋不顾身地，去投入艺术一小段。

Q： 那如果很长段的呢？

A： 很长段的就是很带种嘛！

Q： 那你算不算很带种？

A： 我只是很执着于一种逃避。而我的逃避中又有很少的百分比，做一点点写作，或者说做一点点创作的梦。

至于带种嘛，我或许不去做以不快乐的上班来交换一份月薪，不知道算不算有一点带种？

Q： 民歌也是吗？

A： 校园民歌是不需要太多轻狂也就可以了。校园民歌是爱国思潮加上台湾青年苦闷的产物。青年们对故土的怀恋，像是历史跟国文读到的那些东西，再加上艺术歌曲，像《我住长江头》《红豆词》，所以到了二十世纪七十年代末，青年们借着民歌，来找寻心灵中的祖国。所以有人会写出《归去来兮》，有人会把余光中的诗谱成歌曲，即使是歌颂田园，也如同是小时唱《杜鹃花》《茉莉花》把它延伸。

校园民歌的写者或唱者，当然听过美国二十世纪五十年代中以后的民歌，像 Kingston Trio 的 *Tom Dooley*，像 Joan Baez 的 *Donna Donna*，绝对人人都听过；但作起自己的歌时，便成了校园民歌的那种模样，也就是颇具"中国"的风情。这是没办法的，因为中国近代史自然会呈现成如此。

Q2: 你算是参与了台湾新电影发生的前端？你的很多朋友，例如：杨德昌、张毅、余为彦等，都是新电影运动的重将，如果那时你还待在台湾，会不会也参与？

A: 我因为学过几天电影，所以刚好和一些后来会去做电影的人，前面就认识上。那么，可以讲讲台湾新电影怎么发生，跟发生的前夕，我所知道的，可以讲一讲。当然台湾它是一个看电影很重要的地方，几乎每个人都可以说一大段幼年看电影对他浓烈的、几乎是不能取代的那种珍贵影响。二十世纪七十年代中后期，大家对于片商主导的影片题材的庸俗，早就已经想要求变。但是没有什么成效，侯孝贤拍《风儿踢踏踩》，还有《在那河畔青草青》，刚好有一点想把摄影机拉到三厅以外，而进入小市民的生活街景里，但一直要到八十年代初，这股能量才累积到不能不爆发的厚度。这个时候，一九八一年，余为彦的哥哥余为政，他怂恿一个好朋友，从美国回来，这个人就是杨德昌。余为政说，老杨，别待在美国每天只是上班，回台湾拍电影吧！那个时候余为政构思了一个故事，后来的名字叫做《一九〇五年的冬天》，是李叔同在辛亥革命前几年留日的中国热血青年的故事，那时候他弟弟余为彦和王侠军在南部做房地产赚了钱，所以可以一人投五十万，后来因为我介绍了詹宏志，他那时还不那么有钱，只是《工商时报》的编辑，但因为对于艺术的热爱，或说我前面讲的痴情、奉献，宏志也投了五十万。宏志对于各种领域的浓烈兴趣，在那么年轻时（才二十五岁）就极富胆识地参与，后来他能闯出这么一番事业，足见是有来由的。杨德昌在这部片里也参与了编剧，还拉来香港的徐克，作为第二男主角，第一男主角是王侠军。这个片子最后没有上映。但从此以后杨德昌就留在台湾。然后没几年，就做出了一番他的电影事业。

大约在一九八二年，张艾嘉集结了十一个导演，把十一个短篇小说拍成电视电影，成了《十一个女人》。有几个还没开始作导演的，也被她找。但我不是其中一个，除了我没有积极的投入意愿外，同时意味着我给人一种感觉，我不该是人家想到要去找的未来的导演。她找了我旁边的一些人，我很高兴。因为我一直到那时，还没有那么高的兴趣，把自己往导演上去规划。更主要的原因是，我一定是逃避。而且我已经准备在一九八三年去美国。

一九八三年，童大龙（诗人夏宇）拉着我说台视要作个新闻杂志的节目叫《浮生三录》，三个段落找三个人制作拍摄，每人三十分钟，选社会的题目，我也去参加了。要带个摄影师、想脚本、每个礼拜播九十分钟，是做影像的实务，我也做了。但只是打工赚钱，我并没有想做电影。

假如我不出国，而我也确实下来做电影了，结果还一直做，我也真不能想象，我会做出什么东西来。很显然，人的命运，也就是你心里头隐隐倾向的，不往东也不往西，只往不东不西的路上。越是吊诡的人生，差不多应该是这样。人要做，最简单就能完成的，往往是最持久的。假如我要构思一个长篇小说，可能是害了我。

所以有时耗资几亿、耗时几年的电影，常常是灾难。要钱那么累，弄剧本那么累，做这行只是让你得到挫折，让你叫停而已。所以人要珍惜眼前，很容易就可以完成，而且可以成为伟大、恒永的东西。

绝对不能说因为我要写作，所以不走拍片的路。人家是二十多岁退了伍，就投入拍片。我是到了四十岁，还在把高中生活无限期地延长。

我跟全世界在路上无家可归的人一样，逃避使得人进入流浪……

Q3：你数十年的闲荡生活，想必受到许多的挑战与压力。你是如何度过，有怎样的力量或是信仰在支持你吗？

A：不做事，只晃荡，照说没有人做得到。假如有了一点钱，然后去晃荡，世界上也没有这样的一种人。通常一直无所事事，苦哈哈地，不知道是在作创作，还是在浪费生命的人，终于过成了一种可叫做"晃荡"的形式。但那一定是自然而然而且很不堪的过法。

一下昨天又过了，你今天还在呼吸。而今天的烦恼只能留到明天。它是一种往下赖的生活方式。它的要求就是你不能对于穷与那种困太快察觉。如果一个人很快就察觉到自己的穷困，那么他连第一天的浪途都不会进入。

我当然要受到一点家里头兄弟姊妹的接济，而且必须很少也能赖很久，否则不是人家不接济，是你自己会越来越自觉。

不自觉也就是糊涂，郑板桥说的"难得糊涂"的糊涂。因为糊涂，才会有大的胆子。没有人真的胆子多大，他的大胆是他的糊涂。但我是一个糊涂的人吗？我的朋友都知道我是个精明的人，但是大胆也是天生的，或者称为莽撞。

我常常和各位这样聊天，我想我说自己胆子大，大家应该可以有同感吧！你去看，外头的人跟你讲话，很少有人这样。大胆来自特别的血缘，更是需要很好的早年时代来相配合。有一种年代是没有大胆的，假如它太过文明的话。大胆是你看待事情的敢与不敢的程度。

我的生活并不是一个信仰，所有事情都不是用信仰支撑我。我跟全世界在路上无家可归的人一样，逃避使得人进入流浪。但并不是逃避一个确切的事态，像是逃兵、逃婚、逃债。一定是有件事有人一定要去做，然而你逃避，你不做，然后演变成晃荡。天下之大，那我到底是要做什么？这个状态，称之为晃荡。

Q：会受到朋友或亲戚的质疑吗？

A：我开始晃荡，当然是我的父母已经不在了。但我怀疑我父母亲在，未必不准我这样。至于朋友，台湾不是香港，台湾

多的是闲来闲往的无所事事之人，我庆幸我生在台湾，所有我的朋友，我没听过任何一个会问说：喂，舒国治你是不是该去找个工作了？之类的话。因为他们压根不在乎。当然也会有在乎的人，但那些人恰好不是我的朋友。

Q4：很多人羡慕你的生活，降低物质的需求，有着愉快的生命，这要如何做到呢？

A：所谓物质需求，是一种分配。

你喜欢一种名牌包包，或是某些女士喜欢一种优雅的皮鞋，都是正常。但是等到你的皮鞋有了八百双，你照料这些物质，就使得你对其他分配，产生了不均衡。所以不是我降低物质需求，而是我有别的需求，往往也是物质，不能说全是精神。

如同你希望家里宽敞一点，但如果你有那么多朋友，你会去他们家里，你每次回到家都半夜两点，马上去找的是那张床，你哪里需要那么大的家？为什么？因为朋友是你的物质。

物质需求是个分配问题。当你说降低物质需求，是提高另外物质的更需求。看你把自己这个人定位在这个朗朗乾坤之下，哪些东西要做得多哪些东西要做得少罢了。

通常要有愉快的生命，那些用不到的东西，像：几亿、几十亿、几百亿，不要太忙着去张罗。假如你不幸，是属于对物质很有需求，可能表示你很多方面很缺乏。主要是有太多别人的观念，在你的脑袋里。别人要你、建议你、诱骗你去追求物质。

他的问题就是他被建议得太多。很大多数的台湾人，过于勤奋，去获取东西，常常是他太容易被别人建议。因为大家都知道，台湾是一个随时在建议人们去弄钱的一个宝岛。

要不受建议左右，你要有开阔的心胸，不要看你所处的国家最不堪的一面，不要太倚赖宗教、家境、学位，但每样东西都要有这么一点。人的问题就是或者胆怯，或者贪求，有些人太容易受挫，很需要别人帮助他，把非分之想当做分内之想。

Q5: 有没有哪个城市，是你心目中的理想城市？你很善用大众交通公具，又会利用都市许多机能，可以说你是一个"节能减碳"的最佳模范，可否给读者几个建议，如何过这样的生活呢？

A: 我不知道是哪个城市。但假如有一个城市，你每天出门，可以先经过一片小林子，出了林子，有一条小溪，跨过桥，有几个小摊，人可以停下来吃一碗馄饨或喝一杯冰红茶，转过一个小土坡，出现一个小市镇，你要吃的二三十家小店，它都有。你要买几本书、翻几本杂志，它也有个好几家这样的书店或唱片店，其中也有一些茶馆、咖啡馆、Donuts 店，你随时可以坐一下，和人聊聊天。要是不是这些室内，也可以到大树下，凉亭里，坐着休息一下，或打打瞌睡。像这样的小镇，我觉得最适合任何人，不只是我，去游，去晃荡，甚至去住。但是是哪一个城市呢？一定蛮多的。只是，台湾看来没有。但是台湾，

有你最熟的、最好的、最习惯相与的朋友。所以，像刚才说的这种小镇，旧金山旁边的伯克利，新英格兰的太多小城小镇，法国、英国、德国也很多这样的地方，瑞典的许多城镇，日本岩手县的盛冈、青森县的弘前，只是，我们能待多久呢？

你愿意去使用一个城市很少的、很美的它的那些生态，你自然就能节能减碳，恰好我在台北，常去的地方，与常用的移动方式，或许，比较流畅，又不需要自己开车，像是有一点符合节能减碳，但是要大规模地用到台北的很多角落，就未必做得到。要节能减碳，就要找到最容易把生活过成的方法。台湾一幢房子那么贵，小孩子在树下地上打一个滚这么不容易，台湾人要逃开忧郁症这么不容易，这些便是台湾生活不易过的明显例子。

Q6：你知不知道，这几年来，有很多人投入读你的书，喜欢你的读者，已经非常多，是因为他们喜欢你告诉他们怎么吃，还是因为你告诉他们怎么旅行？或是因为你文字很简练，有风格，很动人？还是什么别的原因？

A：我前几天去花莲，无意间碰上好几撮人，很惊讶地发现，他们居然全都认识我。他们会这样，我自己都不知道自己是不是这问题最准的回答者。我也觉得很惊讶。

有一种可能，就是，我有一种语气，可能很综合地，可以把他对于人生的感叹、加上对于远处的期待与好奇，再加上他长年做为台湾人的快要释放、但是始终还是蛮压抑的这种综合情怀，我这种语气，可能比较全面一点地，能够帮他获得一种纾解。再就是，我可能有一股闲暇，刚好把这个闲暇拿来驱动几串文字，不太啰唆，也不见得多么精练，不那么白，也不要那么道貌岸然，更不至于弄神弄鬼，也不那么实验室高科技，可能刚好，也还能够让他们，在纷纭的人生奋斗上，得到一点如同假日远足的那种遨游。所以说，旅行作家、晃荡达人还是小吃教主，那些只是很随手拾来的名词，我想不应该是那几个名词，使得读者有收获，应该是我前面讲的那种语气。

通常，有很多读者或影迷颇为仰慕某个创作者或杰出人物时，那个人多半有一种质量，这质量或许可以很粗略地称为"气概"。我们这时代，人人活得很空乏，故而很期待这种气概；要是谁能散发多一些这种气概，便就最能温暖了大伙空寂的心灵。我只提供出一些语气与一点闲情，还不敢说是气概。

Q7：房慧真注意到你的环保，说你坐下来，必把背包放在身旁的地上，绝不像大多数人将背包再占据另一个椅子。我也认为你说吃延平北路旗鱼米粉时最好省了那个鱼丸，这"省了那颗鱼丸"，我认为便是你的环保风格。可不可以多聊一些你是怎么发展出这种深富灵气的生活环保风格的？

*A：*我是在困厄的环境中，找到自适的方法，而不希望是埋怨它。像有人说我懂美食，或我懂生活，其实我是用最粗陋、最简约、最省的方法，来混着把自己日子过下去。所以我去吃

是希望避开味精。我不去吃泰国馆子的月亮虾饼、柠檬鱼、菠萝炒饭，是为了不要掉入台湾恶质得很厉害的clich（陈腔滥调）模式里。月亮虾饼是台湾才有的小食。那些花哨的旅馆，我设法不去住，书桌前干嘛放镜子？凡是台湾到处是卤素灯。我觉得我的长处是去找寻那些本质，而避开那些花招。我不是要去吃美食，我是要去吃规矩的食物。吃那些很简单而又是寻常人花起码一点点钱就能果腹而又活命的东西。

不只是环保，也不只是节省；是要告诉大家平民也可以吃得到简朴却依然是美好的东西，在山泉里不受氯害的游泳，而富比王侯的亿万富翁往往吃一些极不堪却被打造得很假很高级的东西，同样地，他们住一些很贵却充满化学物质的贵却不好的房子。我只是想告诉我的同胞，不用去追求太多的钱，然后用这么多的钱去过烂日子，而是当下用你现有的钱过清闲的好日子。

Q8： 台湾现代文学谱系中，大部分的人将你归为散文家。谈到其他文类，在《村人遇难记》之后，是否还进行小说的创作？你有写过古体诗或新诗吗？是否有仍未发表的剧场或电影剧本呢？

A： 我并不特别把自己定位为只写散文。我当然也写过很少的小说，所以偶尔也有人问我，是不是准备回到写小说的这件事情上。我还偶尔想，只是，在台湾，不知为什么，我有一个感受。

小说的话题，是一个很特别的——并不是每一个故事，都成为让人快乐阅读、读来沁人心脾的小说。但小说的教育，使得很多人看不那么令他阅读高昂的小说，居然也一直一篇一篇往下看。我常想，一个人想写的，与能写的小说，一辈子也不过几十篇。这几十篇，怎么浮现到你的心念里，浮现得多强烈，与你写出来多洒脱，就决定了你终究是什么样的一个小说家，而不是你对小说多专业，或者你对小说有多宗教的热情。那些很爱小说的写作者，读者到底记得了他哪些小说。苏东坡不写小说，乔伊斯写小说；你可能这两人皆欣赏，但你多半既不写成苏东坡的风味也不写成乔伊斯的气息。你要认清你生活中、你时代中你适合用的格式。你若只是要写在台湾两个大学生恋爱的题材，或许既不该用苏式笔意，也不该用乔式笔意。甚至根本不该写成小说，写成一封信或许好些。

小说很好，但不见得要很执拗的小说小说小说。

散文也很有技术，但是终究人们以他看到你到底写了些什么东西，来定位你。虽然你的文体，虽然你的用字，都很重要，但终究他是看你写的范围，也就是你这个人，找了哪些内容，把它写成散文。

我没写过古体诗，也没写过新诗。剧本也几十年没写了。

*Q9：*年轻人想要写好的东西，怎样学习把作品写得好？

*A：*这就像交朋友一样，你有甲朋友、乙朋友、丙朋友、丁朋友，每个人有他的长处与短处，但是你爱他们，你看得出

每个人的优劣,并且,你很公允地,在心中给他们每个人最不偏激地打了分数,同时,你与他们玩在一起,有某种他们与别人玩所无法获得的深刻与温润。那么写作也是同理。你去看世上,写得好的人,他所谓的通透人情世故,是他柳暗花明自辟蹊径所看出去的一种角度,而这一套路数,往往是最后透露出他的公允,他也可以看得很细,下笔很奇,甚至很险,但是他看得很清通,也就是说,很公允。通常他的公允,来自于他对这个世界、这个人生的爱与兴趣。坊间有一些美食家,他呱啦呱啦讲这个食物多好多好,但很奇怪,你就是看到他对于这个食物的缺乏爱,他像是活得很空泛,把假爱,反复地讲。所以年轻人要学着喜欢他生活的这个世界,他的喜欢越来自心底,越丰厚,他去写东西,越有可能写得好。他假如太喜欢文字的藻饰,甚过于喜欢人生,或是他喜欢"小说家"这个头衔甚于他的生活真相,那么他写的东西,也就比较不容易那么好。

年轻时,应该去玩。玩玩玩,无天无地地玩。玩累了,想写东西,不要太妄想写成长篇大论,写一两封情书多好。年轻,就应投入人生,去闯荡,去与人接近,去与山海接近。如一心只想着写作写作、作品作品、拍片拍片,结果搞电影单单筹资金、找布景、安排演员,就已经因庶务之繁琐把最鲜活萌芽的创作心念给磨掉了。

Q10: 中国有徐霞客,美国有凯鲁亚克,你有无受到先行的

旅行家、流浪汉的影响？

A：有人因为看了某个大师的电影决定要去拍片，某人听了美国的民谣，后来开始想要从事音乐，这些是有的。但是流浪，会有人跟人学流浪吗？我想比较不容易吧。一个流浪汉大概不容易料到，他竟然会在浪途上。我流了几天浪，也是自己从来没料到的，然后逐渐变成这样。

《流浪集》这本书，是把很多的、还不成为定局前的很多人生状态，拿来描写。所以在床上的流浪，成为睡不成觉。有的女孩子完全地自由在咖啡店里流浪，便是《台北女子之不嫁》。美国人有一种奇特的空间，恰好和美国文学里很爱描写的美国市镇里某股荒凉，可以看出的流浪氛围。所以我集成的这本集子，讲的是这个。

写作，是很多旁观之后的结果。你越不在自己的事情上，你就越在旁观的状态上。我的写作就是我的旁观的结果。《门外汉的京都》，更是一种心生羡恋的旁观，这个城市这么美，我只能在门外看。进了门内，也未必比在门外看的好。能够做一个门外汉，在世界各地，在人生中，多么好。假如你成了门内汉，你有了这个，有了那个，也很好。门外汉的好处，也是流浪，或者获得什么东西定下来，一样好。涵碧楼门外看很好，能住进去也不错，但是要拥有它，就未必了。

Q11： 音乐与你的写作有很大关系吗？

A：非常大的关系。这个世界有人说有两种人，很有音感的人，与很没有音感的人。我从小就很喜欢音乐，只是觉得世界上有音乐，这种东西很美妙，倒不是我从小被教育去演练音乐。能够在台湾坊间或收音机听到的音乐，构成了我们记忆中那么丰富的音符的文化史；我的同辈每个人的胸中，都记了几千首的歌，即使这些歌不构成后来我们自己去创作歌的泉源，它也构成我们创作别的媒介的极好的泉源。拍电影或是写东西，都可以从音乐中，获得某一种获得韵律，极度倚赖的需要。很多内部的灵敏，也往往是你小时候，音乐聆听的累积，所打造出来的。我们会去创作，是跟音乐有关的。

Q12：去年五月你出《台北小吃札记》，到现在，马上要出的新书《穷中谈吃》，怎么会突然一下，讲那么多的吃？

A：一九九〇年冬天，我从美国回来，不知道是年龄的关系，还是对于地方风俗产生了兴趣，我写了很多观看生活周边的稿子，有些关于地方的，有些是关于旅行途中的。当然我也看到台湾几十年来吃的变化。那么，《穷中谈吃》，里头的文章，事实上写得比较早，说的是这五十年来，台湾各种吃的变化，而且我专门挑那些非进口的、非高价的、非美食的、非地中海风情的、本地人本国人花最少钱在吃的那些东西。只能说，以谈吃，来对照台湾生活富裕了以后，究竟有没有过得更好。这就像《台北小吃札记》，不是要歌颂台北吃的富丽堂皇，实在是要鼓励与发掘，台北人的想把生活过好的热情与坚持。

Q13：你写过美国，写过《香港独游》，写过《台北女子之不嫁》，你会写的题目那么多，有没有什么题目，是你未来想写的？你对台湾这么有观察，那么是不是应该写一本更深入的台湾？

A：这个问题很好。因为假如我去花个三万字，花个半年，去写花莲，我自认会是一本很有意思的花莲书。或是每个城市很精练地写个一万字，这一篇写宜兰，这一篇写屏东，写上十来个城乡，那一定很有意思。但我不会，我不会一下子很有规划很有系统地去做这样的东西。就像十多年前我写《水城台北》，后来可能很多人研究台北，但是我原来就只是一万字的文章，写了两篇，这样就好。也不必再延伸成多大的巨业。我喜欢写的，是对于我的时代，我很乐意表述的东西，像是为做为一个台湾人，做为我这个时代的人，尽到一点分内责任。我现在每天想的就是哪些个题目最该我去做，做一点做一点，不管是小津安二郎、是 Woodstock、是五十年前的黑话，还是台湾的民宿，太多我的时代投射出来的题目，我希望我不要偷懒。

（原载二〇〇八年八月《联合文学》）

图书在版编目(CIP)数据

舒国治精选集 / 舒国治著. —— 上海：上海文艺出版社，2019
ISBN 978-7-5321-7228-3

①舒… Ⅱ.①舒… Ⅲ.①散文集—中国—当代
Ⅳ.①I267

中国版本图书馆CIP数据核字（2019）第102252号

发 行 人　陈　徵
责任编辑　崔　莉
特约策划　黄文杰　李春灵
特约编辑　江惠文
装帧设计　七月合作社

书　　名　舒国治精选集
作　　者　舒国治
出　　版　上海世纪出版集团　上海文艺出版社
地　　址　上海绍兴路7号 200020
发　　行　上海文艺出版社发行中心发行
　　　　　上海市绍兴路50号 200020 www.ewen.co
印　　刷　启东市人民印刷有限公司
开　　本　890*1240　1/32
印　　张　12
插　　页　16
字　　数　225,000
印　　次　2019年8月第1版　2019年8月第1次印刷
ＩＳＢＮ　978-7-5321-7228-3 / I·5762
定　　价　48.00元
告 读 者　如发现本书有质量问题请与出品方联系
　　　　　publisher@yueyuebook.com